U0585978

我们还没走完这一代

朱保全 著

南方传媒 SPM 广东人民出版社

·广州·

图书在版编目（CIP）数据

我们还没走完这一代 / 朱保全著 . —广州：广东人民出版社，
2024.1（2025.8重印）

ISBN 978-7-218-16995-8

Ⅰ . ①我… Ⅱ . ①朱… Ⅲ . ①散文集—中国—当代 Ⅳ . ①I267

中国国家版本馆CIP数据核字（2023）第183595号

WOMEN HAI MEI ZOUWAN ZHE YI DAI

我们还没走完这一代

朱保全 著

版权所有 翻印必究

出 版 人：肖风华

责任编辑：钱飞遥 赵瑞艳
特邀编辑：陈 阳
责任技编：吴彦斌

出版发行：广东人民出版社
地 址：广州市越秀区大沙头四马路 10 号（邮政编码：510199）
电 话：（020）85716809（总编室）
传 真：（020）83289585
网 址：https://www.gdpph.com
印 刷：广东信源文化科技有限公司
开 本：787 毫米 × 1092 毫米 1/16
印 张：18 字 数：220 千
版 次：2024 年 1 月第 1 版
印 次：2025 年 8 月第 3 次印刷
定 价：50.00 元

如发现印装质量问题，影响阅读，请与出版社（020-87712513）联系调换。
售书热线：（020）87717307

● 他　序

时代里的企业

宏大叙事从来都是由无数个体的坚持与奋斗组成。

我是 2010 年回到国内的。那时中国刚刚经历了长达 32 年（1978—2009）年均 10.1% 的高速增长，企业家们普遍意气风发，想快速做大规模，所以很关注资源端整合、全球投资并购和行业内整合的机会。在高速增长阶段成长起来的企业家，我觉得他们有思维定式，对资源高度关注，对关系、市场异常关注，并展现出非常强大的驾驭能力。但是我认为这一阶段其实已经结束了。现在，企业家们则更多思考怎样寻找未来增长新动能，思考创新研发，寻找更好的商业模式和更好的产品服务，回归商业本质来做好一家企业。

当新常态到来，经济增长进入追求质量的阶段，企业经营比拼的是理念、产品服务和创新模式，这需要中国企业家回归到商业基本原则上来，开始学习科学的理性精神。

我们现在身处的大时代，任何个体都不能摆脱家国和时代大潮的冲击和裹挟。在这个亟须我们去反思技术、反思文明进程、反思发展模式的重要历史节点，在我们赖以生存的智慧和习以为常的秩序受到诸多挑战之时，我们的企业需要去直面各种问题和挑战，去展现"定义美好"的能力和"建设美好"的愿力。回归到企业经营的本质，摆脱片面追求规模的倾向，展现价值创造的卓越能力，实现"从大到伟大"的飞跃，是中国企业在新时代亟须建构的价值理念和思维逻辑体系。

改革开放到现在，中国经济保持了 40 多年高速增长，特别是前 30 年，由于推进工业化，加上房地产投资、基础设施投资的大周期，中国获得了 4% 以上的全要素生产率（TFP）年均增长速度，而全要素生产率增速又占整个国内生产总值（GDP）增长的 40% 左右。但是 2010 年制造业总产值超过美国之后，我国已经基本完成了工业化进程，全要素生产率增速降到 2% 以内。

全要素生产率从高速增长逐渐调整为合理的增长速度的同时，经济发展质量也要提高，这是我们要面对的模式变化。但是，未来想要保持一个比较健康的增长水平，特别是到 2035 年要基本实现社会主义现代化，需要 GDP 增长保持在 5% 左右，需要全要素生产率的增速保持在 2.5% 甚至更高一些。如何让一个大国在完成工业化进程之后实现全要素生产率的反转，还能从目前 2% 以内的年增速回归到 2.5% ～ 3% 左右？

我曾经多次提出，有五个新来源可以帮助我们达成目标：一是大数据、人工智能、5G 促使很多产业进行数字化转型，我称之为"再工业化"——几乎所有产业都可以用数字化重做一遍，这是我们独特的增长优势；二是与再工业化相对应的基础设施的建设，称为"新基建"，新的周期已开始；三是大国工业和技术进步；四是深化改革、高水平开放，资源配置效率的不断提升；五是在碳中和目标下，高强度的投资彻底改变产业结构，带来技术进步。

然而，这些宏大叙事的背后，重塑经济的微观基础，通过更多更有效的研发和对企业家精神的激发，实现企业"从大到伟大"的转变才是中国实现高质量发展的核心要义。这正是大宝这本书里体现出的更深层的东西。

与大宝相识是因其攻读了北大光华管理学院与港大经管学院联合培养的工商管理博士学位（Doctorate of Business Administration，简称 DBA）。他在前两年完成了自己的博士论文，并顺利通过答辩。虽然我未指导其论文撰写及担任答辩评审，但对这位学院里的"名人"也是颇为熟识，知道他的博士论文与低技能员工的保有和转型相关，其是实验也是实践，通过对薪酬和性格的动态研究，力求解决物业管理这样一个劳动密集型行业里，一线从业者在数字化转型过程中面临的转岗问题。

DBA 本身着重于理论应用于实践，让学习者能将最科学、最前沿的管理经验与企业组织模式内化，获得更深的战略理解和管理能力。从这一点上看，大宝是非常优秀的。

在当下企业缺乏科学的理性精神，急功近利，好奇心钝化，寻求快速成"财"的商业逻辑和商业机会时，这本书里都是一个个如 AI 时代下基层员工可持续发展与成长的真问题、真思考，不是"思维泡沫"，就变得难能可贵。

直面形形色色现象后的本质，更为重要的是提出正确的问题。我们观察和研究企业的变迁，从中理解中国经济和社会发展的结构性问题，并为寻找这些问题的答案找到一个全新的、激动人心的视角。此次大宝新书邀我作序，我欣然应允。了解到他也刚好是在 2010 年到了万科的物业事业部"主政"，翻看他在过去的 10 多年里日常经营和管理的点点滴滴，看到他对繁杂表象后的物业本质持续思考和深刻理解，不懈地推动行业变革与进步，甚是欣慰。

中国现在的居民消费率比较低，只占 GDP 的 38%～39%；而美国和日本等工业化国家居民消费率都占 GDP 的 60% 以上，2021 年美国更是高达 68%。我们预测，随着强大的国内市场的形成、消费在经济社会发展中的基础作用的发挥以及居民可支配收入的增加，2035 年中国居民消费率将从目前不到 GDP 的 40% 增加到 60% 以上，其中服务消费在消费的占比更是将从目前的 50% 左右提高到 60% 以上。在大幅提升的居民消费率中，服务消费的几个大项包括医疗健康、金融服务、居民养老、餐饮酒店、文化教育等都将获得极大的发展空间，这意味着中国未来产业格局将发生深刻的变化。大宝虽然身处房地产行业，但事实上长期从事服务行业，他在本书中关于服务行业、服务消费等的一系列思考，对于属于劳动密集型的服务消费领域在中国的变革与发展有极大的启示意义。必须指出，中国鲜有像大宝这样有着丰富服务领域管理经验的深度思考者。

万科有句从海尔学来的座右铭："没有成功的企业，只有时代的企业。"当经济从高速增长向高质量发展转型时，我国房地产从增量到存量的大幕开启。虽然大家普遍认为房地产已经从黄金时代步入青铜时代，但是我一直认为中国房地产行业只是刚刚结束了简单、粗暴的上半场。以美国作为参照，2021 年美国住房投资及相关消费占 GDP 比重仍然超过 16%，其中住宅消费（2.78 万亿美元）远超住宅投资（1.1 万亿美元）。中国房地产的下半场或许也是服务消费。

大宝给本书起名为"我们还没走完这一代"，他所管理的"时代里的企业"还有诸多未竟的使命，还有让人万分期待的下半场。是时候带着好奇心和科学的理性精神重新出发了。

共勉。

刘 俏

北京大学光华管理学院院长

金融学系教授、博士生导师

2023 年 10 月

走远路

万科是做进口摄录像设备起家的。当时竞争力比较强的品牌，民用的就是松下、JVC（日本胜利公司），专业的就是索尼。索尼的产品比欧美的贵，但质量确实是最好的。正是在与索尼打交道的过程中，我第一次感受到了什么是售后服务。

最典型的例子，就是万科在深圳建立索尼维修站的经历。我曾以为质量好的产品不需要维修；后来我才意识到，万科在深圳建立一个索尼维修站，可以促进销售业务。当时万科已经成为日本专业摄录像设备在中国最大的销售商，但当我们向香港索尼提出申请时，却遭到对方质疑。索尼认为，万科没有合格的维修人员，无法为使用索尼设备的客户提供精专服务；得不到精专服务对客户而言将是一种损失，这是索尼的售后服务理念所不允许的。索尼要求，维修站必须有两名在索尼培训一年的电器维修工程师。在这样的要求下，我们在选送工程师接受索尼一年期培训的同时，找来了两名索尼认可的工程师。这样，深圳索尼设备维修站最终建成了。

起初，我只知道索尼的设备技术含量高、质量一流，在建设索尼维修站后才体会到：在一流设备的后面，还有一个精益求精的售后服务体系。索尼始终从客户的利益出发考虑问题、对客户负责的鲜明态度，是索尼拥有好口碑的原因所在。

1988 年万科进入房地产业。那时我们还不大懂什么是物业管理，但受到索尼售后服务意识的启发，万科成立了深圳第一家业主管理委员会。当时国内还没有专门的物业管理公司，万科借鉴新加坡房企和香港房企的做法，侧重安保、清洁、绿化、邻里交往等方面，制定了服务业主的管理章程。之后，物业管理成为万科的一大竞争优势，一直到今天。

房子，按传统概念，是粗放型产品，因此房企与索尼这样靠技术和产品取胜的标杆企业相比存在差距。但 20 世纪 90 年代中后期，当在日本深入了解了住宅产业化之后，我意识到这是一个改变的机会。我开始在万科推动建筑研究，提出了一个大规模向日本学习的"千人亿"计划。具体讲，就是用一亿元人民币的预算，派出 1000 位工程师到日本工地学习，希望用几年甚至十几年的时间，追赶上日本建筑施工质量的平均水平，实现从成本型向技术型的转变。

我们在学习过程中发现，质量不仅仅是工程师的问题，还有管理层面的问题，所以第二年开始了针对经理的第二个"千人亿"计划。到了第三年，我们意识到，质量文化除了技术和管理，还有一个服务理念，日本房子十几年状态如新，很重要的原因就在于售后服务，于是我们又针对物业管理人员开始了第三个"千人亿"计划。除了因疫情暂停，这一计划直到今年还在继续。

从进入房地产到今天，万科 39 年发展过程中遇到过各种问题和挑战，物业管理已逐步成为万科在投诉中成长的最后一道防火墙。尤其令我感到骄傲的是，面对疫情，万科物业经受住了考验。

疫情开始时我人在北京，突然接到几个主流媒体的电话，问我万科能不能提供给他们一些防护服，他们要去武汉一线作报道，但必须自行准备防护服才能进到医院采访。我非常纳闷：怎么要到我这里来了？他们回复说因为看到了我发出来的照片。我这才明白了，于是给物业老总大宝打电话，我说：都是媒体朋友，他们在武汉采访，需要防护服，能不能给几件？大宝疑惑地问我：要多少？我说，三五套，可以吧？大宝松了口气，说，二三十套没问题，再多就不行了。大宝告诉我说，万科有一个小区就在海鲜市场旁边，所以一开始出现传染病迹象的时候万科就着手在华东地区采购物资，并且分发给业主了。

我们知道，武汉抗疫很重要的工作是建火神山、雷神山两个医院，这里的物管、保洁需要物业公司承担。武汉政府组织了 10 家地产公司的物管人员，也像医务人员那样，写请战书、按手印，万科物业也在其中。政府告诉大家：一个月一轮换。后来因为万科物业团队对那里更熟悉，其他公司都轮换了，万科物业一直坚持到两个医院停止运转才撤离。

印象中，大宝是 2010 年前后到物业事业部的，在这之前担任集团总部办公室主任。当时他从总办被派到万科一线公司"救火"，解决管理问题，救完火原计划是要召他回总办的，没想到大宝主动提出想做物业。更没想到的是，在没有相关经验、没有参照目标的情况下，大宝把万科的物业管理体系建立了起来，一步一个脚印，蹚出一条路来。这本书便是对这一串脚印的记录。

万物云 2022 年上市，在万科从多元化到专业化，再从专业化到多元化的转型过程中，属于各板块中最早成熟的一个。放眼全球，房地产企业演变到最后，要么是金融型，要么是服务型。很长一段时间里，做物业服务是辛苦活，赚的是小钱。但面向未来，以客户为中心做好服务，将在中国房地产市场转型中扮演越来越重要的角色。

就像这本书的书名一样，物业行业还没走完这一代。我期待着大宝和万物云，期待整个中国物业管理行业，能把这条路走得越来越深远、越来越宽阔。

是为序。

王　石

万科企业股份有限公司创始人

万科集团董事会名誉主席

深石集团创始人

2023 年 10 月 10 日

让千家万户住得安心舒适

物业服务看似琐碎微小，但背后是大民生。去年底，承蒙大家信任与厚爱，我被推选为中国物业管理协会会长，深感责任重大。经过近一年的调查研究和工作开展，我对这个行业有了更深入的了解，也有了更深厚的感情。

40多年来，我国物业管理从无到有，取得长足发展，物业管理科学化、规范化水平不断提升，不仅改善了人居和工作环境，还在解决就业、扩大住房消费、提升业主生活质量等方面发挥了重要作用，得到了社会各界的认可。尤其是物业管理作为加强基层社会治理、满足人民群众美好生活的重要方面，近些年越来越得到党和政府的高度重视，迎来难得的发展机遇。

党的二十大报告强调要提升社会治理效能，健全城乡社会治理体系，对基层社会治理的重视已经提高到了前所未有的高度。住房和城乡建设部部长倪虹多次就物业管理工作作出重要指示，要求我们加强党建引领，主动融入基层社会治理；牢牢抓住让人民群众安居这个基点，努力让人民群众住上更好的房子；大力提升物业服务水平，让人民群众生活更方便、更舒心。

把握历史发展机遇和行业向好发展趋势，我们要提高行业的政治站位，充分认识到我们的工作就是在不断满足人民群众的美好生活需要，是贯彻落实党中央有关部署和国家战略，紧紧围绕新时代、新征程党的使命任务和当前政府中心工作来开展的。物业管理行业要始终胸怀"国之大者"，情系"民之关切"，不断营造良好的市场环境，实现企业和行业的可持续、高质量发展，用实际行动回应领导的重视、社会的关注和群众的期盼。

对于物业服务企业来说，要不断提升物业服务品质，努力从物业管理"有没有"转向"好不好"，在设施设备管理中发挥物业管理的专业价值；要顺应新时代新要求，满足群众新需求，发展"物业服务＋社区生活服务"，推动物业、健康、养老、育幼、家政等生活性服务业的融合，丰富服务供给；要结合实际，主动对接，为老旧小区等提供物业服务，推进物业管理拓展延伸，创造物业服务新的增长点的同时，更好地跟进人民群众的服务，让群众住得更加舒适、更加舒心，不断增强人民群众的获得感、幸福感、安全感。

今年以来，中国物业管理协会持续在全国各地开展调研活动，重点就如何推动行业协会深化改革和转型升级、如何推进物业服务融入社会治理创新、如何解决群众身边"关键小事"，从而提升物业服务水平等问题听取了各方意见与建议。中国物业管理协会也必将发挥好桥梁纽带作用，主动反映行业和企业诉求，向政府部门提出行业发展和立法等方面的意见与建议，与大家一道逐步解决物业费收费低收费难、企业盈利水平低、员工薪酬待遇差、责任边界不清、矛盾纠纷多、行业政策法规不完善、中小企业发展困难、行业发展不平衡等问题，带着朴素的情感实实在在为物业服务企业服务，为物业管理行业服务，进而为人民群众服务。

万物云是行业头部企业，身为董事长的大宝还有一层身份——中国物业管理协会副会长。一个行业要树立良好的行业作风，要探索高质量发展新路，离不开大企业的力量。前段时间协会副会长们一起开会研究过如何发挥副会长单位的引领和帮扶作用。大宝的新书出版在即，是他个人过去十多年物业管理工作的记录与感悟，也是一家行业头部企业的宝贵经验总结，相信对读者、对企业、对行业都大有裨益。

今年 3 月，中国物业管理协会组织 500 多名协会理事走进西柏坡，开展行业党建活动，我们号召各位理事和行业从业人员要大力弘扬和践行西柏坡精神，把握新时代新的历史机遇，走好物业管理行业新的"赶考"之路，我也从大宝和大家身上，感受到了前行的信心和力量。

从党的"赶考"到一个民生行业的"赶考"，内在的精神一脉相承，那就是"以人民为中心"。

深入贯彻落实党的二十大精神，走好物业管理新的"赶考"之路，满足人民群众的美好生活需要，这份答卷，需要我们共同来书写。

中国物业管理协会会长

2023 年 11 月 1 日于北京

自 序

我们还没走完这一代

在过去 39 年的中国现代物业管理史中，近 5 年尤显特殊，好似完成了一次代际革命。如果说 1981 年到 2001 年是 20 年的萌芽期，2001 年到 2015 年则是伴随房地产爆发的近 15 年的成长期，而 2015 年到 2025 年则可能是长达 10 年的重塑期。

过去 5 年，资本市场加科技应用促使行业如火如荼地发展，然而剥开现象会发现利益相关人关系并未本质改变。站在股东角度看物业服务，关注的是价值置换；站在物业公司角度看物业，关注的是价值认同；站在业主角度看物业，关注的是物权保障；站在政府角度看物业，关注的是社会治理。

视角如此不同，说明各方对物业管理的专业价值有不同的解读和期许。这或许是个问题，或许是个机会，说明物业管理行业要真正成为现代服务业还有很长的路要走。

2014 年底，万科集团同意万科物业再次市场化。与很多第三方物业公司不同，万科物业、中海物业、金地物业等都经历过 2001 年那一次从定位为售后到市场化，再从市场化又回归地产的反复。

2014 年的时候还没有那么多家物业公司上市，经历过往复会知道物业管理的市场化随时可能被地产集团叫停。那次被叫停直接导致了万科陈之平、中海李立新两位前辈的离职创业，那次叫停也让公司变得更加内化。好处是让业主看到了好物业口碑，让公司壮大队伍，但也让行业相关各方之于物权以及物权义务问题的解决整整落后了10年。

二次走向市场的万科物业胆战心惊，对内、对外均要小心谨慎。当时的策略是，不能跟万科地产形成竞争，所以尽量不接新项目；少与同行竞争，所以尽量不接业委会项目。这两个约束条件，倒逼出我们在市场上的一个合作模型"睿服务"，也就是不改变原物业合同主体关系，万科物业帮助原物业公司改善客户关系与经营。

但事与愿违，睿服务一代合作并不成功，直到今天迭代到第三版才算走上正轨。尽管如今热闹的话题是上市和科技，但之于行业，过去5年的真正意义是传统玩家从和谐的行业大会进入面对面的市场竞争。

平衡被打破，市场就会遇到问题，问题的焦点是新老物业交接。交接中的同行不再是觥筹交错，时而听到的信报则是短兵相接。在南京一项目交接时，万科物业南京市场负责人被拘留；在佛山一项目交接时，对方物业管理层被拘留；在长沙一项目换签，业委会委员从家里用吊篮把合同顺到楼下；在深圳一项目，业委会把万科物业请进来又准备请出去。市场碰撞出问题，而问题的背后真是利益之争吗？

有业主认为老物业不愿意离开，是觊觎公共资源，甚至在朋友圈发各种指责的文章，但没有人分析业主的物业欠费到底该怎么处理。物业费的定义与用途，维修资金的定义与用途，公共资源收益的定义与用途，酬金包干制度的定义与用途，都太长时间没有更新了。

物业费的大比例支出用在员工工资，员工工资在劳动法的保护下刚性增长，留给设施设备与房屋本体可支出的余量少之又少，业主因为客户服务不恰当而拒交物业费，导致项目支出捉襟见肘，相互失信带来对公共资源的争端，公共资源的引入与支出又带来权力机构可能的寻租。这一切问题在市场的碰撞中逐现端倪，进而引发对前期物业服务合同的生疑，对业主大会制度的批判。

都说房地产进入了存量时代，都说存量时代遍地黄金，面对政府再次投向老旧小区的万亿资金，作为存量的玩家之一，物业公司更应该给上方建言。所谓救火无痕方为"上医"——物业费由发展改革委限制价格的机制要彻底改变了，物业费要限制的是下线，而非上线。

2007年全国人大颁布了《中华人民共和国物权法》，随之带来业主对物权的追逐，但随着房价高企，却少有人谈及物权背后的义务。如果从建设性角度来看，如今的物业费应该分为用在物业的物业费与用在客户服务的物业费，前者归属物权义务，后者归属市场选择，公共资源收益应该归属于前者。

常有人问：为何新加坡每隔几年就可以翻新一次楼宇立面，而在国内却要政府出资？归根结底是当下缺少与物权法配套的支持政策。用在物业服务的物业费就是这类义务，同时也是真正该被监管的对象，对于在设施设备、房屋本体投入的违规者，物业管理行业可以设置禁入机制。

相反，用在客户服务的物业费，则是市场的选择，不论是保洁大姐每日清扫次数，还是保安大哥的身高与微笑、客服妹子的音容，业主可以根据自己的喜好和支付能力而选择。

1991年，深圳天景花园因电费纠纷，形成万科物业与部分业主代表协商达成一致的机制，在"业主自治与专业服务相结合"的物业管理新模式下成立了中国第一家业主委员会。其本意是一种代议机制，一种低成本协商机制，同时，在今天更促进了市场的流动机制，但反面又有演绎为"权力之争"的趋势。

2019 年 5G 的横空出世与区块链获得认可，之于物业管理行业真如同薛定谔的猫，相信技术的进步对于行业信任建立会起到质变的作用，5G 会让监督透明、便捷，区块链会为投票与合约增信。信任机制的改变，会改变已经延续近 30 年的业委会机制，会促进各地政府《物业管理条例》的出台与迭代更新。

感谢中国物业管理协会给予我"卷首语"这个有影响力的平台，向谢家瑾会长致敬，向市场中相遇的同行致敬。同时也对于万科物业在部分城市初入市场的莽撞深表歉意，相对于沧海桑田，过去 5 年只是时代的一点。资本撬动了市场，市场显现了问题，我们这一代还真的没走完。

但我隐隐感知，并愿意与行业同侪共同努力，到 2025 年，把行业推进成新一代更久的春天。

（来源：《中国物业管理》杂志卷首语《我们还没走完这一代》，2020 年 4 月）

● 前　言

康德说："我不得不扬弃知识，以便为信念腾出地盘。"

《我们还没走完这一代》的所有内容均出自万物云董事长朱保全（大宝）的文章、公开演讲。

各章内容的编排，遵循历史的发展顺序，时间跨度从2011年至2022年，让读者了解万物云业务管理理念、战略和经营的演进过程及其内在的一致性。

本书分为三篇。第一篇，物业管理。这是我们身处的行业，也是大宝长期思考其底层逻辑和本质的"道场"。第二篇，企业管理。基于共性，会从战略、组织、机制、文化、人才、业务、发展理念、价值主张等多方面呈现大宝的商业智慧与管理感悟。第三篇，服务历久弥新。围绕服务理念、服务精神系统阐述万物云的传承。

如何管理一家大规模的劳动密集型企业？如何不断地为客户创造价值并使企业长期有效发展？如何提升行业的水准并打开行业的天花板？

本书将以一位奋进中的头部物企董事长最真实的物业经营管理记录，让社会各界读懂万物云，进而读懂中国物业行业。

contents 目录

上篇

物业管理

● 第一章

物业的常识

（什么是常识？查理·芒格的定义：常识，是平常人没有的常识。常识不见得是共识。）

物业公司到底该不该存在

近两年，抖音上常常出现一段关于物业经理与某位业主（或某专业人士）间"A说B欠费，B说A侵占权益"的对话，然后评论区一片"取消物业"之声。这类观点也容易理解，保安、保洁、绿化、维修这些活都有人干，还要一家物业公司干吗？！

1. 读懂中国住宅物业，必须读懂"公地悲剧"

一群牧民面对向他们开放的草地，每一个牧民都想多养一头牛，因为多养一头牛增加的收益大于其购养成本，是合算的，但是因平均草量下降，整个牧区的牛的单位收益可能会下降。每个牧民都可能增加一头牛，草可能被过度放牧，从而不能满足牛的食量，致使所有牧民的牛均饿死，这就是"公地悲剧"。

物业管理是指业主对区分所有建筑物共有部分以及建筑区划内共有建筑物、场所、设施的共同管理。物业管理区域作为业主的共同财产或者公共资源，是极其容易发生公地悲剧的。比如，乱搭建、乱停车，任何对公共资源的私用都会引发更多人对公共资源的占用，最终导致小区破败、资产贬值，某种意义上说，不交物业费也是对公共资源的白嫖或者私用。

总结历史经验，解决公地悲剧的办法或是通过制度与授权"执法"，或是通过道德约束。业主大会可以通过"业主公约"的形式做业主个体行为的道德约束，而在具体执行中则需要物业管理企业在业主大会授权下完成对侵占公共利益行为的"管理"。短视频中经常出现一种争论，"老子花钱请的你，你还敢管老子"，此言有谬误。其实是全体业主共同请的物业公司，对个别业主侵占公共资源的行为予以约束。在此基础上，业主委员会的作用则是更好地行使监督职能，避免物业公司在执行过程中与个别业主间的寻租，以及物业公司自身对业主公共权益的侵占。相反，切记业主委员会不能变成权力机构，否则就会变成没有监督约束的"寻租"代表，后面会讲到。

2．一场暴雨中思考"总承包"的意义

深圳这个月下了一场罕见的暴雨，罗湖区几乎可以行船。应该说，在物业服务合同里并没有约定极端天气下，业主应该如何向物业公司支付费用；业主委员会委员们也不会成为遮风挡雨的那一支队伍；保安、保洁、维修工是各司其职还是合力抗洪？在现实中，哪怕日常口碑一般的物业公司，也会在暴雨中组织各方力量，努力保护业主的共有财产以及地下车库的安全。

在建筑领域有 EPC（工程总承包），就是因为建筑工程具有复杂性，

不是非专业的业主方直接面对设计院、工程总包以及供应链就可以系统解决的。物业管理中同样面临台风、暴雨等特殊情况，甚至包括公地悲剧与反公地悲剧问题的解决，不是几个业主直接面对保安、保洁就可以系统解决的，需要物业公司这样的总承包。根据科斯的理论，总承包模式如同公司带来的高效率（内部协同效率高于市场交易效率），其中既有经济效率，也有社会效率。

作为总承包，一方面物业公司能够统筹各环节，克服脱节乃至相互制约的问题，综合控制服务质量、成本，对总体结果负责。同时，由于物业公司能够在大额采购中取得低价，甚至干脆通过自有团队避免二次分包，帮助业主们避免了调研服务商、比价、招投标、处理突发事件等环节的交易成本，这是让专业的人干专业的事。

另一方面，物业公司能够帮助应对小区内发生的"公地悲剧"和"反公地悲剧"。当一个业主用私锁占据公共停车位时，越来越多的业主会因为害怕没有车位可用而模仿这种行为，公地悲剧就发生了；当一个老旧小区因为低层业主反对加装电梯而使住在高层的老人无奈爬梯时，反公地悲剧就发生了。这两种困境大多是因为多业权的住宅小区意见难以统一，也缺乏一个具有公信力的决策集体主导事务推进。而物业公司恰恰就扮演了这样的角色——收集业主们的意见，并推动使小区更加宜居的改变发生。

再者，目前中国住宅物业小区只有为数不多的可以达到100%物业费按时缴纳，而当有业主欠费时，作为总承包的物业公司承担了短期垫资的责任。下暴雨的时候，疫情封控的时候，物业公司尤其是大型物业公司都发挥其总承包的优势，在公司内项目间调度资源，甚至职能部门的财务经理、人事经理也要支援现场。

所以，当小区无法将具有各种专业背景的业主聚在一起发挥节省交易成本的作用，也未形成行动一致的精明决策集体时，物业公司仍有其存在的必要性。

然而，当今对物业公司"不作为"的诟病同样来自总承包：合同一经签订，业主们难以形成统一意见时，个体诉求便得不到响应，也无法采取集体行动来监督、验收这个总承包商。物业公司则隐藏在灰色地带里"偷工减料"，在"公地悲剧"和"反公地悲剧"事件中缺位。

也就是说，错的不是物业公司本身，而是当下的运行模式正在对总承包"扬短避长"。所以，想获得高品质的物业服务，对于业主来说，首先要思考的不是是否"取消物业"，而是如何形成"精明决策集体"，在小区语境中它应当是一个廉正而专业的业委会。这个业委会不但能够为小区选到一个优质的总承包商，还能够监督总承包商真正为服务质量负责。

3．"积非成是"的谬误与监督权"寻租"

当一个考生被老师抓到作弊时，往往会有这样的自我辩护："又不是只有我抄了，干吗只抓我一个人？"实际上，大家都作弊并不能为这个考生作弊带来正当性，老师无法抓尽作弊的失职也无法掩盖这个考生作弊的错误，在逻辑上，这是"积非成是"谬误。

物业在中国的四十年里，一直被看作"劳动密集型行业"，业主们向物业公司"买人头"，物业公司"出人头"为小区保安、保洁、保绿、保修。为了保证服务履约，业主们首先要做的是数数"人头"够不够；而为了寻求利润空间，物业公司能想到的最简单的方法就是"偷人头"，如果业主没空数，那这种情况就更加泛滥。其实，保洁公司、保安公司都在这样的恶性循环之中。

在形成业委会监督机制后，"数人头"与"偷人头"并没有真正得以改变。首先，"数人头"式的管理模式看似简单、清晰，实则形成了监督单位简单、粗暴的"寻租"的空间。我刚入行时，就听公司一位城市总经理讲过一个案例，一位甲方领导暗示他，"你见我数过你们人头吗？"其次，物业管理要做到按流程驱动服务，太难了。

"管理人头"的模式支持了物业行业近四十年来的发展，在变革发生前，甲乙双方对它的意愿都不算强。业主们已经习惯了以往的服务方式，也为监督物业想出了许多办法；而物业公司作为企业，必须有变革的思想颠覆以往的业务流程甚至商业模式，否则就会在一片和谐中陷入温水煮青蛙的困境。

就像粗放的工人工厂被标准化流水线机床取代一样，行业变革往往需要等待一些社会总进步，这种进步既有科技的，也有意识的，比如 AI、智能硬件、区块链。

物业公司并非不存在标准服务流程，恰恰是对标准服务流程的管理水平检验着一家物业的成色。以往物业公司 ISO9000 的质量检查，第一件事就是看质量记录的小册子，那里写着我们的流程到底有没有被执行。然而，这些检查毕竟还是靠一个个人去做，执行的情况毕竟也只是写在纸上的文字，久而久之就从糊弄人变成了糊弄鬼，这也是从前没法实现真正的流程驱动服务的原因。

在数字化时代，物业公司完全可以将服务标准流程嵌入系统，实现由系统流程产生、发出、执行、检验，而且这个流程是有数据验证，不会撒谎的，有数据支撑不断迭代更新的。

于是，新的变化出现了。

首先，一些机器工作起来比人工更有效率的事情，可以由智能硬件完成，这些智能硬件在流程的操控下不会偷懒，数据自动回传系统完成闭环，比如车牌识别解决了保安私吞停车费的问题。其次，远程运营平台可以同时观测所有周期性服务动作的执行情况，比如电梯是否巡检、路面清洁频次；也可以响应临时性服务的调度，比如设备故障、树木倾倒，而这些服务动作同样能够由远程运营平台统一验收。

最后，那些智能硬件无法完成的服务，比如家政维修、突发事件处理，仍在远程运营平台的监控下由人工来完成，履行这些服务的知识沉淀也会被系统记录下来成为新的流程。

这个蓝图就是物业的 BPaaS（流程即服务）："智能硬件＋远程运营平台＋人"的服务。通过 BPaaS，未执行的服务无所遁形，人机对话带来的数据反馈能够不断优化流程，服务流程的监督也会在平台的视野里整齐划一。

对业主们来说，物业公司的服务不会缺位，因为服务的履行不再说不清道不明，而是可以通过平台数据检查到，服务提升的建议可以在平台内得到反馈。

在这种情况下，那个廉正而专业的业委会监督物业公司的将不再是"人头"，而是"流程服务"，不透明、滋生机会主义的劣势将得到制约。

仅以此对抖音中各类"取消物业"声音做出回答：物业公司如今仍然需要存在，但存在的方式需要从粗放的"人头管理"向集约的流程管理转变。

以供讨论与批判。

（来源：大宝专栏《物业公司到底该不该存在》，2023 年 9 月）

赚钱与花钱

移动互联网大风一吹，什么煎饼、牛肉、避孕套、花样年跟着猪接二连三地飞了起来。在物业管理行业，也颇有 20 世纪 80 年代做买卖之遗风，"只要中国人每人吃一串糖葫芦，一串赚一块，那也是十几个亿"。

移动数据技术的确整合了碎片，我自己就坐在马桶上淘宝过热水器，当然我也梦想着坐在马桶上买手纸的那一天。但我始终认为，这只是个技术，任何人都可以拥有它，而生意的本质始终不变，就是用诚信做好服务。

物业管理是干啥的？一言而蔽之就是"三个和尚没水喝"，小区里请来个物业公司。但物业管理绝不是简单的保安保洁，而是建筑物及设施设备的运营养护。

"众筹"在土里吧唧的物业行业不是新鲜事儿，物业管理费本就是众筹。所以，物业这个行业的要素不是赚钱，而是怎么有责任地花钱。

很多人看到万科物业服务近百万业主有如肥肉，而万科物业心中始终是如履薄冰地担着"每个业主几百万资产保值增值的责任"。

等到电梯大修、水管锈穿的时候，你会发现自己家的房子比万科物业管的房子贬值了太多。醒醒！

（来源：大宝专栏《赚钱与花钱》，2014年2月）

管与不管

我曾经去过一个项目，在一栋高层前看到这样一种现象：从两个房间里穿出两根空调管，横在这栋楼的外立面上，一眼看上去完全不符合小区的整体风格。我相信这么明显的感受肯定不止我一个人会有，那为什么这种现象会一直存在呢？物业工作人员为何不去管理？到底该不该管呢？

我们理解的物业管理是指物业公司按照物业服务合同约定，对房屋及配套的设施设备和相关场地进行维修、养护、管理。那对于小区内包括违章装修、乱停车等问题，物业管理中管的动力到底从哪来呢？我们提出了一个标准，就是"以业主资产的价格衡量物业人工作价值"。为什么用资产的价格做衡量呢？举个例子，如果我想出售二手房，当我看到电梯厅消防管的漆已经斑驳了，我愿意花150元把消防管和消防门刷一遍漆，刷完后我认为这套房子每平方米能涨500元。

最早我们在深圳管理的小区停车车头都要朝一个方向，今天我们在为找一个地方停车而努力。设想一下，如果今天万科的小区仍一直坚持车头朝一个方向停车，我们这个房产的价值一定是和随意停的不一样的，这就是管的价值，这就是物业管理的价值。这个时候，我们再讨论物业管理费，大家觉得3.2元/m²比1.5元/m²简直是高太多了，但我们不仅仅是在1.5元/m²和3.2元/m²这个数量级的基础上谈，我们的工作方向是帮助业主资产的保值增值，那么在这个时候，物业管理费和房价之间是一个千倍的杠杆。

物业管理有很多细微的东西，无论是秩序维护管理还是环境卫生，我们要在这些工作中找到价值，找到我们与业主对话的地方。所以回过头来说，今天物业管理行业突然变成了一个香饽饽，在微信上看到关于电商、顺丰开店、民生银行开店等各种各样的信息，在这个时候我们应该找到我们自己是谁，我们不是传统物业的代表，我们不是基础物业的代言人，我们不是追求从1.5元/m²到3.2元/m²的物业管理费的群体，我们要站在客户的视角，业主的视角，我们提出来——我们是客户资产保值增值的捍卫者，用这句话来反复衡量我们的工作，就能找到这种信心。

（来源：大宝专栏《管与不管》，2014年9月）

做好物业维护

物业管理，起因是建筑物区分所有权，而维护"物"的存在，保障"物"的价值应该是物业管理的基本责任。《物业服务收费管理办法》规定了一般情况下的 6 项物业服务成本或物业服务支出构成内容，其中第 1 款是人工成本，第 2 款是物业共用部位、共用设施设备的日常运行、维护费用。而随着近年来人工成本的快速增长，很多物业管理项目收取的物业费绝大多数用于支付人工成本，对共用设施设备日常维护投入已经可以忽略不计。这是非常危险的。因为设施的日常维护是小投入预防大风险，防止问题积累和积重难返。

法规规定共用部位、共用设施设备的大、中修和更新、改造费用应当通过专项维修资金列支，但是当前专项维修资金的使用，掣肘之多是众所周知的。以北京为例，"专项维修资金支取使用率仅为 1.38%"。杯水车薪的资金来源难以保障小区的公共设施设备得到及时有效的维护。与内地使用 9 年楼盘就已经破败不堪形成鲜明对比的是，香港使用 30 年的楼盘还犹如新建，这和香港政府在物业维护方面的法规政策和业主在共用设施设备上的维护投入是直接相关的，我们都知道，香港高昂的物业费当中很大比例是用在"物"的维护上的。

万科物业之前已经意识到在物业费不能合理上涨的情况下，人工成本逐步挤压维修投入问题，2012 年已经明确内部政策：日常维修投入占总成本的比例不能少于 6%，希望以此保障对共用设施设备的维护，确保客户房产价值的存续和延伸。而我们认为：一方面这是根本上尊重客户权益，是物业服务企业的重要使命。另一方面，这是物业服务价值的重要标尺。业主经常会对比小区的物业费高低，怎么理解小区物业费的差异？怎么衡量业主支付给你的物业费是否物有所值？

物业费的价值其实不仅要体现在即时的服务上，而且要体现在小区的房产价值上。业主支付了相对较高的物业费，物业公司就有资源对房屋本体、配套的设施设备进行良好的维护，经年历久，别的小区房屋和设备已经斑驳老态，但你的小区还整洁光鲜，那么你所管理的小区房产价格必然高于周边参照楼盘。对比参照楼盘，业主多支付的物业服务费转化成了溢出的房价。作为业主，所支付的物业费就以资产价值的形式获得放大多倍的回报。

持本守正，做好物业维护，是万科物业一直以来的坚守。当然，我们也希望不要只有万科物业一家公司在坚守，呼吁这份坚守能够形成行业共识，同时呼吁法规对物业共用设施设备维护投入予以进一步规范并出台必要的政策支持。

（来源：大宝专栏《持本守正，做好物业维护》2014 年 9 月）

阳光是最好的消毒剂

2015 年央视的 315 晚会，主题是"消费在阳光下"，我觉得这个主题对我们物业管理行业特别有意义。

房子，可能是许多中国老百姓一生所有"消费"中的头等大事。购房是个百万元级别的消费，房屋打理得好不好、小区管理是否有序、电梯维护是否到位、消防设备是否维护正常等，不仅直接决定了居住体验的好坏，更关系消费者"第一资产"是否保值增值，甚至和消费者生命安全息息相关。

房子绝不是买完了就万事大吉的，后期的使用维护更是关键。对于后者，物业公司在其中的作用至关重要。万科物业一直认为物业管理并不仅仅是表面上的把地扫干净、垃圾及时清理，其本质应是对建筑物的打理，其工作价值的唯一衡量标准应是业主资产的相对价格。物业公司替业主把房子及其附属设施维护到位、维护好环境与秩序、通过社区文明活动促进邻里和谐、敢于对违反业主公约的不文明行为说"不"，这些努力会综合体现到房价上，业主（消费者）将最终受益。

举个例子，过去人们常说万科物业好，是说万科物业的品质好、业主满意度高，我认为这些并没有说到点子上。2014年我们做了一个研究，把万科物业管理的几百个小区，与街对面差不多地段、开发时间、开盘价格的楼盘，做了一个二手房价的对比，发现七成以上项目的价格高于参照楼盘，十年以上老项目的这一比例更是超过八成（如万科的第一个住宅项目天景花园建于20世纪90年代初，历久弥新，比"街对面邻居"的二手房价高出逾四成）。这些数据并不是用来自夸万科物业做得如何如何地好，而是表达一个观点：相对房价的维护提升，才是业主聘请物业公司来管理房屋资产的本质需求。

近两年，资本涌入物业管理领域，许多热点概念搅得行业风生水起，但我个人始终保持一份警觉与自省："这是不是物业公司最该干的事儿？'最后一公里'是不是属于物业公司？业主还需要物业服务吗？"我心中的答案是明确的。但无论如何，行业的这种火热的确反映了同业求变心态中折射的行业困境：管理费提价困难、人员成本节节攀升（东莞最近刚刚公布的2015年最低工资标准涨幅逾15%，广州则达19%）、服务品质堪忧、创新与创收都陷入窘境。

然而另一方面，业主也没有从物业公司的窘境中获得多少好处。许多人不知道自己交的物业费用在了什么地方、小区物业为什么亏损、管理费有多少节余、停车与公共资源经营收入都去哪儿了、有多少钱被用到了看不见但却相当要命的设施设备维护上，他们对小区物业不满却无法督促其提升质量。

甚至说白了，你想换掉一家不靠谱的物业公司，比换个房子要难得多。于是有的业主干脆用脚投票，搬离了物业管理差的小区；剩下的业主，则承受着相对房价表现不佳带来的损失。

物业行业的这种困境，我认为"阳光"是解决的关键，没有之一。

作为业主"众筹"请来的物业公司，我们敢不敢把收入和支出一五一十地摆在业主面前？我们敢不敢把事实和问题一五一十地摆在业主面前？我们敢不敢把决策和权力一五一十地摆在业主面前？我们敢不敢让业主全面监督我们，让阳光照进物业管理的每一个角落？

如果物业合同不再是一个可以不经业主同意、随意拿来买卖的"优质资产包"，如果业主可以对物业公司有充分的知情权和选择权，那么业主必然能在百万资产与千元物业管理费之间建立合理的价值逻辑，行业也会进入良性的正循环，更多的物业公司也将不再整天研究怎么"做买卖"，而是更安心地去钻研如何干好物业管理本身。

物业公司不应该害怕业主联合起来，而应该提供协助与支持，给业主建立业委会等业主议事与决策机制提供必要的便利，并与业主展开积极而良性的互动。这方面，万科物业有专门的团队负责，也取得了一定的经验，甚至目前我们唯一的业主端APP"住这儿"，最主要的功能还是"投诉""曝光"和"报事"。如果有同行需要交流这方面的经验，我们将非常乐意接待与分享。

在新时代下，万科物业内部提出了我们对物业管理的四大主张：

一、物业管理的本质是对建筑物的打理；

二、以资产的价格衡量物业工作的价值；

三、用数据与信息化技术整合社区资源；

四、劳动密集行业的关键是盘活生产力。

作为物业管理人，我真诚呼吁：以责任初心，行诚信之事，坚守大道当然，坚信精细致远！

阳光是最好的消毒剂，也是万物成长的能量之源。物业行业需要更多的阳光，更多的阳光也将给物业行业带来更持久、更健康的生命力。

（来源：《物业行业需要更多阳光 —— 央视 315 晚会有感》，2015年 3 月）

《物权法》10年，如何让甲方不再缺位？

2017 年是《物权法》发布、施行 10 周年。借这个机会，我想和大家聊聊物业行业与甲方归位的问题。我国物业管理行业诞生已经 30 多年，但很长一段时间，业主的共有财产权一直没有得到承认，物业行业也处于甲方缺位的状态下。直到 10 年前《物权法》颁布，首次明确提出了"业主的建筑物区分所有权"的概念并设专章，才为业主的共有财产权提供了法理基础。《物权法》第六章"业主的建筑物区分所有权"对共有财产权是这样界定的：业主对建筑物内的住宅、经营性用房等专有部分享有所有权，对专有部分以外的共有部分享有共有和共同管理的权利。

共有财产权长期得不到承认，有其特殊的原因。物业管理行业是这样一个行业，它基于业主对房屋的私有产权而产生，但它涉及的却是公共空间的管理。19 世纪中叶，著名法学家梅因在《古代法》一书中仍然表示，"成熟的罗马法以及随着它而发端的现代法学认为共有制度是财产权中例外的、短暂的状态"。美国、日本、德国等国家将这种"共有"独立出来，承认其作为常态的存在，也是近一百年才发生的事情。

10年前《物权法》的颁布，不仅对业主意义重大，对物业管理行业而言也极其重要。行业外甚至行业内常常有一些误区，以为甲方缺位就是乙方强势，是一切由物业企业说了算。

但事实证明，甲方缺位往往会增加物业企业的责任，激化物业、业主双方的矛盾，最终常常造成双输的局面。万科物业深圳天景花园业委会、城市花园业委会的实践经验也证明，那些业委会运转良好、甲方归位、业主拥有更多话语权的小区，物业管理的难度会更低、效果会更好。《物权法》的意义在于，首次从国家立法层面明确了小区内的设施设备、公共空间收益、维修基金等，由业主共同行使"共有和共同管理的权利"。明确了物的权属，也就减少了因权属不清而引起的物业、业主双方之间的纷争。

不过，确立了业主的共同财产权后，如何实现？美国、日本、德国等国家的通行做法，是赋予由全体业主组成的业主大会（协会）以权利能力、法人资格，以承认其作为常态的存在。以美国为例，其甚至在业主还没有进入物业小区前，就确立了由开发商代管的业主协会（相当于我国的业主大会）。业主达到小区内房屋单元总数的75%之后，开发商一定要在60日内把法定的业主协会交还给全体业主。

一个人有了房子，成为业主之后，对专有部分的所有权就可以直接行使，但其对共有部分的权利是没办法直接行使的。《物权法》美中不足的是，虽然明确规定了业主的共同财产权，但依照其对业主共有财产权实现方式的界定，权利的实现仍然需以召开业主大会或者选聘业委会为前提，受限于门槛、权利意识、组织经验等，业主大会和业委会很难成为常态的存在，这就出现了许多"真空期"，造成了在《物权法》颁布10年后，甲方缺位的情况仍然大量存在。

这一个10年，业主共有财产权的概念渐渐深入人心。希望下一个

10 年，能够从法律和事实层面共同推动业主共有权成为常态的存在，让甲方归位。那将不仅是业主之福，更是企业之幸、行业之幸。

随着移动互联网的普及，全体业主参与的机会成本大幅降低，代议制的问题会被弱化，共有权利会被强化。物业行业切莫妄自菲薄，因为我们服务了 360 行内最特殊、最有价值的群体，我们的客户有一个最牛的名字叫"业主"。

（来源：大宝专栏《〈物权法〉10 年，如何让甲方不再缺位？》，2017 年 7 月）

一片枯叶见乾坤？"不缴物业费"，我们到底该关注什么？

物业费到底是啥？归根结底，业主们需要与物业公司对关于物业费到底是啥达成共识。业主们拥有的不动产的公共空间需要维护，集体出钱请机构统筹该工作。这笔"钱"就是物业费（酬金制称"物业资金"），而统筹则是物业公司主责，由自己或者聘请他人完成公共空间维护的任务，所谓"统筹"，核心就是如何把这笔钱有效地花出去。而现如今有很多概念，比如不用交物业费，比如买东西就不用交物业费，等等。其实物业费怎么筹集真的不是核心，各村自然有各村的高招。而物业公司的良心本事是怎么把物业费有效地花出去，花得好，让业主的不动产保值增值才是王道。

如下图所示，这是不得不面对的现实：有同事做了份宏观数据分析，大概在 2013 年前后，可查数据内的物业行业收入已经低于物业行业成本。此时的舆论应该是"不该缴物业费，不用缴物业费"，这看似赢得业主与资本市场的欢心，但本末倒置，可能会使得行业在物业费支出方面更加隐晦，最终使得行业在资本风口下摔得翻不了身。建立正确的物业消费观——足够的钱有效地花在不动产公共空间维护上，应该是业主、政府、媒体、物业人、资本市场间真正需要达成的共识。花好物业费对公共空间有效维护，是一份对城市不动产的责任；花钱有效性是企业间伴随科技进步体现出的差异；筹集物业资金渠道则是客户对企业服务认可度以及企业间经营灵活性的竞争。我们以一篇荒谬文章传播而悲，我们也因获得致歉而喜。

物业行业收入增速/GDP增速

单位：百万亿元

单位：亿元

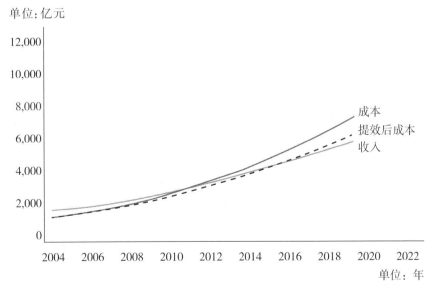

单位：年

注：虚线为预测技术带来的成本降低；基础数据来源：国家统计局、Wind数据库、中指院

悲喜之余，因一片枯叶而知春秋。坚定目光，抓住客户对于物业的刚需，获得客户认同。

正所谓，不忘初心、方得始终。

（来源：大宝专栏《一片枯叶见乾坤？"不缴物业费"，我们到底该关注什么？》，2018 年 5 月）

"更换物业"难在哪儿？

近年来，随着物业服务企业市场化程度提高以及业主维权意识增强，更换物业服务企业被频繁提及，但过程通常并不顺利。

1981 年，中国诞生了第一家物业管理公司，经过近 40 年的迅猛发展，中国物业企业在 2017 年底已突破 11.8 万家，物业服务"飞入寻常百姓家"，并同人们的美好生活、社会的和谐安定，建立起密不可分的联系。《物权法》颁布后，拥有不动产所有权的"业主"（Owner）群体，快速且愈发强势地崛起，成为当下中国行权维权最为活跃，且最具购买力的消费群体之一。可尽管如此，"更换物业"这一看似简单的市场交易行为，在现实中从开始到完成却绝非易事。

1．对公共参与的认知不足

伴随着《物权法》的赋权，业主的行权意识在不断增强，但多聚焦在个体权利本身。在这一过程中，业主的公共意识明显不如对自我权利的争取。小区更换物业服务企业，需首先成立业委会，并在其组织召开的业主大会上，通过户数和建筑面积"双过半"的同意表决后，才能合法实施。然而，物业是基于"多业主区分所有权"的管理，个人参与小区公共事务的成本和收益并不对等。无论是业主委员会委员的选举与被选举，还是业主大会关于重大事项的表决，大多数业主的选择是不作为，从而导致业主大会和业主委员会低效运作。

2017年，我国百强物业服务企业管理的住宅项目，成立业委会的比例仅为22%。这一事实说明，业主对付费购买物业服务的反馈及改变具有天然的滞钝性——即便对服务品质心怀不满，也无法及时转化为"更换物业"的实际需求与行动。

2．问题拖延造成解决困难

一般而言，原物业服务企业出现服务品质问题是业主要求"更换物业"的主因，并致使部分业主在合同履约过程中，拒缴或拖欠物业费。万科物业曾接管的部分二手项目，接管前的物业费收缴率竟低于50%。业主拒缴物业费的理由包括"原物业服务企业并非我们亲自选聘""花大价钱买房子，物业服务太差""对公共资源的经营管理和收益支配不透明"等。

欠费行为使得利润本已微薄的物业服务企业无力再通过加大成本投入力度，提供高品质服务；同时，由于物业费由政府指导定价的机制存在，近些年物业管理收入几乎无法随着社会基础成本不断上涨而提高。物业费欠缴因此带来了更多不互信与更差的服务体验。一些小区的业主与物业服务企业深陷这种恶性循环，双方关系彻底破裂。

极端情况下，物业服务企业长期不作为，造成基础设施维护欠佳、业主产生负面印象以及养成不良的缴费习惯，使小区成为"烫手的山芋"，也给新接管的物业服务企业带来重重压力——提升服务质量、修复客户情感，往往需要投入大量成本，甚至要求企业具有垫资能力，主动承担社会责任。

此外，当业主选聘新物业服务企业时，原物业服务企业对应收欠费的追讨，又给"更换物业"工作添置了新障碍。尤其面对历史遗留欠费问题，当通过催缴无法解决而诉诸司法途径时，"更换物业"工作将变得愈发漫长。为维护与争夺利益，原物业服务企业甚至会阻挠业委会成立，干扰选聘过程并拒绝撤场，新旧物业服务企业因交接不顺而爆发冲突亦屡见不鲜。

"更换物业"事关社区安宁与和谐。由此，有关部门在相关政策设计方面增加交易成本，使"更换物业"的成本变高。但客观上，这会进一步加深业主与物业服务企业矛盾直至爆发。

3．让物业服务助力社区建设

"更换物业"虽然困难重重，但切不可消极面对。从业者应采取有效举措，变被动为主动，消除业主与物业服务企业之间的障碍，提升社区幸福指数。由此看来，提升物业服务品质、建立民主议事机制，是促进物业市场良性循环的根本之道。

从另一角度看，解决"更换物业"难题的本质在于如何让原物业服务企业"体面"退场，如何让业主和物业服务企业都更有尊严、高效地履行义务，如何让物业服务及其交易更简单、透明、美好。只有解决了这些问题，才能真正迎来行业进步。

第一，物业服务企业"做好自己"是推动市场迈向良性循环的第一步。只有持续不断地提升服务水平，以不动产打理为基础、以客户为中心，及时有效地解决客户合理诉求，才能为自己赢得信任与口碑。

第二，业主需增强公共义务的意识。公共权利对应公共义务，业主方当前更多强调权利，而鲜谈义务。比如，房屋漏水是业主专属部位的问题，而部分业主以不缴纳物业费相威胁，直接影响物业服务企业成本。某种意义上，这些欠费业主侵害的是其他业主的权利。对于此类义务的约束，需要通过权属意识、司法执行、业主大会等途径迭代更新。

第三，推动业主对物业服务企业开展有效监督与评价。在物业服务企业与业主之间，建立理性沟通、民主议事的机制，让权责关系清晰透明，形成快速裁决机制。比如，推行业主大会"陪审团"制度，定期对物业服务企业与业主履约行为进行裁决，逐步扭转"物业服务差—业主欠费—服务更差"的局面，避免问题拖延和积累、及时了结旧账是破解"更换物业"难题的终极办法。

第四，进一步完善法律体系，提升司法效率，快速处理物业服务企业更换过程中的权责纠纷，对促进物业市场流通、优化物业市场生态都具有重大意义。当"做好自己"与"民主议事"都无法解决矛盾、需要诉诸法律时，公正高效的法律体系将极大地提升行业运行效率与价值。

第五，业主委员会的定位。业主委员会组织在新的物业服务企业接管后如若辞职解散，将造成"新物业承诺无法兑现、老物业矛盾无人面对"的情况。随着互联网与物联网技术不断革新，业主委员会组织将更加容易，信息也将越发透明。业主委员会应推动新技术应用，让业主委员会成为真正的社区权力机构。

城市社区早已发展成为多元主体共存的复杂空间。社区秩序的维护、美好生活的创造，离不开多元主体的各司其职与有效合作。唯有共创共建，才能在"接管—履约—监督—评价—裁决—退出"这一市场链条上实现有效闭环、高效循环，才能在资源可优化、权益有保障的环境中，不断提升物业服务行业尊严，为社会创造更多真实价值。

（来源：大宝专栏，原文标题《从企业角度看，"更换物业"难在哪儿？》，2019 年 4 月）

让市场的归市场

相对于青岛空置房物业费打 9 折，广东政府又一次在意识与行动上领先。2019 年 7 月，广东省发展改革委、住房城乡建设厅发布了一条规范物业服务收费的通知，主要内容包括取消政府指导价范围内物业服务收费标准备案管理；室内装修垃圾清运费的收取从政府定价调整为实行市场调节价；装修保证金不列入政府定价；出入证押金也不再核定。政府在物业服务定价方面简政放权了不少。

关于这条政策，我转发过朋友圈。从回复看很有趣，有人问"会涨价吗？"有人问"会降价吗？"提问的朋友看似角度被动，但却透露出内心的一丝主动。

关于物业费备案与政府指导价，大概的意思是物业企业不能自主定价，即便与业主协商一致，也要到政府部门备案，而这个备案在具体执行中就与审批无异了。除了部分城市可以通过专家评估价格外，多数城市都要按政府指导价格定价。过去十年房价涨了若干倍，而指导价几乎没有变化。

物业服务具有准公共性，属于美国经济学家布坎南所言的"包含着某些公共性……但公共的范围是有限的"服务。物业服务的公共性，比如个人在装修时把家里的外窗换了，从公共性的角度看，你改变了建筑物的外立面是被禁止的。从准公共性角度，因为服务提供者不存在垄断性，也就是价格可以由市场决定。同时，如果业主们的意见可以通过业主大会等机制形成共识，这种准公共服务与受托方也就是物业服务提供者之间就转变为 B2B 关系，这就是完全市场关系。

说到这里，"由开发商选择前期物业企业"是一直被诟病的话题（本文不赘述），一直被怀疑"穿一条裤子"，于是价格成为一种保护性政策。

另外，市场的结果告诉我们，中消协统计，2018 年全国消协组织共受理消费者投诉 762247 件，在服务大类的投诉量中，房屋装修及物业服务的投诉是 17352 件，占比约 2.28%。这一数据在 2017 年是 8647 件，占比 1.19%；在 2016 年是 8496 件，占比 1.3%。这不是个小数量。

从目前对物业行业管理的各种顶层设计来看，无论是国家发展改革委放开对住宅小区物业费、停车费的价格管制，还是国务院取消物业企业的资质审核，乃至将物业管理纳入社区治理体系中，都是逐渐认同了物业服务属于私人性较强、垄断程度较低，并已经形成竞争的准公共服务，从而选择了让市场的归市场。此次，广东清理规范省内物业服务收费也是应国家发展改革委对清理规范政府定价经营服务性收费的要求，属于在物业服务的象限中率先落实。循着这个逻辑，室内装修垃圾清运、装修押金、出入证押金这些本身就不属于公共服务，公共性不强的项目，不需要政府定价及过多干预，当然在清理之类。

社会在发展，公共产品和私人产品的边界、外部性、定价及供给方式都在发生深刻变化，比如出现了如滴滴、哈啰单车这样的提供共享产品的企业。诚然，对于垄断程度很强的部门，如供水、供电、煤气等行业，政府仍需要保留较多管制和监控，特别是在收费体制和收费标准上，但其他很多已经形成竞争的领域就应该交还市场。

"凡是市场能自主调节的就让市场来调节"，发改价格〔2019〕798 号通知明确要求，缩减政府定价范围，对已经形成竞争的服务，一律实行市场调节价；对能够区分竞争性领域或环节的，竞争性领域或环节的收费标准一律实行市场调节；对市场竞争不充分，仍具有垄断性的经营服务性收费，实行政府定价（含政府指导价）。

按这个精神，取消对物业服务领域的价格管制，或许步子还可以再迈大一些。相反，法律角度的不动产所有人产权义务管理，行政角度的受托人对不动产养护责任实施，是政府应该加强监管的方向。

（来源：大宝专栏《让市场的归市场》，2019 年 8 月）

物业的本质

1. 冷静看行业

最近有一些锦旗火了。

这是万科物业的项目引起的，但是现在呈病毒之势，在整个物业行业蔓延开来。在很多个小区，出现了送锦旗的风景，锦旗上面有一句"病毒式的话"，叫"干啥啥不行，收钱第一名"。出了这种事情之后，大家提出各种各样的建议，其中最理性的就是去告他们、索赔，要用法律的手段。

这话说得没错，但是实际上是大家对物业管理到底是什么不太懂。并不是说送锦旗的这个人他不懂，而是传播"特殊锦旗"事件的人，都不太懂。

那么后来怎么办呢？我们万科物业宁波公司就给这个小区的全体业主写了一封信，大概就是说"青山绿水，江湖再见"。我们启动了退出这个小区服务的程序。这个"特殊锦旗"事件传播得很快，但是一直没有上"热搜"，这封信出了之后，5 天就上了"热搜"。

为什么会上"热搜"呢？因为它出现了观点，出现了内容。单纯一面锦旗是没有内容的，大家把它当成一个游戏，但是形成了内容之后，尤其是在大会前天，大概还在"热搜"的第 24 名，且仍然在传播负面的消息，促成了大家对这个行业的一个讨论。

　　我觉得资本市场在炒作物业股价的同时，大家冷静下来，看看这个行业到底是什么，是非常有价值的。

　　因为疫情，这个会从年初拖延到这个时候，本来去年约定的议题是谈物业城市，到了今天，我临时改变了内容，想跟更多的朋友线上线下分享一下我对物业的认知。

　　那么物业到底是什么呢？

　　我们先看一组数据，上市物业公司市盈率中位值超过了45倍，这个大家都知道，但我们从外接的二手物业数据看，起始物业费收缴率小于70%。

　　虽然上市公司都愿意说自己是90%多，但是实际上我们收回来的跟业委会签的这些物业项目，第一年物业费收缴率大概就是70%，后来至少要三年的时间才能把它做上去。

　　我一直问的这个答案到底是什么？大概就是物业公司收投资人钱的能力远大于收客户钱的能力。

　　我们再看一组数据：从事物业行业的人90%没念过大学，现在链家的经纪人都是念过大学的，地产行业80%的人拥有高等学历，基金和投行也不能说100%，但99%都是大学本科以上，而且都是名校毕业的。如果社会在进步的话，那一定是知识在决定世界的进步。

　　那么我也一直在苦苦追问一件事：到底是一群劳动者干出了令高智商乐得出钱的行业，还是一群高智商投资人投出了一个不为人知的故事？

　　所以这个故事到底是物业人的故事，还是投资人的故事？现在我们大概率还是开发商的故事，所以大家不要以为开发商现在被边缘超越了，那边缘被超越的时候，干边缘的人还是中间的那个位置。

2．物业是什么？

我做物业之前也是做开发商的，十年前别人说我用天使投资的方式进入了一个不被看好的行业。我从南京回到深圳，开始接手万科物业，在这个期间也不断地去摸索，物业到底是什么。物业这个词英文是"property"，它会出现在不同的地方，比如说在黑石的报告里，它等于资产，但是在大家的语言里面，物业管理是什么呢？"保安＋保洁＋保修＋保绿"，叫"四保"。原来我们还一直在翻译不同的英文单词，2019 年收了戴德梁行的物业管理，才发现在美国的网站上，这"四保"都是一个英文单词，Janitor。

物业在中国叫物业管理，但是其实我们一直没有干这个事儿，资产的这件事被链家干了，干物业管理的反而没去干。今天的资本市场这个等于什么呢？分散的市场，说再大也没有多大。保安可以把门打开，但是现在链家的人已经是大学生了，我在想，作为一个优雅的经纪人，他会是个什么状态？另外就是最后一百米的服务，这可能是过去这段时间大家一直在谈的话题。

在万科物业做新员工培训，我会面向所有的新员工讲一堂课，这堂课讲两个内容，一个是万科物业的文化，一个就是这一点（最后一百米的服务）。

我想今天中国讲的物业管理跟全球讲的物业管理应该还不是一件事。为了讲通这个，我用最基本的咱们房地产行业的一些词把它给串起来。

首先，城市很重要的一个数据叫容积率，如果在农村长大，你肯定没有接触过物业管理，物业管理跟容积率密切相关，城市它也是随着容积率聚集而成的。

不动产有两个属性，一个叫产权属性，全世界历史上有两大流派，一类是登记房子，一类是登记人。中国是登记房子的，从明朝开始，鱼鳞图册就在登记房子。因为它不会动，现在房地产还有长期性，所以它具备资产属性。另外，这个房子不论你是用来开商场、住宅、写字楼，还是什么，不管什么样的形态，就是两件事，一个是自己用，一个是拿出去租赁。

这个维度，我们可以从两个方面去看待。在一张土地证下面有多业权和单一业权，然后使用还是租赁，形成了两类业务，一类业务是PM（Property Management），一类业务是FM（Facility Management），分别是物业管理和设施管理。

物业管理和设施管理在业务范围上存在混淆的状态，所以在国际对话的时候，有时讲中国的物业管理，人家听不懂。虽然他没见过中国这么大的住宅小区，但是我觉得一个行业要想成为一个大的行业，一方面要有市场，一方面要有国际通用的语言。

3．物业与多业权

在中国，我们做的很多企业总部的业务，大家都叫作物业，其实这个不叫物业。今天做的市政的业务大家也叫物业，其实这也不叫物业。

有了这个区隔之后，我们再来看物业。我们只谈PM，PM用最形象的话描述，是什么呢？就是三个和尚挑水。一个和尚住独栋，一个小区就他一户，他是不需要请第三方公司的，请一位干活的人或者自己干都可以。两个和尚住"双拼"的时候，也可以比较容易达成共识。但是三个和尚在一块儿，就不容易达成共识，最后一把火把庙给烧了。所以物业管理的出现就是因为在一块土地上出现多业权，这个时候，我记得20世纪80年代推行"门前三包"，最后没有人能做好。

一个建筑里边形成了多个业权或者多个租户的时候，在公共部位的电梯、楼道、大堂、绿化等事情上，需要一个第三方的人来替大家把它管起来。管理好的前提是什么？是你这三个和尚先得开个会，大家达成共识，说咱们请一个人过来帮忙打理这些事，那请这个人得给他钱，所以三个人凑起来，怎么算呢？房间大点就多出点，所以物业管理费计算按套内计算，但是物业公司的成本是什么呢？它管的是套外的。

所以有的时候大家经常说，我住一倍容积率的花园洋房，付10块钱的物业费，好贵。如果住一个两倍容积率的小高层，付5块钱的物业费，享受的服务是远远好于那10块钱物业费的，因为它的公共空间远远大于室内的空间，也就是成本空间远远大于付费空间。

这里面有一些大家理解上的误区，但有这些基本的关系之后，很多基于物业的矛盾就可以解决了。

比如说不住的房子要不要交物业费，说完这句话，网友估计就开始骂了。做事情你要讲究一个本质，对吧？不管你在不在家里，你回来的时候，这个小区的保安在那站岗，家门前一路的灯要是亮的，地面要是干净的，其实这跟你住不住在这里是没有关系的。家里乱成什么样子是自己家的事，而小区的公共部分实际上是你和你邻居达成共识的事情。

另外就是关于电梯出事，到底谁该承担责任的问题。比如开车，开了25年的车，如果你把车借给你的朋友，如果他撞了人，请问你作为车主，要不要承担责任？你需要承担责任。同样地，你买房子的时候，开发商可是把这个电梯卖给你了，你是这个电梯的业主，其实跟车是一个道理，如果这个电梯出了事情，第一责任人是业主。

那么你是不是真的一定要去承担这个责任呢？你付了一份完整的费用，把这个责任转移给了这个电梯的维保公司或者物业公司，所以它其实是责任设备的关系，这本身就是业权如何与责任相挂钩的最基本观点。

4. 物业的核心能力是游说与专业

那么今天我们看物业公司，说考察一个物业公司的能力，到底考察什么？如果有投资人接下来要投物业了，可投的公司也没几家了，那他考察的东西是什么呢？是"四保"吗？

不是。物业公司最核心的能力，排在第一位的其实是游说业主的能力，其次是不是具备专业知识，将绿化公司、保洁公司、电梯维保公司以专业能力管好？是不是具备与业主对话的能力？这个时候，把物业公司形容为管家，就是特别准确的。管家是干吗的？一方面他要完成主人家交给他的任务，另外主人没想到的地方得提醒他。而这个时候，司机也好，厨房也好，还是园艺也好，都要以其专业性去把它管好。

而这里边还有一个组织——解决跟物业公司对话的业主委员会。业委会的核心权力是什么呢？难道是审批钱吗？今天它已经变成了一个权力机构。那么我认为业委会最核心的权力，也是游说，但更重要的权力叫作公心。

今天我们评判一个业委会组织好与坏，并不是说他对物业公司审批权的掌握能力高低，而是他是否愿意就一件事情去与全体业主达成共识，这是让准公共经济变成 B2B 的非常核心的一点。

中国第一个业主委员会在万科的第一个住宅小区天景花园产生。为什么会产生业主委员会？因为有 15 万元的电费分摊不下去，没有人承担这个电费。难道物业公司一直承担吗？但是你跟整个小区几百户业主去谈这件事情，是很难谈的。于是当时就在小区里组织形成一个十几个人的代表团，跟这十几位代表达成共识，再由这十几位代表去跟几百户业主达成共识，这是一个游说、公心达成共识的过程。如果都是按照这个方式走，今天的矛盾就不在了。

那么为什么矛盾会这么多？我觉得排第一位的原因是法律赋了权，《中华人民共和国民法典》（之前是《物权法》）实际上赋予了购房者实实在在的权利。那么你拥有了权利之后要做什么？拿了期权要行权，很重要的就是我要表达我的权利，表示权利的方式可能是"送锦旗"，可能是投诉各个方面，等等。

业主的个体、业主的群体、业主的代表，三方在信息上是不是一致？一定不是一致的。你以为你跟业委会达成共识了，其实绝大多数业主都不知道这些消息。大家的利益是不是一致呢？我相信今天绝大多数的业主虽然被赋权，还是各扫自家门前雪，不管他人瓦上霜。如果这个事跟自己家没关系，尽量不去参加这些惹事的事。

但是物业又是一件什么事？物业是绝大多数客户的事，它不是个别客户的事，所以它形成了这几者之间的矛盾。物业的基层员工、物业的经理人和物业公司三者之间是一致的吗？其实也是不一致的。

我们经常说，物业公司了解客户，信息化做得好，我们姑且可以这么去定义。做得不好的，用简单的话叫少数个别员工了解少数个别客户，其实这就是几年前的现状。但是今天是不是我们的这些业主真的变成了各种应用里面的用户了呢？是不是成为数据留痕的人了呢？我觉得还不是。这个时候大家有一个争论，就是物业在哪儿服务？因为物业为了绝大多数的业主去做工作，这个时候如果少数客户出现了一些行为，那么你要不要去做工作呢？

开发商做了一个退台式阳台，（业主）搭了一个（违章的）房子出来，物业公司有责任、有义务去拦截，这个时候，管还是不管呢？管，被骂回来了；强制管，就说你到底是仆人还是主人，就打起来了。当然最后是给一个红包就走了。这是员工。那经理怎么看这件事呢？经理是管还是不管呢？所以我最怕别人给我打电话，问我能不能帮忙弄一个车位，能不能帮忙把装修材料送上去。我说，凡是我能够同意的事，下面的主管一定能同意。我到这儿来，我同意你可以不用管我的食宿，但是对接人不好说这个话。所以千万不要有这些特殊想法，你给我打电话，我如果能做，就意味着我默认了一线也可以这么做。

今天我们用无人机、图像识别等方式在"看"，物业总公司跟一线之间的关系非常微妙。这个行业你说它好，每年1月1号，如果按财务的权责发生制，其收入都已经到位了。当然因为收缴率，现金流不一定有那么好，之后的每天都在花钱。为什么物业公司更多的是通报批评而不是表扬？因为你一年都在省钱，你钱已经收到了，收多少已经定了，这是好的；但不好的是，也只能收这么多了，剩下的就是花钱的事。

所以物业很重要的一件事就是总公司看好一线公司花不花钱，一个不花钱的项目现场一定是有问题的。因为这个时候它跟激励考核各方面是矛盾的，所以我们看到了跟装修的冲突、跟外卖的冲突，也包括跟经纪人之间的冲突，设置一个门岗守在这里，20世纪80年代向香港学，叫"私家花园，非请莫入"；但是今天全进来了，中间到底拦不拦这一道？这是我们面临的一个问题。

5．机会永远存在

这些物业公司到底还值钱吗？

说起物业，大家讲的故事是"离客户近＋保安拦截"，现在又说是"多种经营"。但是，在过去15年里，物业公司与各个行业没打过一场胜仗。电梯广告全覆盖了，快递全覆盖了，中介全覆盖了，外卖全覆盖了。现在最可怕的是业主自己在小区里面开始搞社区团购了。原来是别人进来，现在是从里面出去。物业公司在这个过程中被一一攻破，显得毫无还手之力。在这个过程中，保安跟他们确实发生过很多冲突，但这些都是局部的小问题。从 APP 上跑出了一个个百亿千亿的公司，虽然现在物业公司也几百亿上千亿了，但是跟"故事"相比，好像一直没有解决一个问题，就是"拿回扣"和"做多种经营提成"之间，哪个更容易？如果这个问题没解决，我觉得今天的很多故事其实都是"浮云"。

那么物业公司到底值不值钱？没有一个行业比这个行业更好了。其他所有行业全是用脚投票，只有这个行业是 51% 的人投票就能够决定 100% 的事。

我们可以算一笔账。一个 10 万平方米的小区，一平方米每月涨 5 毛钱物业费，一年就是 60 万元。假如这 5 毛钱是因为物业干得好，拿到好的溢价，这 5 毛钱很少摊回到成本里面。我们假设摊 3 毛钱回去，留 2 毛钱回来，那么市场一看，还有哪样生意能够让你卖到每家每户，并且赚到每平方米每个月 2 毛钱的利润？你得卖多少的东西？并且人家让不让你卖，你卖的这个东西好不好，虽然有通道，人和产品才是真正起决定性作用的，你又不是生产产品的人。你卖回什么东西能值这 2 毛钱的物业费？但你只需要在这个小区里好好干，有 51% 的人同意，你就可以把这 5 毛钱涨上来。所以物业的本质是花好钱。

我跟投资人讲，你们读 985、上常春藤才能干这些事，我们大概初中毕业就可以干。不论学历高低，核心是信用。物业公司本质上就是个 GP（普通合伙人），1 月 1 号收了业主的钱，一年内能不能把这个钱花好、花到业主满意，或者业主打赏？对于这个基金来说，平时拿 2%；对于物业公司来说，拿的是超额的酬金、超额的收益。

所以说物业公司本质上是个 GP。但是你想做好一个 GP，是否专业，并且是否愿意透明，是物业的核心。如果这些事都做到了，我相信没有哪个业主愿意把你撵走。请问投资人会不会给 20 倍以上的钱？如果说我再有点规模，投资人愿不愿意给我 25～30 倍的钱？我相信会愿意的。

这个时候，拿着 20 倍到 30 倍的钱，我觉得心里是踏实的。其实我们看国外物业公司在上市的物业公司里面，大概也就是 20～30 倍。但是你别忘了，这些公司，世邦魏理仕和仲量联行，都已经有超过了 200 年的历史，经历了资本市场上下上下的几轮过程，大家给了 20～30 倍的市盈率。我相信能拿到这个市盈率，我们已经超过了很多行业了。

接下来你要想拿 30～50 倍靠什么？招贤纳士，比假设的商业模式更重要。

今天，如果说大家融资能够拿到很多钱的话，我们是不是能够吸引更多的人才进入？我刚进物业行业的时候，这行有一句通用的话叫"上辈子做孽，这辈子干物业"，这个行业自己的孩子是不是愿意干？

最近看拉姆·查兰写的《良性增长》这本书，我觉得特别值得物业公司去思考。其中讲到的可口可乐的案例，我非常敬佩。书中提到，我们难道只是跟百事可乐竞争？我们的竞争对手到底是谁呢？我们的竞争对手是茶，是咖啡，是水。可乐其实只在饮品市场里面占了 1% 的份额，我们天天打来打去，忽视了 99% 的市场。这个行业今天才刚刚开始，它的很多故事其实可能还是个假设，如果在这个时候有更多的人才愿意进入这个行业，并且公司能把他们留下来，我觉得这才是这个行业的未来。

我在物业这 10 年写了两篇论文，一篇写的是《物业保安的离职率分析》，一篇写的是《从保安转管家对大五人格模型的改进》。这个行业被称为劳动密集型行业。一个企业很重要的就是把最基层的资源利用好。之所以做这些理论上的东西，其实是想给这些行业指一些往前走的路。

如果说我们的基层人员全部是成本中心，却又不能建立"成本中心向利润中心转移"的资源转化通道的话，那其实这个行业有很多根本的东西还没有解决。所以，我也希望少一些利润的游戏，少一些商业的假象，多花一些时间在基层员工，多一些行业的真实价值创造。

这个行业的故事不管是谁讲的，只要城市文明还在，只要多业权的容积率还在，只要人们还生活在一起，我们聘请一家第三方专业公司的机会就永远存在。所以，用去年的电影《哪吒》的一句台词来结束演讲就是，"我命由我不由天"。谢谢。

6．现场问答

提问：我是一家猎头公司的，专门做地产。请问万科物业在吸引一些高量级的人才方面，有没有比较独特的方法？

朱保全：好，谢谢。首先是请各个地产猎头公司的人不要再给我打电话了，我换工作的可能性为零。这个问题，回到我刚入行的时候，同业的人都讲"上辈子做孽，这辈子干物业"。当时我还发了一条微博，是这么说的：没有人才涌入的行业，怎么可能是个好行业？这代表了我当时的一个心境。但是这个组织非常复杂，一方面要去吸引受过高等教育的人，一方面又要去面对没有受过高等教育的人，这形成一种多元的文化。最开始去招名校的人，非常难，我们给什么条件呢？我说比万科地产高 2000 块钱。一开始就招到两个人，一位来自清华，一位来自人大；第二年，效应就来了，接着把他们放在一个部门工作；再后来，海归等各种人才都来了。另外一个问题就是，让他们做什么事？怎么去用他们？我用的是一个常用的方式，叫挂职。同时，让他们多做一些与科技相关的事，再探讨一些股权方面的事，这样对这些人也有吸引力。所以今天已经有很多这样的人才分布在万科物业的各个公司里，但是当初的确非常难，非常难。

提问：三年前有幸跟您做过一次沟通，当时有句话让我印象深刻，您认为物业的重要使命之一是"为业主实现资产的保值和增值"。这个观点现在有变化吗？

朱保全：没有任何变化。物业最核心的东西，还是客户的资产保值、增值。贝壳给自己选了两个关键词：用 ACN（经纪人合作网络）告诉所有的中介同行，它是一家网络公司；用 GTV（总交易额）告诉所有的网络公司它的客单价最高。

在物业行业，大家现在还在谈平方米，我觉得以后是不是物业公司排名可以用 AUM（Asset Under Management）去衡量，这方面，万科物业我估计差不多有 10 万亿。

还有一个是 COS（Customer on Service），你服务的客户有多少。这两个数值今天还很少有物业公司去提，大家还在谈社区电商之类的。

（本文为 2020 年 9 月，在上海国家会展中心举行的 Jump 大会上，大宝以"物业的本质"为题所做的演讲。）

物业服务是长期的事，是少数服从多数的事

"客户第一，客户是衣食父母"，在服务业是通行的口号，而在住宅物业服务领域，"单一业主、部分业主、业主委员会、业主大会"却是完全不同的概念，能搞懂的还真不多。

单一业主，站在全体业主的角度，是个体；而从付费的角度，则是独立主体。

部分业主，针对某一事件，是观点的共同体；而从产权角度，又不是一个集合体。

业主委员会，从授权角度，是监护全体业主利益的代表组织；而从全体业主长期利益的角度，是游说业主共识的义务服务组织。

业主大会，从名字上看，像是会议但实质不是；而从法律角度，

是全体业主形成集体决策的机制。

一般的物业经理，往往会混淆什么是单一业主、什么是部分业主、什么是业主委员会、什么是业主大会。尤其是在注重客户满意度的物业公司，他们更容易被困扰或者混淆概念，到底应该让单一业主、部分业主、业主委员会和业主大会哪个满意？因为这里往往有矛盾。

每当万科物业进驻一个新的二手小区，我几乎都会收到批评万科物业的信息。在自我检讨的同时会发现：短期内部分业主会因为自己的利益，因为新物业的"管"而不适应。为自己的利益没有错，但这是短期的，"管"是为了长期的好，但短期内可能会与个体利益有冲突。

部分业主群体的形成有很多种原因并与其他业主产生矛盾，比如跳广场舞的业主与其他业主的矛盾，垃圾分类后垃圾桶放置区域的矛盾，社区团购的矛盾。群体投诉往往来势汹汹，但物业公司必须有坚定的立场，必须坚持服务集体的特性（少数业主必须服从多数业主决议），在矛盾发生时，快速召开业主大会，促进共识形成，如果业主大会意见与公司价值观不符合，那就撤场了之。在执行业主大会决议时，往往会有个别业主不满意而投诉或者拒缴物业费，这就要靠地方司法的快速裁决了。

很多物业管理处都"怕"业主委员会，一是因为懒，二是因为贪。懒，是懒在不愿意跟更多业主打交道；贪，是贪图小便宜害怕业委会发现。但反观业主委员会的定位，若是与物业公司协调合作，确实可以发挥不可或缺的作用。万科物业天景花园诞生了中国第一个业主委员会组织，原因是有15万元的电费公摊需要全体业主达成共识，有部分爱心业主积极参与并最终解决，30年后的今天，这里依然是一个温馨和谐的社区。若是没有爱心业主的义务参与和责任心，变成"花钱审批来找我，游说业主共识莫来"，业委会就很容易形同虚设。

物业服务是授权下的"管"与服务间尺度的拿捏。以某四季花城为例，因为管理处太重视客户满意度考核，导致：（1）物业费一直很低，不敢根据物价调涨物业费（第一次涨价后，有几名业主持续欠费）；（2）全市最好的私立实验学校换成公立普通小学（部分业主投诉的结果）；（3）违章搭建没有被及时制止（害怕管了影响满意度）；（4）车越来越多（没有及时制定限制政策）。随着业主更迭，这里越来越难管，客户满意度也不高。

物业服务是长期的事，是少数服从多数的事。将大多数客户的长期利益放在更重要的位置，耐心面对少数客户一时的、个体无法满足的投诉，是物业公司需要面对的现实。

业主个人利益与物业公司的考核，都是短期的；唯有愿意用心沟通，敢于在授权下"管"，才能真正实现好服务，才能让全体业主获得长期的、真正的利益。

（来源：大宝专栏，原文标题《此业主非彼业主》，2021 年 9 月）

服务历久弥新

1. 物业行业的根

物业登陆资本市场之后，这两年倍受社会的关注，也有了越来越多的论坛，但是很少有像克而瑞一样以服务力为关键词做一次研讨。

中国物业管理这个行业是 1981 年在深圳一个住宅小区启动的。物业行业从出现，走到今天，走到了各个空间领域，甚至遍布各大城市。

但回头看"物业"这两个字，我们的基石到底是什么？我想还是来自体量最大的住宅物业，我们的口碑还是来自居住在我们小区里面的业主。今天不管物业在资本市场上如何被投资人追捧，在消费者协会、在每年3·15的时候，物业行业总是被投诉得最多的行业之一。

所以，当行业打开自己的边界越走越远、越走越高的时候，似乎要回过头来看看自己的基石，如果基石不在，楼再高有一天也可能会倒塌。

今天，新房和存量房已经完全不在一个数量级了，一个不可回避的话题就是房子在变老。作为物业企业，我们如何去面对这个话题，似乎没有人愿意去谈。

2020年，万科物业更名万物云之后，我们给自己定的口号就叫服务历久弥新。它既是一个主谓结构，又是一个动补结构，服务作为一个动词的话，我们是时间越久越甜的事业，另外我们希望把服务做成一个历久弥新的事业。

今天讲的主题就是当房子变老之后，我们如何去看房屋本体和设备设施这件事情，是否有一个解决方案。

看服务力，物业行业在过去的40年里，尤其是前20年，我们谈的主要就是服务。但是今天，随着房子变老，我们必须回答这几个话题。大家知道，公司上市之后，为了强调物业行业的价值性，一直在谈他们是在做对人的服务，的确所有行业都在做对人的服务，但是物业行业对人的服务首先是基于人的房子的服务。所以我依然认为物业行业的根本还是对物的打理。

谈物业行业的根是什么，也就是这个行业之所以存在，是因为有业主们，有公共设施设备、公共空间需要第三方来负责打理，这是物业行业存在的根本。不管今天它走向何方，不管对人的服务的内容如何多元化，如果失去根本，这个行业可能也就不复存在了。

2．物业企业要敢于让全体业主达成共识

以物的打理作为根，我们必须面对的一个现实是建筑物本体和设施设备在变老。

到底什么叫服务？或者说到底什么叫物业服务？服务就是度日如年，度年如日，每天做的事情都是一样的，完完整整做上一整年，每一天干的都是琐碎的事情，从早到晚就像过了一年。只有把服务做成度日如年、度年如日，才能让业主放心，才是这个行业存在的根本。

随着建筑物变老，它需要维修，按照国家的政策，有一样东西叫维修资金，但我们知道，维修资金今天在各地的状态就是，不足或使用困难。正是因为包括政府部门在内，都知道维修资金未来可能是不足的，所以大家在审批上格外谨慎，甚至不批准你使用。越不批准使用维修资金，房子越没有钱修，房子就会加速变老。加速变老之后，客户就更加不满意。所以这似乎进入了一个社区物业发展的死循环。

今天演讲的主题是关于服务力，作为一个准公共服务行业，物业在住宅小区当中非常特殊，是除了水电煤气这些公共事业外，最像公共事业的一项商业服务。

所以作为一项准公共服务，物业服务能力的体现，不仅仅是点对点的服务，更重要的是推动全体业主共同参与。一对多，是这个行业最重要的特点。在多业主的公共物权空间内，如何推动全体业主的意见去选择，是一家以住宅物业为主要方向的物业企业最重要的服务力。

物业企业敢于去面对全体业主，敢于让全体业主达成共识，这是一个物业企业在服务力上的重要体现。

举一个万科物业在上海的例子，春申万科城，2002年开始入住，2007年整体封园，在它的整个发展过程中，这个社区呈现了一个物业与全体业主共建的过程。在此期间，多次维修资金使用完毕之后，会

再形成业主的募资。这里面包括 2016 年对小区门岗两个标识物的重新建设，也包括后来花了约 800 万元的对整个社区智能安防的重新修缮，还包括对小区的绿化重新改造，这是业主积极参与，持续缴纳维修资金的一个不可多得的案例。但是像这样的案例，几乎很难在全国复制，即便在万科物业内部也是凤毛麟角。

3. 美丽社区计划业主共同参与

如何去破解我前面所提出的命题呢？如何补足维修资金？如何利用资金杠杆？如何组织业主共同参与？

今天，有很多物业企业走向资本市场，多数的钱其实是用在了并购上，目前大概形成了资产负债表上 135 亿元的商誉。反过来讲，今天资本市场的钱是否流入业主的服务，这其实是每一家企业需要去思考的一个问题。

为什么这么讲呢？因为谈到社区在变老，建筑物在变老，我们如何去撬动维修资金，这个时候是需要一个杠杆的力量的。因为万物云还没有上市，我们也没有拿资金市场的钱。在万科还有万科物业正在做这样的一个实践，首先在万科地产启动了一个叫美丽社区计划的项目，这个项目由万科地产根据它上一年的销售额，计提千分之一，作为一个城市的美丽社区计划资金。

比如说在上海，2020 年销售 300 亿元，那么如果按千分之一计提的话，就有 3000 万元的美丽社区基金，这个计划第一期会连续做三年，也就是如果保持每年 300 亿元的销售，每年就有 3000 万元的美丽社区计划的资金投入。

在此基础之上，以城市为单位，划分了这 3000 万元的资金池。接下来，如何邀请业主共同参与，我相信今天在每一家物企的 APP 上都会有电商的内容，在万科物业跟业主的电商内容上我们做了这样的承诺，也就是所有商家在这期间，返点全部捐出，而捐出的资金是以项目为单位。

假如说在刚才的春申万科城发生了1000万元的交易，商家如果给了我们50万元的返点，那这50万元的返点将与刚才这个3000万元的城市资金池做一个1比9的配捐，也就是会从美丽社区计划中捐出450万元。

所以在上海春申万科城将会有500万元的维修资金池。如果要做到这一点，还必须跟客户有一个鲜明的关于公共收入和公共支出的透明化制度。所以在2021年1月1日，万科物业正式对外宣布，所有电梯广告的公共收益透明可查，所有的业主在APP上可以查到电梯广告的每一块广告牌一个月的收益是多少。

这些资金加在一起，就形成了业主共同参与，企业配捐资金。最后这500万元的资金将联合存在政府公共资金维修中心，来推动项目变老后的设备更换、设施更新以及房屋本体的持续维修。

这个美丽社区计划加上配捐，形成了关于交付5年以上的万科老小区，未来在6个模块的维修资金。这里面包括消防管网的渗漏，智能设备（含照明）的改善、绿化的补足以及人行道、车行道的修缮，甚至还包括老旧小区康复设施的重新建设。

4. 用消费的增量解决资产存量价值的问题

这个美丽社区计划对于开发商来说，是一次老业主的忠诚服务计划，它用上一年的销售额的千分之一来计提成为下一年的一份开支。对于业主来说，不需要再额外出钱，只需要用自己消费的增量解决资产存量价值的问题。对于物业公司来说，是搭建了一个开发商、业主以及社会供应链的平台。这搭建了一个大家共同参与、共同实践去解决维修资金不足的疑难问题的平台。

我相信如果有更多的企业、更多的开发商以及自己的物业企业共同搭建这样的平台，未来我们的房子才会真正的越用越新，所以物业公司的服务力，体现在物业作为一个好管家组织业主共建的能力。如果我们看重住宅社区的万亿资产，希望我们今天能够去面对业主的痛点，能够去组织起社会的力量，让我们共同建设美丽社区。

期待我们的服务真正历久弥新！

（本文为 2021 年 6 月 9 日，作者在克而瑞"地新引力"服务力大会上的演讲。）

● 第二章

物业管理的本手、妙手与俗手

（物业如同人生，正确的价值观是本手，技术进步与产业立法是妙手，而脸蛋漂亮背后虚空是俗手。）

科技与文化

由中国物业管理协会组织的近 300 家物业企业走进万科物业的研讨会，于 2014 年 9 月 4 日在深圳召开，研讨会的主题为"科技助力行业发展"。关于会议内容：万科物业已经有近 3 万员工，这些基层员工分布在几十个城市，几百个项目，几千个岗位，几万个客户触点上。而最为让人惊恐的是，这几万个触点都直接代表万科物业这个品牌。必须感谢移动互联网，是移动技术让这几万个触点与万科物业产生了真实的联系。大家知道万科物业有一款业主用的手机应用叫"住这儿"，而不为人知的是万科物业内部还有一款正在推广的基层员工用的手机应用叫"助这儿"。通过这款 APP，门岗的小伙伴可以扫码上岗、岗上学习、直接报事，还能启动 SOS 项目紧急集合；通过这款 APP，维修工程师可以直接接到业主的报修，管家可以查询客户历史交易的信息。这不但提高了客户服务效率，最重要的是，这些信息都在后台予以记录，服务器可以给前台更深入的分析。

这些听起来都很美好，而真正凝结人的、组织的力量却是文化。

今天早上，我听解冻讲他去了某个项目的员工宿舍，发现宿舍的卫生不好。于是我给该公司总经理打电话，得到回复是"马上整改"。"整改"是万科物业非常有力的传统法宝，有错就改嘛！但"整改"是传统人盯人的管理，对于一个三万基层团队的组织来说，盯得过来吗？要想让每一个触点都代表万科物业，除了科技的运用，永远不能忘记的就是文化的力量。我同那位总经理讲，我们在基层员工三好环境方面投入很多钱，但如果只有硬件没有软件，是没有长久效果的，这不就是物业与房地产的关系吗？我们不是要去检查宿舍卫生，而是要告诉我们的员工，为什么要在一个干净卫生的环境下生活。文化建设最不容易，但力量却是最强大的，年轻的员工进城打工，有缘分进入万科物业，哪怕他年底离开，也希望这段时间让他受益终身。

今天中午，我跟一位新员工在食堂一起吃饭，他怯怯地问我，"您是宝总？"我说"是"。他又怯怯地问："您也在食堂吃饭？"我说"是"。随后他怯怯地走了。我不禁反思，我们的企业文化课都在讲什么？是不是讲了太多的大道理，反而没有了地气。

（来源：大宝专栏《科技与文化》，2014 年 9 月）

科技助力行业共生

雷军说，站在风口上猪都会飞。轻描淡写的一句话，却让人血脉偾张。于是乎，在所谓互联网精神的指引下，不经意间，与社区相关的 APP 已经成百上千了。移动互联网的大潮冲击着人们，如同改革开放之初的骚动一般。

物业行业如沐春风，最后一公里、社区电商、每家消费 1000 元等各类话题和概念充斥着网络，撞击着物业人的心灵。一拨人讨论着移动互联所带来的乐观前景，为行业创造的发展机会，一拨人脑子里回荡着物业企业将被移动互联"改变""攻克""颠覆"甚至"毁灭"的声音。有基金经理问我，能不能以安检的名义在小区门口检查一下客户都买了啥？这听起来像个笑话，却映射出资本总是那么血淋淋的残酷。当物业老板们在思考如何"变猪等风"的时候，保安还站在那里问着人类本源的哲学问题：你是谁？从哪里来？到哪里去？

关于互联网思维，我曾经发过一个帖子，说物业管理叫众筹，万科早年的物业叫平台补贴，不行贿叫逼格，万科周刊叫粉丝文化，万科做小户型叫屌丝。这些所谓的互联网思维，其实并不稀奇，真正进步的是技术，人类永远都不缺少精神。

大家在比拼红包该包多少钱的时候，微信让红包里的钱变成 1 毛 8 还能让人如此欢乐。移动互联网解决了过去为了做 10 块钱的买卖，却要付出 100 元成本的企业管理难题。以万科物业的员工满意度调查为例，为了让基层员工填写真实的感受，各地职能部门往往派出了大量人力监考，这就是为了完成 10 块钱的事，花了 100 元的成本，但还必须做。2013 年，万科物业使用了移动手段做了员工满意度调查，当天下午回收问卷 13000 份，其成本几乎为零。

但这依然是表面的光鲜，就好像大家看到微信收购大众点评，但没有人说大众点评铺店的艰辛。IT 的底层其实充斥着脏活、累活。

在过去几年的时间里，万科物业对社区里的人、房、物做了一遍系统的梳理，我常把它叫作 dirty work。如果三年前你问我，我会告诉你万科物业有多少小区、多少面积、多少员工。而今天，我会告诉你我们每一个小区有多少保洁面积，几点钟谁在哪个区域工作，几点钟谁在四季花城南门上岗。基层员工以一个个小微个体的形态与物业总部的云形态保持着关系。

每个项目都有经纬度，每个设备有身份证之后，万科物业让"每个岗位都有二维码"。要求员工到岗上班必须扫二维码，这是因为万科物业对每个岗位都有"经验值"要求，需要将岗位和员工进行匹配，确保合适的员工在合适的岗位上工作。

不要小看这项技术应用，这个应用的关键目的在于解决物业管理当中另一项重要的成本：监控成本。科层制的组织架构和传统的管理方式决定了物业服务依靠的是现场"人盯人"的管理模式，一个服务动作背后经常需要几个管理动作的配合，层层监督才能确保服务落地。这种管理模式导致任何一个监督层级失效，下面的所有管理和服务动作都会走样。我们要求每个岗位都有二维码，每个岗位都有经验值，将岗位要求和员工状况搬到网上，使用网络系统进行管理，能够有效保障服务的稳定性，确保质量可控，减少中间监控环节和管理成本。

万科物业两年前开始研究保洁作业面积问题，对四百个社区保洁作业面积进行分类测量，录入系统，进行数据对比分析，研究保洁员效率指标，研究保洁员上厕所耗时，研究保洁员捡可回收物问题，今年在全国推广保洁工时外包，对保洁外包方费用实现当日签单结算，业主每天都可以知道支付了多少钱给保洁公司。我一直有一个梦想，就是可以把物业费碎片化拆解，小区有不同的门，大家根据自己走的频次，为这里的秩序维护员支付工资，还可以点赞发红包。

有人说物业要抓住客户，那才是生意，而我心中的物业，是这样的过程，facility，equipment，property，people crowd，neighborhood culture。

设施设备是根，是物业的本元，是收钱尽责的事情。在技术上的应用，我们开发了基于互联网技术的楼宇自动控制系统，我们称之为EBA，目前已经在全国万科物业的小区开始推广应用。这项技术是用传感器将设备运行情况采集回来，采用软件系统进行管理，出现故障和异常情况及时提醒技术人员，自动派单，可以实现对设备的远端控制，高级别的技术人员可以对设备进行远程会诊。

业主物业的资产属性永远不变，做好物的打理，社区历久弥新，帮助业主资产保值增值，这应该是物业服务企业追究的核心客户价值。

物业人与业主，业主与业主，大家日日相处，归根到底是中国传统的邻里文化。科技让投票、议事、活动组织都变得如此简单。

新技术的应用，就是给物业管理这辆坦克插上信息和智能的天线，推动管理和服务手段的更新换代，用更高的效率为客户创造更好的体验。当然，我们要认识到新技术应用是一个痛苦的实践过程，并没有多少阳春白雪的故事。但毫无疑问这是方向。IT的特征就是启动资金巨大，探索成本高昂，但复制的边际成本极低。合作共赢才是物业行业的方向。

万科物业的价值观是安心、参与、信任、共生，我最喜欢"共生"这个词，互联网精神之一也是共生。万科物业愿意和行业同仁一起分享新技术、新方法应用的成果，与行业一起涅槃共生。

（来源：大宝专栏《科技助力行业共生》，2014年9月）

坚守中求变革：物业服务行业如何应用互联技术？

在互联网蓬勃发展的今天，大家言必称互联网思维，被谈论的企业也大致分为两类：互联网公司以及利用互联网的公司。面对移动互联网浪潮，物业公司大可不必妄自菲薄，物业管理作为劳动密集型行业，其成为社会刚性需求的可能性愈来愈大。我们的变革要基于我们的核心价值！

物业管理的核心价值就是做好物的管理。围绕着物的管理，我们着力打造智慧社区新规范。2013 年，万科物业在深圳梅林万科中心做了一个展厅，主题是"智能物业与智慧生活"，核心内容就是智慧社区。我们推动新技术在社区管理和服务的应用，让互联网为社区管理服务，并致力于将智慧社区打造为万科物业的核心竞争力。

设备设施的管理是物业管理的核心内容之一，管理的优劣直接影响住户的生活，影响到社区、房屋本体的价值体现。面对日益加剧的设备设施管理难度和管理压力，提升设备经济运行管理、预防性管理能力、提升内部运作效率成为当务之急，万科物业的设备远程监控管理系统 EBA 应运而生。2012 年这一技术获得国家专利，这也是中国物业行业诞生的第一个国家专利。

EBA 整体设计有四个核心功能：

第一，对小区各公共区域、设备房及设备房内的各个设备进行远程数据采集、控制、报警、输出设备巡查记录与应用。如，设备运行状态和参数的实时采集和记录存储，涵盖供配电、给排水、消防、空调、电梯、环境等类别，不再需要人工抄表，同时也减少人工巡查设备的工作量和频次。

第二，实现技术人员的智能集中调度。通过工单池、调度中心进行任务派发，维保或巡检任务完成后，通过手机 APP 及呼叫中心进行回访、反馈和验证。

第三，优化技术人员绩效管理。通过系统数据的任务与工时统计分析，结合绩效激励模式，实现员工多劳多得，促使员工主动提升工作效率和工作技能。

第四，实现远程技术支持。建立系统知识库，推送维修指引，以降低对技术员的技术要求和缩短入职培训周期。

EBA 融入了万科物业的管理理念，提升了对物业设备设施的预防性管理水平，提升了物业的全国集约化经营能力。我们对 EBA 有更长远的设想。比如它将支持更多的采集终端及设备和兼容更多的通信协议，从内部局域网互连发展到开放性网络互连，并涵盖从住宅到写字楼、综合体、工业园等所有物业类型设备，从企业服务器数据管理方式发展到云端数据服务。开发成熟后，我们可以为有需要的同行提供相关服务。

物业设备远程监控管理系统只是我们众多探索中的一个代表。在确定解决思路的过程中，我们发挥的是物业企业对社区管理的熟稔和对业主需求的洞察的优势。未来使用这些系统更好地为社区管理和业主生活服务也是物业企业的能力所在。

在未来的尝试和发展中，我们仍将坚持在坚守中求变革，使新技术真正为我所用，提升物业服务能力，为业主创造更智慧的社区生活。

（来源：大宝专栏《坚守中求变革：物业服务行业如何应用互联技术？》，2014 年 9 月）

拥抱互联网带给我们的点点滴滴

物业公司的等级是森严的，总经理、总监、经理、主管、主办、班长，还有各级的助理，如同一座摩天大厦，高层的人享受高楼层的风景，但他让公司与客户的距离既近又远。大厦里一楼是客户，二楼是基层员工，企业越大，楼层越高。公司低楼层的时候，包租婆喊一嗓子，全楼都听得见，楼层高了，靠爬楼那更是一条漫长之路。

有了互联网，所有人就像住回了四合院，早上开个门就能互相打招呼，晚上兴致来了串个门也似家常便饭。这时候，我周边也就多了些其他声音，比如张大妈说隔壁技术员帮她修好了水管，李小姐说今天看到有个供应商提着礼物走进了某个经理的屋子，管家小王说他的奖金好像不太对头。虽然嘈杂，但明显多了些生气，就像生活本来该有的样子。

物业公司起初是个先天体弱的孩子。劳动密集型产业，人多手杂，加之收费项目较多、没有专门的财务系统，外加监督机制不完善，伸手揩油的事情时不时会发生；项目分散，经理负责，也会让"山头文化"逐渐彰显；于是，品质部检查、职能部门督办成为一些优秀物业公司的经典做法。

我们谈互联网对企业的改变，它带来的不仅仅是效率的提升，还带来了更加严格的自律精神——因为它增加了空间维度。企业管理本来是一条线，从起点到终点只有一条路可走；互联网让这条线弯折，将起点和终点连接了起来，线变成了面，从一维到了二维，在同样的时间节点上，同一个信息可以同时抵达面上所有的点。我们开发业主APP 的时候就考虑如何听见业主的声音，给了他们发言的自由而不是单纯地做生意。事实证明，我们这步棋盘活了整个局，公司的运营变得更加阳光透明，腰杆子挺起来，接下来的路也就走得踏实了许多。

维度的增加也有副作用，前几天我听青客创始人金光杰先生讲创业史，他说青客每一次升维，公司都会走一大批人。我感触特别深。互联网的发展和应用是这个时代不可逆的浪潮，我们必须理解和接受，能够适应这种改变的人将是我们最宝贵、最珍惜的资源。

幸好，万科是一家很早就"触网"的企业——早在 2000 年，万科投诉论坛的出现可谓经典。曾经，成都物业的一个离职办公室主任在论坛上发了篇帖子，投诉自己的经理有违反职业操守之举，集团很快得知此信息并派人查处，后来王石董事长感慨，感谢互联网让信息变得透明，否则这则信息的处理路径不知道会有多长。更深层次，互联网的透明在倒逼管理人员的自律，如同住在四合院里，自家吵架都要小点声，要不会被邻居笑话。

移动互联网更是让随时在线成为易事，万科物业员工的"有瓣儿"也应运而生。它是连接员工的重要桥梁，大家可以随时随地在"有瓣儿"上表达自己的心情、倾诉心里的委屈。"有瓣儿"给我们带来了什么？我想应该是一支更加自律的管理团队，而不是更多的投诉。当然，那些试图阻止员工发声的行为，无异于自己挖了个很深的坑，跳下去的人，就是挖坑的人自己。

拥抱互联网带给我们的点点滴滴。

（来源：大宝专栏，原文标题《互联网让我想起了四合院》，2015年12月）

我们今天所做的一切，无上光荣

万科物业从 2015 年市场化元年开始，组织架构上进行了一系列的改革。2017 年，我们确立了赋能组织、机制建设组织以及各经营体，明确了"战场""战区""阵地""军种"的组织关系，目的是在新的企业发展阶段，满足市场扩张、合作速赢和业务创新的需要，建立起新型事业合伙人关系，给"战斗"在一线的同事们提供更有力的赋能与支撑，更好地为客户与合作伙伴服务。物业这样的劳动密集型行业，因为人多，更愿意建立以流程为中心的组织，把经验集中在总部，一线靠人来堆，而这一轮万科物业的组织变革，我们恰恰要赋能于人，让物业的从业者真正成为有效的"人力资源"。

万科物业对信息化、物联网的投入是不可逆的战略。2017 年 6 月 30 日，我们全面上线了新 RM 系统，改变了过去人为排班，通过报表计算工资的传统手段，实现了全国 715 个项目通过 RM 计发考勤工资，让劳动者回归劳动；"住这儿"4.0 逐步迭代上线，以更好地满足"人与物业、人与商业、人与人"之间的关系；"全数字消防体系"的研发也已经启动。随着梅林路 63 号越来越多的从事信息技术的同事加入，相信未来会研发出更多物业"黑科技"，满足一线实战的需求。

组织与技术更是密不可分，总部应聚焦信息技术平台搭建与机制建设，一线应构建分布式专家组织，大家共同赋能直接服务客户的前线员工。

同时，我前往一线调研和听取各部门汇报时，经常听到有同事抱怨组织存在不协同、新技术不适应现实场景，我们需要直面这些问题。总部层面，我们将继续通过机制的优化加强组织间的协同，通过技术的迭代更充分地满足业务需求；另外也要看到，人是惯性的动物，会天然地适应自己熟悉的组织架构和传统工作方式，但改革创新就必须有跳出舒适区的勇气，敢于迎接不确定性的挑战。

在 2017 年万科物业的夏季例会上，金一南将军向与会者做了"队伍的灵魂与血性"的讲座，引起台下同事们的共鸣，我们深感军队建设中，队伍的灵魂与血性拥有极大的感召力。今天的万科物业也在经历一场史无前例的行业变革，我们要面对的是一个行业的转变，包括业主的认知、政府的认知以及从业者的认知。如果要实现梦想：我们首先要有事业的信仰、要有创新担当的精神。

影片《建军大业》三河坝战役中有一句话："我们今天所做的一切，无上光荣。"

（来源：大宝专栏《我们今天所做的一切，无上光荣》，2017 年 8 月）

老产业、新蛋糕，下半场物业管理会如何变革

特别感谢前面各位大佬的发言，你们说得特别好，所以大家都没有走。我相信在座的诸位多数是做房地产开发的，干物业的估计今天没有时间来听这个课，因为这两天上海下大暴雨了，干物业的还在小区里面干活呢。

物业管理现在处于一种"风来了"的状态，上周《人民日报》破天荒地刊登了一篇与物业行业有关的文章：《请物业公司不要站在业主对立面》。那天我就在朋友圈转发了这篇文章，我说风真的要来了，都上《人民日报》了。

四年前房地产行业有 45000 家企业，到 2015 年有十万家，口碑越来越差，但是企业越来越多，你说物业管理到底赚不赚钱？可以说不少赚的是"不光明正大的钱"。

大家说不赚钱，其实是面上不赚钱、财务报表不赚钱，但并不代表人不赚钱，这可能就是行业一种状态、一种特征。我觉得这跟在座诸位（注：房地产开发企业）有直接关系，是土地市场的原因。大家在过去 15 年里东一下西一下，今天在上海明天就去了苏州——我前两天在北京认识了一个房地产企业的几位老总，他们说除了在北京开发，还有两个地方：一个是内蒙古，一个是三亚。房地产公司的大佬们坐着头等舱从北京飞到三亚飞到呼和浩特无所谓，要是物业公司也来回飞，成本太高，所以就把物业管理外包了，开发完了也就不想管了。

华纲（音）是五年前不做地产了，我也是五年前不做地产了，我做物业了。没想到五年之后"风来了"，我觉得我是有觉悟地主动选择了潜力股，但是被动的公司也觉得很牛，现在每一家公司都恨不得搭上互联网公司，现在没有一个 APP 你都不好意思说你是干物业的。

这次正因为上了风口，所以丁先生专门邀请我们一块参与"改变

中国地产的力量"。我们哪敢啊？但本人在十年前有幸跟张永岳老师（注：华东师范大学教授、博士生导师）做了一个课题——那是大学毕业后第一次真正地跟专家接触。彼时万科在做中低收入人群解决方案，干房地产的领导可能认为，大家拿个课题费就得了，但没想到这些专家做得特别认真，我从张教授这些老学者身上收获了严谨治学的态度。后来受他们影响，我读 EMBA 时没有像有些人想象的那样"喝喝酒换换房卡"，而且毕业论文做得特别"牛"（笑），主题是论文化与企业发展的关系——后来入选了中欧商学院的论文库。

这个论文写的就是一个企业转型的困难。我今天特别理解"诺基亚们"为什么死——虽然智能手机是诺基亚带来的，数码相机是柯达带来的，死是因为他们的客户，是因为他们的客户习惯了他们带来的服务。这次研讨会里找专家分组讨论时，我没找一个物业管理的人，因为在这个行业做得再怎么样，早晚还是会被"实惠"颠覆掉（笑）。所以为了不被颠覆，我专门选了一些其他行业专家，其中一个专家专门做基金，另外一个曾是做行政的——以前憋坏了不太敢讲话，现在终于有机会把这些年的经历和想法讲出来了，也希望其他组的组员过来交流。

物业管理到底是什么？我的第一个观点就是，当大家都在谈社区O2O、最后一公里的时候，这最后一公里绝不仅仅属于物业公司。同时我们应该反问自己，客户到底需不需要物业管理，这方面万科给了明确的答案，如果人还居住在一个建筑物里面，那么就像三个和尚挑水一样，他们需要请一个专业机构来帮忙，核心还是对建筑物的打理，而不要局限在一块两块的物业管理费上。万科在上海最早开发的小区，已经开始进行电梯的大修和更换——这种保障，不是简简单单用互联网思维就可以解决的课题。

万科也在重新定义社区——在过去一年里我们把所有建筑物的所

有设备进行了重新编码，这是一件非常苦、非常累的活，甚至全国小区的每个垃圾筒上都有一个二维码。在 O2O 成为一个热门话题的时候，怎么让物业公司变得有价值？这件事情在过去三年我们就完成了，实际上我们能把这些事情更多地和物业公司进行分享。

我们用这一套在底层数据管理的方法，用万科物业 25 年从业经验、3 万名员工、49 个管理中心，去跟别的物业公司结合，用基金的管理方式——就是我来做 GP，其他物业公司来做 LP（注：术语，有限合伙人），去打造中国物业管理的联盟（注：就是"你来当老板，我来给你打工，帮你管理资产"的模式）。

物业管理是一个劳动力密集型行业，所以物业公司更要发挥好员工的能力去管理——尤其是让没有上过大学的普通劳动者，去跟今天最时髦的互联网有机结合，解放他们、创造价值，这才是我们未来发展的方向。

关于这个课题能做什么，我觉得它能为大家贡献的，除了这些观点的进一步深化之外，还有一点是在过去四年里万科物业变革的痛，我知道了该做什么，我也知道了不该做什么。剩下的到今天还没有答案的，就是这个小组需要研究的东西，比如：今天所有的房地产商都要研究如何跟互联网结合，但是互联网是去物理边界，而房地产是要有物理边界。

当然，最后还是欢迎在座的诸位能够踊跃加入今天处在风口的行业，加入的人多了，周老板（注：指易居控股董事局主席兼总裁周忻先生）颠覆我们的可能性就小了（笑）。

（来源：演讲实录《老产业、新蛋糕，下半场物业管理会如何变革》，2015 年 6 月）

让与时间赛跑的外卖小哥慢下来

新中国成立 70 周年，普天同庆。

十一假期里，很多人还在忙碌，其中有外卖小哥和小区保安。这两个群体可能本身都是进城务工人员，如果不是职业选择，并不会发生冲突，但因外卖进小区，如今外卖小哥与保安的冲突频有发生。

外卖经济体崛起，外卖市场成为最近几年来最为火热的互联网领域之一。在这一全新的经济体中，用户、商户、平台、骑手互相联系在一起，成为利益共同体。但是，作为承载了这一经济体的重要支柱，乃至可以说是实现连接商业和社区，构建了城市配送基础设施的外卖小哥，他们的生存现状往往被人所忽视。

现在的外卖市场是饿了么、美团外卖双寡头领跑的市场竞争格局，其中，截至 2019 年，饿了么的已注册骑手超 300 万人，美团外卖的骑手则是 270 万人。

以"外卖小哥＋交通事故"为关键词，在百度上能搜索到 384 万条相关信息。以上海为例，统计数据显示，2019 年上半年，上海市共发生涉及快递、外卖行业的各类道路交通事故 325 起，造成 5 人死亡，324 人受伤。

为什么这个群体的交通事故频发，无疑是因为外卖小哥求快。在双寡头的竞争态势下，外卖配送的环节，没有最快，只有更快，平台间对配送时效展开拉锯战，不断提升要求。

为了快，外卖小哥在街道上抢时间，在小区里也抢时间。但作为最后一公里，外卖小哥从街道进入小区，却是另外一番光景。

为保证小区的安全性，国内小区基本都是封闭或者半封闭的围合，有围栏（墙），对出入口及岗亭做设置，并且经营性商业区域与住宅区域不连通。

　　因为外卖小哥一般车速较快，进入小区险象环生，除了自己容易受伤，还可能撞到人，很多业主反映希望治理，因此对外卖小哥进出小区，门岗都查得较严，甚至很多小区不让外卖小哥骑电瓶车进入。外卖小哥有考核，门岗保安同样有考核。

　　这实际上是物业安保、外卖小哥、叫外卖的住户、未叫外卖的住户等多方的不同利益诉求的冲突乃至对立。如何在各方利益诉求之间找到一个平衡点，既能最大限度降低外卖小哥在小区的安全隐患，又能让住户充分享受到便利的外卖服务？

　　卒与兵对，但将与帅不冲突。某种意义上，物业服务行业和外卖平台还有很多相似之处。比如，它们都承接了大量劳动力的就业；对新生代农民工融入城市发挥着较大的作用；都在用技术手段改善服务，营造美好的生活场景。

　　甚至在面对的时代背景和难题上也是共通的。新中国成立70周年，我国的常住人口城镇化率从1949年末的仅10.64%，发展到2018年末的59.58%，带来巨大机遇。与此同时，我们也正处在人口红利消失的时期，都在积极地做数字化转型。在外卖小哥进社区的这个"交圈"上，是否可以携手解决？

　　小区在进化，业主需求在升级，一味的堵和禁不是解决之道。当初电梯广告安安静静进小区没有发生冲突，快递进小区也没有发生冲突，为何外卖进小区却发生冲突？无非是因为到了一个质变的点。前两者，保安如果因为秩序和安全的考虑不让进，业主受影响不大。但如果是外卖被拦，点外卖的业主就要受影响了。

　　外卖小哥着急赶时间能理解，但进了小区一路横冲直撞可不行，应该有更多建设性的做法，帮他们赶出时间。

　　比如，现在一些小区已经允许外卖小哥进入，且采用技术手段进行管理。如通过智能门禁系统进行身份核实、出入管理，有的还能轨迹跟踪，实时显示小区里骑手的数量、位置、出入时间信息等，通过新技术、新方法来提升物业服务水平。这一点在万科物业服务的小区，已经可以通过"黑猫一号""自助访客登记机"等系列产品做到。

但是，要达到完美衔接，后续可能还需要外卖平台在外卖小哥的管理上，与物业公司打通数据，比如做到 ID 的共享，所有注册过的外卖小哥进入小区，其 ID 能被物业公司的系统识别，从而也可无感进入。

更需要解决的是，外卖平台应该设立更为人性化的考核机制。点一份外卖，涉及用户、订餐平台、餐厅、外卖小哥等多个方面，程序上涉及下单、订单生成、派单、取餐、送餐等多个环节，整个流程应该多方面、多环节提升效率，而不应该只逼外卖小哥"与时间赛跑"，在街道上、在社区里"奔命"。

外卖小哥就只能被"折叠"么？外卖平台要是真的牛，就应该且能做到把街道上、小区内的速度考核降一半。

换句话说，进城务工的外卖小哥和站在小区门口的保安这两个群体，谁也没有得罪谁，只不过需要各自归属的平台和提出要求的人，有更高的视野，定出更好的规则。

（来源：大宝专栏《让与时间赛跑的外卖小哥慢下来》，2019 年 9 月）

民生无小事

最近很多人问我关于新政的理解，上一次的《关于加强和改进住宅物业管理工作的通知》让物业股集体涨了 600 亿元，这次，在《关于持续整治规范房地产市场秩序的通知》中，物业被列入整治重点，又跌了 1000 亿元，各公司回购等手段快速出手，股价企稳回升。住宅物业作为准公共服务，与老百姓 24 小时相守，水、电、气等公共服务均在小区内中转，简单看物业是 24 小时服务的"最后 100 米"，这也是资本视角看中的衍生生活服务，但从法律视角看到的物业本质，也就是物权的集合委托才是更深层次的话题，如今再看政策视角，更是民生无小事。

对于物业行业来说，在验证衍生服务之前，首先需要验证物权视角，而从国家对教育、医疗、房地产的政策态度看，民生视角应该排在最前面。

住建部组织部分物业企业就新政开座谈会，万科物业代表的发言大意如下：

一、服务管理规范透明，切实履行物业责任

物业企业不只是按照物业服务合同约定的标准提供服务，更应该做到将履约行为记录下来，让业主知晓、接受业主监督。相比于人工的管理和记录，线上记录更能客观真实地反映物业服务者的履约表现，相信在不远的将来，物业服务履约线上化管理和监督将成为常态。

二、秉持"财务透明权益好"的标准

公司规定，万科物业全委承接的服务项目，除法规和合同另有约定外，按季度公示财务报告是最基本的执行标准。物业费、停车费、公共经营收益及分成、其他各项收入；人工、能耗物耗、办公、财产费用支出……物业服务大小事项琐碎，财务科目纷繁复杂，而能做到按季公示，这背后是万科物业在财务规范化、精细化、信息化管理上持之以恒的付出。

三、公共收益全透明

2021 年 1 月 1 日起，万科物业在公共收益管理方面启动了一个革命性的方案：全部在管住宅小区电梯广告收益线上实时公开，涉及 6.4 万部电梯 24 万个广告点位。提高透明度的同时，我们也将公共收益经营的"监督权"交给客户，在接受客户的实时监督中，不断提高服务管理水平。

看到这三点，或许您会说这是"别人家的物业"，但这才是物业企业作为物权管理受托人的基本责任。这次新政以及教育股事件，让我们必须从民生视角思考物业。

最近万科物业有一件负面事件值得拿出来说。今年6月，深圳南山荟芳园小区有业主投诉生活水有异味，后被网络谣传为所谓的"粪水事件"。经现场调研，实为溢流井中雨水排水不畅，满溢后返流回生活水箱导致。在事件处置过程中，服务中心为业主免费提供桶装水、提供医疗保障服务，但还是被行政处罚以及被媒体负面报道，同事总觉得是"冤情"。

作为一个27年的老小区，该项目生活用水设施老旧，水务局尚未接收二次供水设施管理，溢流井归属不明晰等，加上历史原因，涉及民生问题的边界往往会超出物业服务合同的范畴。如果从物权视角去处理问题，只会狭隘地去厘清边界，撇清责任。但从民生的视角来看物业的角色，所谓能力越大，责任越大，做好经营是企业本分，但服务民生则是社会责任。不论是抗疫、防汛，还是涉及生活用水的问题，物业都可以说是责无旁贷。从物权委托的视角，物业企业适合酬金制，但从民生视角，品牌企业更应该做包干制。

以民生的视角重新审视自己：企业在老百姓心中口碑好不好才重要。好不好在于是否能承担更多的责任、锻造更强的能力，表里如一的服务意识才能让更多用户体验物业服务之美好。前几年媒体曾提过"社会企业"的概念，即以"商业手段解决社会问题"，像物业这样事关民生的行业，应该有更清晰的社会目标。物业与小区里每个人的幸福生活息息相关，这让人深感责任重大。

从互联网反垄断，到教育防内卷，政策的指挥棒很清晰，而做企业也应该契合大政方针。或许，物业经营中关涉民生的住宅物业可以扩张慢一点，反而是"to B"的商业物业、"to G"的城市服务业务可以发展得更快一些，从而在企业经营和民生责任间求得平衡。万物云的全域布局刚好发挥作用，充分发挥万物梁行的品牌红利、万物云城的先发优势，让万科物业的民生口碑再升级。

荟芳园事件后，在公司内部突发事件的报送处理中，凡是跟水、梯、火、电相关的关涉民生的事件一律按最高响应级别报送一级事件。

民生无小事。

（来源：大宝专栏，原文标题《新政后，民生视角看物业》，2021年8月）

物业服务业的品牌

"万科"成为驰名商标，作为主经办人，我曾经担任客户投诉线条主管，以及当下"万科物业"的传承领队，这让我对商标以及品牌价值有莫名的情愫。我一直以为品牌是时间的积累，是企业家价值观的遗产，是面对危机不同寻常的求解思路，是剩余价值中对短期利润的放弃，但在"资本＋数字"的时代，这一品牌的发展模式变得古典，出现了"快鱼经济"下的品牌。上市即品牌，喜茶、瑞幸、泡泡玛特等，随着中国物业企业上市潮，也纷纷涌现。

国家统计局公布的2020年GDP相关数据中，服务业增加值占GDP的比重为54.5%，这一数据在2019年为53.9%，2018年为53.3%，呈逐年增高的趋势。服务业稳步发展，但也面临更加激烈的竞争，资本与品牌是双刃剑。"烧广告，砸并购，拼规模"，资本把品牌推向求

"量"之路，而"找差异，听投诉，敢说不"的求"质"之路并非当下资本关注主流。

如今，各物业企业都在以扩大规模的方式参与未来竞争，收并购是最常见的非线性增长手段。研究机构统计，过去的2020年，上市物企发起的有效收并购事件达76起，花费金额107亿元，是2019年的有效收并购事件27起的2.81倍。值得关注的是，近三年来涉及上市物企的重大重组、并购不少，以往的收购对象多是中小型物企，现在上市物企之间的整合也开始了。这些上市物企往往形成了一定的品牌影响力，当收并购发生时，品牌何去何从？

在与国际物业"五大行"谈合作时，品牌部分是最难谈的，各种取舍后，戴德梁行、万科物业、万物梁行三个品牌可以为新公司共用，几乎成为"前无古人、后无来者"的最优解。

在规模扩张的路上狂奔时，做大并不一定能带来品牌积淀，而不谈品牌的服务业并购更是个伪命题。短短40年历史的中国物业行业，物业企业在收并购时，谈品牌收购几乎不可能，因为有品牌效应的物业品牌基本都是母公司的地产品牌，比如"万科物业的万科""中海物业的中海"。品牌往往会掣肘并购，如果不买品牌，那么记录的商誉只能是团队运营未来现金流的"能力＋团队"市场拓展的能力。当然，团队也是并购中最大的风险之一。

更强的品牌观实则是在乎品牌，要用做服务业品牌的方式，认认真真地服务好业主。否则，就仅仅是买下账目数字上的管理面积。我常常问自己，物业服务企业的品牌从何而来？结论是从日积月累的优异服务中，从点滴积累的客户口碑中形成。也正是考虑到这一点，才在2020年让万科物业回归住宅，让它不再追求经济效益上的大，而是追求品牌的纯粹、领域的精工，我们要像爱惜眼睛一样爱惜品牌。

品牌也是物业服务行业两种收费形式的分野。众所周知，在物业行业有包干制和酬金制，包干制是业主向物企支付固定物业服务费，盈亏都由物企享有或承担，酬金制是从预收物业服务资金中按比例或约定数额提取酬金，结余与不足均由业主享有或承担。

业主侧重追求酬金制，按理说应该根据客户意见，但借此谈品牌的机会，说说酬金制与企业品牌之间的矛盾。经历 40 年的中国物业行业，某种意义上，物业企业的品牌是其开发商母公司包干"包"出来的。如今业主的酬金之论，似乎更像是资金使用权利之论。一个企业如果对于客户服务模式无权决定，又怎么谈品牌建设呢。

在海外，酬金制之所以普及，还有一个重要原因是资产（物权）责任。物业公司作为轻资产服务公司，无力承担资产责任风险，而酬金制的资产责任风险由业主方承担。但在国内的行政处罚制度下，物业企业不论采用包干制还是酬金制，物企都属于被追责的重要对象，这也让物业企业选择呈现两难。

有意思的是，同为服务行业，酒店行业的酬金制就没有这个矛盾，也不妨碍其出现品牌。究其因，酒店服务虽然涉及业主、服务方、住客三方，但在酒店经营中业主不出面，只有服务方和住客发生服务关系，且客户都是酒店管理方的客户。事实上，大部分住客无法分辨酒店集团与业主方的关系和合作模式。住客选择酒店管理方的品牌服务，而在酒店收入中，酒店管理方收取的是酬金管理费。

站在物企的角度，他们直接服务业主，酬金制下更像是一个工具人，依合同指令行事，这一点很类似制造业的 OEM（原始设备制造商）和计件工资，有经营，无品牌。当酬金制既影响做品牌，又不能有效规避风险，等于政策倒逼着各类品牌物企往包干制走。而在包干制下，犹如 OEM 企业多年代工后要走自主品牌之路，则要直面做品牌的初心和决心，顶着风险，一路披荆斩棘。

资本有限，品牌价值无限。在行业上市、并购如火如荼的时候，在行业集中度日益提升的时候，在酬金制和包干制引发讨论的时候，我想多谈谈品牌，多谈谈客户服务。相较于资本的扩张，品牌扩张会难很多、慢很多，但却是满足和提高美好生活需求的必由之路。

（来源：大宝专栏《物业服务业的品牌》，2021 年 3 月）

从"EPC"看"物业服务"

这几年，EPC 方兴未艾，也有叫"项目总承包"的，不论怎么叫，都区别于施工总包。

EPC（Engineering Procurement Construction）模式是由总承包方全面负责项目的设计、采购、施工、试运行等全生命周期。因为将发包方（业主）所承担的风险相对降到最低，又被称为"交钥匙"模式。EPC 模式起源于 20 世纪 60 年代欧美的大型工程制造行业，核心是解决大型项目复杂度、技术门槛和风险"三高"的问题，是为了做好"瓷器活"而产生的一把"金刚钻"。大浪淘沙，在国际工程领域，EPC 已经是一种主流的项目管理模式，产生了 ABB、Fluor 等活跃在欧洲、北美市场的百亿美元级 EPC 巨头。

在我国，它始于 20 世纪 80 年代化工行业的探索，即到住建部要求大力推行工程项目总承包。EPC 模式在中国建筑领域已走过试行、标准制定阶段，进入全面推广阶段。2017 年中国高铁走出去的第一单项目——印度尼西亚雅加达至万隆高速铁路（简称"雅万高铁"）工程，即采取了 EPC 建设模式。行业统计，2016 年前 8 个月中国 EPC 企业在"一带一路"沿线 61 个国家签订近 4000 个项目合同，金额达 698.2 亿美元。

以上都是来源于网络资料，在我看来 EPC 的魅力在于：

1. 工程项目的事，琐碎且专业，业主方不必"自学"，可以更聚焦自己的主业；

2. 在业主与设计单位、施工总包及其他专业分包方之间需要一个专业统筹方；

3. 作为专业统筹方——项目总承包对时间进度、质量结果负责；

4. 让"设计管理"贯穿全流程是 EPC 的一个关键。

说到这里，EPC 有点像万物云大力推行的"管家模式"。

1. 物业服务琐碎且有一定专业门槛，业主方不必"招大量的行政管理人员"，可以更聚焦自己的主业；

2. 在业主与电梯公司、消杀公司、安保公司之间需要一个专业统筹方；

3. 作为专业统筹方——物业总承包对服务质量、安全结果服务；

4. 让"客户需求"贯穿所有参与的单位并得到快速响应是关键。

在住宅领域，物业行业以总承包的形态存在近 40 年，可以有负总责的"包干制"，也可以有分散责任的"酬金制"，这相当于比 EPC 更轻的代建模式。

在企业服务领域，越来越多的大型企业开始把非主营业务外包，自招员工则聚焦于主业。阿里巴巴曾经在 2015 年通过猎头向万科物业中高级管理人员发出招聘邀请，后来才知道阿里在全国建设大量园区需要物业管理人。经过双方沟通，大家选择各自做自己的专业，万科物业成为阿里园区的重要服务商之一，阿里云也成为我们公有云最大的服务商。

接下来，最大的改革莫过于政府的城市服务领域改革。政府为打造宜业宜居的城市环境，深化"放管服"改革，着力培育和激发市场主体活力，为空间服务行业释放出一个广阔的发展空间。同时，未来更加美好的城市，需要市场主体达到更优质的公共服务水准、更优异的资源运营效益、更多元主体间的关系协调，这些新要求向从业者提出新的挑战。

为此，万物云的"物业城市"模式引入了总承包的概念，由一个总包商统筹管理各类城市服务的供应商，承接政府"放管服"改革的需求，创新城市治理模式。这一模式对公共服务流程进行再造，通过政府适当放权，一家企业穿针引线，实现裁判员（政府）、教练员（总承包）、运动员（分包）三个角色的分离，解决了过去"九龙治水、人少事多、专业不足"的问题。

"物业城市"的服务模式创新，不是简单地替换市政环卫公司，它需要横向整合供应商资源、纵向细分梳理业务逻辑。市场有不理解这一模式创新的观点，认为总包方并没有产生真正的价值，这其实是对项目总承包模式的误解。

项目总承包在承接大型复杂项目方面具备不可替代的优势，首先是总包方可对项目形成"全景式"把握，在发包方授权下获得更大的能动空间，拉通各线资源，得以降本增效。例如在城市环境治理中，原本分属市容巡查、环卫清洁和垃圾转运监督等不同垂直条线的工作，可以整合为由一支队伍完成，成倍提高效率。

沙头街道俯瞰

其次，项目总承包为发包方省去多头沟通的麻烦，同时将项目内各分包方的市场竞争问题转化为内部协调问题，减少项目纠纷，提升了发包方业主乃至更多用户的体验。万物云进入深圳沙头街道后，对环卫供应商进行了适当调整，增加了两家同行企业，三个环卫组团协调竞合，基于各自特性，完成相应任务，降本增效的同时，改善了用户体验，达到整体服务效果最优化。对万物云的合作伙伴而言，与其陷入同业低水平竞争，不如加强合作，一同做大蛋糕。

最后，由于项目总承包需要对最终的项目质量和总成本负责，为了有效规避自身风险，必须形成业务闭环，品质稳定可控，可有效提升项目整体效益。在沙头，93 家责任主体和供方、539 名各岗位人员通过一套工单管理体系进行调度，接到了派单，就要在规定的时间内、按照标准作业规程把问题解决。这才能够达到三个月内，将沙头街道环卫指数排名从全市 74 条街道的落后位置提升到 10 名左右的成效。

总承包模式的优势也在沙头的疫情防控过程中体现出来。疫情期间沙头的 5 个城中村被列为管控区，上沙东村封控区人口最多，达4000 多户 1.4 万多人，物资运送、垃圾清运量大，风险性高，通过整体协调调度自有安全、清洁力量，也整体统筹封控区、管控区人员、物资力量，更为便利、高效，集中力量及时保障管控区内市容秩序、环境卫生。

2021 年初，横琴新区因为与万物云城推动"物业城市"创新，获得国家政法委表扬（这是果）。在横琴新区管委会座谈时，主任问时任执法局局长的赵振武，如果没有"物业城市"模式，估计新增加多少人？答："估计得过 100 了。"这是对城市服务总承包最好的诠释（这是效）。

"物业城市"总承包模式是在城市服务领域的一次创新，但绝不是创造，是对成熟且在全球实践的 EPC 模式的借鉴，是一次城市公共服务流程的再造。

鹰击长空，鱼翔浅底，万类霜天竞自由。

（来源：大宝专栏《从"EPC"看"物业服务"》，2022年2月）

物业管理的本手、妙手与俗手

都说归来仍是少年，看到2022年高考作文题，不禁手指触碰键盘。时光穿越，用孩子们的作文题说说今天我正在从事的工作。

很多人问我如何看待有些物业公司30%的毛利率，我总说他们有他们的"妙手"。

以我对这个行业的认知，我认为物业公司毛利率能超过10%已经非常好了。说到物业服务的本源，业主们就物业的共有产权部分委托第三方进行打理。业主支付物业费的目的是，维护物业公共区域的环境秩序以及业主共有的设备设施；物业公司则是代表业主集体意志完成以上工作并统筹支付资金。物业公司赚的钱，本质上就是酬金，如果管得好，业主给的酬金比例就高一点。这是物业的本手，正确理解什么是受人之托，什么是成人之事，这么看来，30%的毛利真的不是什么"妙手"，反而误导了关注物业行业的人。

正确地理解本手，就会理解客户关系的重要性，就会理解这门生意现金流的重要性，就会理解滚雪球式的生意的重要性。只有保持度日如年、度年如日的心态，只有保持支出与服务的透明和被监督，才能赢得客户信任。客户信任会带来稳定的现金流与合同持续的续签。否则，再高的毛利也仅仅是纸上富贵，收不回来的现金以及业主不再续签，才是公司真正的风险。如果持续续签，这门生意就如同滚雪球一般，越滚越大，而且基本不需要融资，这样即便是不高的利润率也可以有非常高的 ROE。

物业本是门好生意，但却被一些"妙手"给变成俗手了。

面对业主对于物业费价值认知的参差不齐，同时又面临劳动力持续短缺与成本上扬，物业行业确实需要妙手。

第一妙手就是，行业协会积极推动立法，在《民法典》的基础上进一步明确物权人在权利基础上的责任以及物业管理人受托履约责任从有限性向无限性延伸。

而妙手之二则是企业自身的技术研发与商业谋划。比如提升区域浓度才能真正产生规模效应；比如认知到机器与算法的不足，才能真正懂得如何使用机器与 AI。

为这个行业支招的人很多，比如业主自治，比如最后 100 米增值服务，但物业如同人生，正确的价值观是本手，技术进步与产业立法是妙手，而脸蛋漂亮背后虚空是俗手。

（来源：大宝专栏《物业管理的本手、妙手与俗手》，2022 年 6 月）

中篇

企业管理

● 第三章

守正出奇：从万科物业到万物云

"动荡时代最大的危险不是动荡本身，而是延续过去的逻辑。"

——彼得·德鲁克，《动荡时代的管理》

3.1 社区的经营

在全面市场化之前，万科物业曾经探索过社区的多种经营。在满意度和饱和收入这些关键词外，有了幸福社区计划，有了经营的考察维度；在服务意识之外有了经营意识。在此期间，大宝多次撰文阐述对经营的构想与思考。

东方风来满眼春

2012 年 2 月 29 日，广州小雨，蓝山花园"幸福驿站"正式挂牌。挂牌前，驿站已经获得"顺丰""圆通"等快递业务的授权，据了解，最早开展邮包服务的武汉城市花园项目已经取得 11 家快递公司的授权。两个项目所在城市不同，居住的业主不同，但有意思的是，两个项目的人均快递使用数量几乎一样。这或许可以称为"新时代的趋势"吧。

看到这里，我相信南京的老聂一定不服，因为南京光明城市的幸福驿站早于广州 2 天挂牌。大家都动起来了，这当然是件欣慰的事，同时，大家遇到的问题也多了。

比如大家总要问总部和一线的分工，我的回答也很干脆，在新业务领域里没有专家，实践是检验真理的唯一标准。当本部去掉专家色彩之后，反而可以以更冷静的心态来看待一线的业务开展，这里有一点要提示大家：不要只关注自己的公司，新战略能否成功，最关键的是业主感受与供应商是否盈利。如果业主不能感受到与众不同的服务，如果供应商不能在合作中盈利，那就意味着"生意"只有一次，不可持续。

当然，大家问得最多的还是经营与内控的问题。谈及政策松绑时，很多人联想到的就是随之而来的内控事件多起来。别人问我的看法，我认为有如下四点需要关注：

1. 不论何时、何人，现金上不能出问题，不能对不上账，而且经理人员要少动现金。

2. 随着新业务的产生，会产生很多新的审批。本部和一线公司的职能部门务必要参与管控，同时要加快审批速度。

3. 职能部门经理不要把自己当成全能选手。面对新问题时，要跟业务经理探讨如何把事情办成，而不是如何体现审批的权力。

4. 业务经理不要逞一时之快，给新业务留下一个好的政策环境才是对部门最大的贡献。

时逢小平同志南方谈话 20 周年，本文借当年深圳特区报报道的标题，也算作内心的一份期盼。而如果按公司注册时间计算年头，今年刚好也是万科物业 20 周年。20 年，弹指一挥间，万科物业人创造了一个品牌，我们正承接时代的接力棒，10 年后，回首今日，我们做了什么？又为这家公司留下了什么？

（来源：大宝专栏《东方风来满眼春》，2012 年 2 月）

饱和收入

上百度搜索了一下，没有找到"饱和收入"一词的解释，也没有看到更多的使用。于是，我想当然地理解，"饱和收入"应该是物业管理行业的专属用词。物业公司内大家一定都知道什么叫饱和收入，而这次，我恰恰想用这个大家都熟悉而且具有行业专属性的名词来说说幸福社区计划。

在过去半个月里，我去了万科物业 11 家一线公司，虽然每家公司各不相同，但我都谈了一个共同话题——基准线。什么叫基准线？饱和收入就是一个基准线，而管理费收缴率就是相对基准线完成的具体表现。在幸福社区计划的框架下，我们增加了很多服务项目，而如何评价这些项目，就需要基准线了。我曾经举过很多次关于租售中心的例子：公司给租售中心定指标，下季度要完成 500 万元，结果完成了 600 万元，而其他公司在我们的项目完成了 2000 万元佣金，那公司是表扬呢还是批评呢？下个季度租售中心只完成了 10 万元，结果发现我们项目一共就只有 10 万元的交易，那是该批评呢还是表扬呢？在各个公司幸福社区计划推进的过程中，我们看到很多创新，但同时也请大家注意，我们提供的服务一定是顺势而为，而非强买强卖，我们一定要找到客户、供应商、万科物业的共赢之处，并做好服务设计，这样就不会出现每个月个位数的服务量了。换句话说，如果每个月是个位数的服务量，那一定是亏损的，一定是没找到三赢关系的。基准线的应用，就是要把开展这项服务的目标说清楚，比如我们要做汽车管家服务，就应该先把社区里有多少辆车搞清楚，把这些车的品牌、型号搞清楚，这就是基准线，今后的业务考核就要根据完成基准线的比例来设计。

从"饱和收入"中获得的另外一个感悟就是，物业系统往往是通报批评多于通报表扬，有很多员工为此而抱怨。我想来想去，这可能还是"饱和收入"惹的祸。对于传统物业管理行业，饱和收入就是最高收入了，您想想，如果一个企业的收入每天都有天花板，那剩下的就只有如何省钱了。在这样的行业，一定是"犯错误的机会多于出成绩的机会"。幸福社区计划，某种意义上就是要打开饱和收入这块天花板，让我们的事业给予大家更多想象和创造的空间，机会多了，工作的色彩就会更缤纷、更有创造力了。

站在历史肩膀上，思考未来。

（来源：大宝专栏《饱和收入》，2012 年 4 月）

满意度—— 一条为了自己通往幸福的天梯

2002 年，因为"均衡积分卡"需要客户维度的评价，集团引入了第三方机构客户满意度调查，调查机构选择的是大名鼎鼎的盖洛普公司。满意度调查为万科带来了很多新鲜观点，比如：要关注沉默的大多数、投诉过的客户可能会因为投诉处理的感知而更加满意，等等。开始的时候，调查问卷分为三级指标，一级指标是总体满意度、推荐率和重购率，二级指标是各专业端口的满意度，三级指标是各专业端口的细项问题。那时，总部各专业部门都很重视，反反复复讨论得最多的其实是三级指标，我想那是一种对满意度调查的期望，这期望是一种渴求改进、发自内心的动力。其实，万科物业在集团引入满意度调查之前就已经有通过品质部门操刀的满意度调查了。调查的目的很简单，就是公司职能部门希望了解项目运营情况、掌握客户不满要素、改进服务设计。但在盖洛普调查体系中，物业只能是一个二级指标，因为这是万科集团的客户满意度调查，而在这个逻辑之下，就已经注定一个事实：客户对物业的满意度评价结果最终是落到万科集团的主营业务（地产业务）当中。

最初的调查是入户访谈，我曾经跟访过一户第五园一期业主，当问到物业的问题时他直接说"不用问了，都是 5 分"，然后讲述了他住四季花城时，看到有业主欺负保安时他是如何"拔刀相助"的故事。而每年集团的调查结果显示，物业的满意度都是 95 分上下。后来，业主越来越多，调查从入户改成了电话，问卷中的问题自然变得越来越少，当三级指标发挥的作用在降低时，各专业部门参与的兴趣也越来越低，满意度似乎就只是一个数字而已。

再说回物业。因为集团对物业几乎没有经营考核指标，所以物业的均衡积分卡一点儿都不均衡，满意度和质量事故基本上就是全部的结果。各一线公司每到年底的时候，都会给项目排座次，满意度高的项目，哪怕是大亏，也理所当然地戴上大红花。项目经理都很聪明，于是我们的财务报告也出现了如下规律，每年 2 月至 6 月，项目上基本是省吃俭用，管理上基本是平平淡淡，一旦进入 7 月，财务开支大增，公司上下总动员、客户满意 100 天，什么社区活动呀、免费旅游呀、磨菜刀修皮鞋呀，一股脑儿地砸进社区，等到满意度调查结束的那一天，管理费催缴工作全面启动，就这样，围绕着满意度调查，一年又过去了。

满意度呀，让人又爱又愁，爱的是那张引以为豪的成绩单，愁的是提高满意度的方法除了作弊，已经几乎黔驴技穷。今年，物业提出服务升级，员工问得最多的问题就是"满意度还做吗？"。就这个问题，我问过很多管理人员，大家给出的答案也比较一致，做还是要做，但不要把满意度作为一刀切的评价。我的答案是，当然要做，但是，满意度要为物业人自己而做。

从过去几个月的私属服务数据可以得出一个基本验证，就是对万科物业服务满意的客户会更多地选择万科物业提供的私属服务。在另一篇文章中，我提到饱和收入是物业行业的天花板，而我们现在做的服务升级，就是要打开这块天花板，为物业人自己创造新空间。满意度是什么？满意度就是通往这个新空间的天梯，这个天梯能有多高，将由你拥有客户粉丝的数量来丈量。当大家懂得满意度的意义，就不会再去扭曲它，更不会放弃它。那些"磨剪子呛菜刀"的便民服务，不但不能停，而且还要标准化。当我们以幸福社区为目标，社区就要有它的"大院儿福利"，而这就是业主居住在你这儿的与众不同。

当然，除了整体满意度，私属服务大多需要满意度跟踪回访，而私属服务的源头设计更是基于项目上日常的观察与发现。伴随着服务升级，满意度调查不但没有少反而多了，但我们也明白，满意度不再是维系物业考核的枷锁，而是一条为了自己通往幸福的天梯。

（来源：大宝专栏《满意度——一条为了自己通往幸福的天梯》，2012 年 6 月）

巧做客户满意度

一般过了7月，就到了项目上冲刺客户满意度的时候，经过项目经理训练营轮训，大家已经达成共识：客户满意度是服务业持续发展的生命线。在最新的考核方案中，除了把项目创造利润等经济指标与收入挂钩外，也把客户满意度、员工离职率、红线并列作为收入能否增长的底线。一线同事做满意度成绩有很多技巧，在这里我从岗位设计来谈客户满意度的技巧。

传统意义上，项目上的岗位分为安全、环境、技术、客服，这只是简单的专业划分。如果我们打破常规，换个思路把项目上的岗位重新分类，是否可以更清晰地看懂客户满意度？

项目上有一类工作，你做了，顾客不一定说好，但如果不做，顾客一定说你不好。这类工作包括保洁、绿化、消杀、公共维修、风险源巡查、设施设备维护，等等。其实，这类工作跟客户最大的关系就是"免打扰"。以除草为例，保持草的固定高度与在午休时间除草，显然后者会破坏你曾经所做的一切。维修电梯要免打扰、水箱清洁要免打扰、消杀要免打扰，而对设施设备进行保养以延长其寿命，则是对客户最大的免打扰。这类工作与客户之间还有另一层关系，就是"形象"。垃圾桶经常是满的、草皮是斑秃的、工作人员在岗位上聊天或聚众抽烟、设施油漆斑驳……这些形象都直接扼杀了客户满意度。

项目上还有一类工作就是，要敢于得罪一小部分客户以赢得更多客户的满意。这种情况的发生一般源于一小部分客户打扰了更多的客户，比如楼道堆东西、违章装修、乱停车、广场舞扰民，等等。长期以来，因为客户满意度的考核，项目上的同事"不敢管"了，而恰恰因为这种"不敢"反而得罪了更多的业主。谈到"敢管"，这个"管"是代表谁？一定是代表全体业主。由此引申出来的就是与客户的沟通机制。随着项目上停车位越来越紧张、设施设备越来越老化，与全体业主的沟通机制与议事规则就尤为重要了。

我们有夜查等很好的传统，但我更希望我们的管理人员能够在以下岗位跟岗：门岗、前台、指挥中心等。这些岗位非常复杂，每时每刻都在直接面对不同的客户、处理不同的事情，所以，这些岗位的基础配置非常重要。我曾经在上海一个项目的指挥中心看到，呼叫设备与存放客户信息的电脑的距离有 3 米，这意味着每次核查客户信息再给客户反馈，员工都要往来移动 6 米。这还只是物理上的不便！很多时候，跟岗一个小时，就可以发现很多问题，这类岗位最需要的就是公司为其提供后台技术支持，让员工能够快速核查客户信息，同时，这也是在获取客户满意。

最容易进入客户家里的岗位是维修、送水、家政保洁。这类岗位最受客户欢迎、最有时间与客户攀谈、与客户个人利益密切相关，所以，这类岗位对客户满意的带动潜力巨大。守时、把活干好、有礼貌是基本要求，而通过观察与攀谈，在服务结束后再给客户带去一点儿小惊喜，这对客户满意的促进想必是极好的。

（来源：大宝专栏《"巧做"客户满意度》，2013 年 6 月）

两年

2011 年 10 月 31 日，万科物业秋季例会提出服务升级的设想。

整整两年过去了，我们看到一些令人鼓舞的变化：幸福驿站已经成为银行、电商"争宠"的地方，2013 年的双十一，万科业主在淘宝购物狂欢的时候，可以直接在淘宝网上选择万科物业幸福驿站作为送货点了；"拎包入住"服务已经成为家具商的挚爱，2013年预计会有2万名业主选择此项服务，并有超过3个亿的交易额；与此同时，我们开始更加关注基层员工的成长与流动性，以改善基层员工生活环境的"千万工程"已经启动；最令人欣慰的是我们利润结构的历史性质变，即社区服务利润超过了为地产服务业务的利润。

两年了，有怀疑、有谩骂、有观望，当然也有欢笑。两年的历程告诉我们，战术上还有进步空间，战略上不能允许任何的动摇！

双十一网络购物节这一天，万科物业呼叫中心4009-51-51-51开始上线；这一天，万科物业社区业主APP"住这儿"正式在东莞、广州上线试用，基于客户服务的平台搭起；这一天，事业部秋季例会又将召开，管理者会再聚，一起商议未来。

两年前，我们获得行业30周年第一的荣誉；两年后，我们把这份荣誉继续保持。但是，我们必须看到第三方物业公司的快速成长，行业创新层出不穷，跨界竞争血雨腥风。而我们还只能依托地产扩张发展，我们还没有学会做平台跨界合作，我们还不懂"送水服务"的意义不是赚钱而是可以与业主真正"脱鞋、入户、交谈"。

与其说美好未来，不如说为了生存的底线；与其说生意美好，不如说"持续满足我们的顾客不断增长的期望"。

未来已来，战略不变。

（来源：大宝专栏《两年》，2013年10月）

杭州，杭州

2013年，杭州物业以项目创造利润2311万元、收缴率97.85%、满意度 89 分的成绩获得优秀公司称号。荣誉的背后，对于杨光辉来说，最直接的莫过于不用再借钱分奖金了。

各种历史原因的积累，杭州物业一直是系统内经营的老大难，一到年底算经济账的时候，杭州总是那个要借钱的公司。2013 年初，我清晰地记得，当我宣布杭州物业的考核成绩时，杭州物业管理团队眼神中的那种冤与怨，他们还没有从"重品质轻经营"的观念中走出来，在本以为高客户满意度就可以取得好成绩的期望被经营指标拖了后腿之后，他们显然没有来的时候那么兴高采烈。

去年 3 月，我去杭州出差的时候，第一次看到杭州物业"成本对标"的工具，而这只被提前"爆灯"的"金海豚"也成了杭州公司全年提高创造利润超过 1000 万元的利器。12 月，当我再次去杭州时，杨光辉更是兴奋地指着会议室里的"成本对标"看板告诉我，"三大管家"加"项目提价"再加上"成本对标"一定会让他们 2013 年在经营上打翻身仗。

事实也的确是如此。但最难能可贵的是他们确实做到了经营与服务品质的平衡。

首先是在经营考核上规定，通过节省得来的利润按 50% 计算客户满意度（低于 88 按 0，大于或等于 88 按实际比例值）计入项目创造利润，以控制项目不计品质后果盲目追求经营绩效。

其次就是通过月度客户满意度调查和基础业务品质双月检来及时评估与监测客户体验与服务品质。当 2013 年 6 月、7 月间发现公司客户满意度和环境品质整体有下滑趋势时，公司立刻启动了管理层现场巡查机制，管理层每周巡查现场并对上次巡查项目进行复查，每周通过管理层巡查沟通强抓整改落实，及时地稳定了现场服务品质。针对保洁、绿化外包服务质量下滑问题，杭州公司即时提高了保洁外包方费用标准，并强化各项外包方监控措施。面对 2013 年杭州连续极端高温天气，公司要求职能经理以上的管理人员在每天正午分赴各小区门岗顶岗值勤 2 小时，与基层员工同甘共苦。公司持续开展社区便民服务、《邻里公约》推进、节日氛围营造评比等工作，使各项目客户满意度下滑趋势得到扼制并稳步回升。

干物业的，以"省"著称，能坐公交的，绝不打的；能自己干的，绝不找人。这都是好习惯，但往往"省着省着"就"省"出问题来了，比如这个行业视缺编为常态。当缺编是常态的时候，"诚信"二字就变成高大上的词儿了；当缺编是常态的时候，就意味着写着"标准"的制度们只能躺在柜子里落灰了。所以干物业的特别怕讲经营，一谈经营往往就乱来了。

2013 年，各公司一季度没有完成成本对标的赶快完成，这样所有项目就在一个起跑线上，心态就会平和；没有完成项目防盗与风险清单的赶快完成，这样就不会出乱子；没有完成保洁面积测量的赶快完成，这样才能做到有的放矢地提效；没有做好员工宿舍和食堂改造的赶快完成，这样才能让员工安心做好客户服务；把该收的钱早一点收回来，同时还要把该花的钱有节奏地花出去。

前面说的这些还仅仅是"术"而已，如果说到"道"的层面，最后可以告诉大家，当系统内进行客户信息舞弊普查时，杨光辉即刻拍着胸脯说："在杭州不可能发生这样的事。"我真心地为这句话而骄傲！

2014 年走完了 2 个月，全年走完了六分之一。在移动互联网冲击之下，每个人似乎都惴惴不安，其实变化的只是技术和资本，而万变不离其宗的还是那颗诚信的、服务客户的心。

大道当然、精细致远！

（来源：大宝专栏《杭州，杭州》，2014 年 3 月）

三年反思

2011 年，万科物业总经理季度例会提出了发展"社区经济"这个方向。三年回首，财务指标节节攀高，到了 2014 年，"物业公司"这四个字突然开始被资本市场关注，投行、基金扑面而来，谈市盈率的时候，说三十倍都不好意思。

一个月前跟基层员工座谈，一名刚毕业的学生问我如何看阿里上市造就多少富翁；一周前跟管理人员开会，大家认为公司的目标应该就是上市。突然间仿佛回到股市 6000 点，人心浮躁。我跟那名学生说，阿里造富是因为阿里在中国打造了一种陌生人交易的模式，我跟管理人员说，如果万科物业的目标是上市，我们还有存在的价值吗？那还不如谈谈反思。或许说完这番话，会走一批人。

1．谁的危机感？

表面上可以说"向死而生"，内心会说"你死不死，跟我有什么关系"，这是人性。企业需要由三部分人组成，一部分人与企业"共死共生"，一部分人按要求完成工作拿一份薪水，一部分混混绩效。

我的反思：职业经理人依然是企业的重要构成，管理者有责任让员工简单地把事情做好。

2．客户去哪儿了？

最后一公里、社区经济、O2O，这些概念最害人的地方就是"唯我主义"，翻译过来就是"我是最后一公里""社区经济在我手中""我是O2O 的线下最佳人选"，客户就像是小白鼠，员工就像是劳动力，在传统组织模式下的新经济可以解读为，用看管的手段让员工去为企业赚客户的钱。

我的反思：不要被浮躁的经济蒙住双眼，客户、员工永远是服务业的根。

3．毕加索是谁？

以服务建设部为标志性事件，万科物业在 2000 年左右到达了其所创造模式的顶峰。2007 年启动首次变革并未成功，2012 年启动二次变革，如今进入第三个年头，刚好到了评判之声的高潮。特斯拉如果什么都做就不是特斯拉，就好比让毕加索去画素描。

我的反思：把一件事情做好，批评的声音就没有了。

（来源：大宝专栏《三年反思》，2014 年 11 月）

3.2　组织的进化

科技、语言等，一切都在进化。例如，知识就像基因一样代代相传，不断进化。在很多代人的时间里，知识对人的总体影响和基因的影响一样大，甚至更大……产品、组织、人类的能力，所有东西都在以类似的方式逐渐进化。

——瑞·达利欧

做好产品和服务是企业的立身之本

相信大家通过很多官方或非官方渠道了解到万科要推行"事业合

伙人"制度。首先，这是一条真消息，其次，目前正在计划试行的是
"地产项目跟投机制"。其初衷是希望通过跟投万科项目，鼓励员工与
公司共同成长，建立背靠背的信任，共担风险，共享回报。计划正在
设计中，大概的原则是针对新开发的项目，一些岗位必须跟投，也有
一些份额面向全体员工开放，自愿参与。

大家可以对"事业合伙人"这个概念有千种解读，但需要始终铭
记于心的是，不论公司治理结构怎么变，好的产品和服务是企业立身
之本，也是人的职业梦想实现的产物。不管苹果背后怎样激励员工，
大家讨论的是让人尖叫的产品；不管普洛斯的资本运作如何，没有人
否定他在物流地产行当的专业。

郁亮说："事业合伙人有四个特点：我们要掌握自己的命运；我们
要形成背靠背的信任；我们要做大我们的事业；我们来分享我们的成
就。"合伙人制度告诉大家，这是我们共同的事业，要为自己去拼搏
奋斗。

物业事业部也在设计基于未来发展的激励制度。但是，不论何
种改变，我们应当明白，公司是平台，而每个人都在为自己代言，为
自己工作。在你的职业生涯中，有过什么样值得流传的记忆，有过什
么样值得回忆的感动，那是公司的财富，更是我们自己的财富。不同
的激励制度，是在不同时期提高要素组合效率的机制，但不论怎么变
化，其出发点都是想从制度上来激发大家为自己工作这个原始的动力。
合伙人制度是要为自己工作，即便没有合伙人我们也是在为自己工
作——做让客户满意的产品和服务。

让我们怀着一颗责任初心，始终铭记我们的使命——持续超越我
们的顾客不断增长的期望，实现我们的愿景——生活因幸福而改变！

（来源：大宝专栏《做好产品和服务是企业的立身之本》，2014年4月）

以"睿管家"开启万科新物业服务体系新时代

经过项目运营研究团队历时 9 个多月的"秘密"研发，2014 年 4 月 27 日，新版服务体系终于揭开了神秘的面纱，万科物业"首批种子管家"培训在深圳梅林万科大厦正式拉开帷幕。

项目运营研究团队自成立以来一直很"神秘"，一般人对他们的了解就是这个团队肩负着万科物业项目运营变革的重任。万科老的服务体系已经支撑公司发展了 20 多年，时代在变，新时代需要新的服务体系。

在过去的 4 天里，你们作为来自全国 50 个核心项目的 63 位首批种子管家经过了 40 个小时的高强度密集培训。在这里，你们接受了"网格管理""房屋托管""社区共治"等知识和技巧的培训。明天回到项目上，你们还会用上基于移动互联技术开发的服务利器——"乐帮"。未来，你们还会不断接受系统的、全面的训练和选拔。希望在不久的将来，你们首批"种子管家"能成为最早通过"睿管家"认证的人。

有人用面积评价物业管理，有人用客户评价物业管理，我们的新管家体系是围绕资产来评价物业管理。举个例子，小区里有少数业主挂条幅，我们摘不摘？从尊重权益表达的角度来说，不摘没问题；但如果有中介带人来买房，这个条幅可能导致每平方米降价 300 元，假设这是一个 30 多万平方米的小区，那就是 1 个亿没了。所以答案是要摘，当然这不代表不处理客户问题了。

我们要成为背靠 9000 亿元房屋资产的客户利益代言人。万科物业将把"睿管家"体系打造成为新的里程碑。这是万科物业赋予整个管家团队的使命，而你们正是这个事件的参与者、执行者，同时也是受益者。

（来源：在首批"睿管家"体系种子管家培训大会的讲话《以"睿管家"开启万科新物业服务体系新时代》，2014 年 5 月）

项目运营中心来了

今天，万科物业住宅项目运营中心正式发文成立，这标志着万科物业进入新的发展阶段。

过去，万科的物业管理作为地产开发商的售后服务模块，运营一直都是围绕着万科整体品牌开展。在内部管理上，采用的是集团、城市、项目三级架构。随着城市开发市场日趋成熟稳定，封园的住宅项目逐渐成为物业管理的主流。规模的扩张也使得职能部门对项目现场的支持愈发乏力。为此，项目运营管理的思路、模式必须适应时代变化做出转变。

前段时间，根据管理业态的不同，我们成立了开发商服务中心，负责所有涉及开发商的业务，与地产公司打交道。把服务开发商的部分说清楚了，接下来就是如何把我们传统强项"住宅物业"做大、做强、做专。住宅项目运营中心就是在物业事业本部层面负责统筹住宅项目、管理中心的主要部门。这种组织架构上的调整是实现项目运营管理由传统的职能管理转变为专业化管理的第一步。

一年前，事业部在东莞专门成立项目运营研究小组。近一年的时间里，小组联合事业部各部门、城市公司初步完成了项目运营一系列现场标准化流程、技术支撑平台以及全新激励制度的研究与设计。

在接下来的日子里，运营中心会逐步打造一支由各业务线条专家组成的物业师团队。他们将在上述研究成果的支撑下，尤其是在数信中心 IT 平台的支撑下，成为一支"特种部队"，把每个项目作为一个产品来做专业化运营，实现住宅管理项目的高效、稳定运营。

如果这套模式成功，我希望它能走向外部市场，为物业行业提供各类服务与支持，给存量市场带来新的运营模式及发展动力。

今天只是一个部门的成立，让我们一起期待一个专业的物业师团队来到大家身边提供专业支持，帮助业主资产保值增值，让物业行业的从业者更有尊严，让我们项目的日常运营变得简单、快乐。

（来源：大宝专栏《项目运营中心来了》，2014 年 7 月）

恋曲1990，感谢有你

自万科集团 1990 年开创物业管理服务以来，到 2015 年万科物业已满 25 周年，恰巧四分之一个世纪的时间。由此看来，万科物业也是一位不折不扣的 90 后。值此新标发布之际，我带大家再一起回顾下这位 90 后的成长历程。

1．1990—1995 年，牙牙学语的孩提时期

成长印记：地上无烟头、草地如绿毯、不丢自行车

**打有马赛克
无法显示**

（深藏功与名，logo不给看）

到底什么是物业管理服务，恐怕在那个年代没有人能说得清楚。但那个年代的万科物业管理从业者无疑是笃定的，他们手握着"地上无烟头、草地如绿毯、不丢自行车"这三大法宝，在没有一个广告、没有 logo 的背景下为万科物业这块金字招牌打下了一片天。

如果你有幸在 1990—1995 年就加入万科物业，那你就是我们的殿堂级员工。

2．1995—2009 年，呵护中成长的青春期

成长印记：掏心掏肺不怕累，全心全意全为您

（有人说这个logo是鸽子，其实它还是只快乐的燕子，看不出这是个温馨的燕窝吗？）

这个阶段万科物业开始品牌化运作、规范化探索，并开启了随后十余年的规模化进程。全国物业服务首例公开招投标中标，酒店式服务借鉴，高品质文化推行，邻里守望模式倡导，这些场景你是否历历在目？这些工作你是否参与其中？

如果你在 1995—2009 年就职万科物业，截止到现在也称得上我们的骨灰级员工。

3．2009—2014 年，跌跌撞撞的成人礼

成长印记：坚定转型，拥抱幸福

万科物业

（图标不是麻将桌，而是代表了我大中华最悠久的围合住宅）

2009 年，万科物业开启事业部运作成为集团独立事业单元，并于 2012 年开展了幸福社区计划，伴随着移动互联网时代的到来，一场前所未有的变革迎面而来。幸福驿站、第五食堂、万物仓、拎包入住、智慧社区、"住这儿"APP，万科物业的业务迭代速度就是移动互联时

代的一个缩影。

在 2009—2014 年就职的员工会感到每天都是崭新的，忙碌的同时也被新鲜、挑战所包围。

4. 2015 年——由我们一起来定义最好的自己

成长印记：市场化元年，打造睿联盟

新的 logo 充满想象力而又不忘初心。Vanke Service，定义得越少，可做得越多。

"VS"或还代表着直面对垒，面对广阔的市场拓展，我们需要充满攻城拔寨的勇气和魄力。

知更鸟，充满着灵动与热情，像一名勤劳的卫士，守护着我们的社区。

万科物业一路的快速成长，得益于我们每一位员工在这 25 年来付出每一个点点滴滴。无论你在哪个时代加入，抑或是否离开，我都想对你真诚地说一声："一路相随，感谢有你！"

最后，在 25 周年之际，针对曾经的战友，我们隆重推出一个旨在推动万科物业离职员工互动、学习、交流的平台——鸟巢。在这里我们可以组团聊聊过去、吐槽现在、畅想未来。世界这么大，这里永远有一个为你守候的家。

（来源：大宝专栏《恋曲 1990，感谢有你》，2015 年 8 月）

共铸城市铁三角

回顾 2015 年时，我说万科物业市场翻倍很牛，市场翻倍的同时又运营增长更牛，市场翻倍、运营增长的同时又做组织变革就是作了，但万科物业就这么闯过了 2015 年第一关。有人问我：能实现市场翻倍又运营增长的根本原因是什么？我说，是组织变革的红利。

所有的改革都有代价，变革后的组织总是需要一段时间适应。2016 年这一关，关键不在外而在内——对组织变革的消化。

在组织变革中，我们把公司设立为"业务利润单元""业务拓展单元""业务支持单元"，没有了传统的城市总经理、项目经理这两个"总承包"，大家工作起来会有点懵。

如果说三个单元间需要一个协作约法，那第一条就应该是"互通有无"。如果我们把三个单元比作三角形 ABC 三个点，三点互通是三角形的核心，ABC 三点可以随时互通有无，则为"真三角"，而如果组织内 A 和 C 的对话需要 B 来传递，则是"假三角"。解决争议的基本原则就是看它们是否为属地客户提供更好的服务。

古语中"三"多泛指"多次"，比如三思而后行、三番五次。职能制的组织，每个公司、每个项目都是一个小金字塔，组织的连接核心是靠一个人，执行高效的背后是组织的脆弱。合伙人时代，一个合伙人不再"自扫门前雪"，而是要将自己的智慧与经验分享出去，以众智实现众治。几何学上，三角形最稳固，我们期望看到的是一个牢固、坚不可摧的团队，而不是一个一有外力施加就东倒西歪的团伙。

《道德经》中有一句话，"三生万物"，看来老祖宗在几千年前就预见到了。共铸城市铁"三"角，万科物业方可生生不息。

（来源：大宝专栏《共铸城市铁三角》，2016 年 2 月）

愿得猛士兮共开疆

奥斯卡颁奖典礼上，LinkedIn 的广告以 NASA（美国国家航空航天局）招募宇航员为楔子，在陈述梦想的同时，似乎也揭示了第二个主题——人才。NASA 都开始在互联网平台上公开招募了，人才的争夺成为企业在这个时代脱颖的又一关键。

2015 年初，我们给自己定了一个年度主题，"让更多用户体验万科物业之美好"，一年后我们把它升级为"让更多用户体验物业服务之美好"。从"万科物业"到"物业服务"，从独善其身到兼济天下，我们要思考的不再是怎样提升万科物业的品牌价值，而是致力于全行业的变革，让物业行业得到业主的认同、社会的认可。

在过去的一年里，我们也同样实现了组织与信息化的基础变革。"积极拥抱互联网"是每一家企业都会贴在自己身上的标签，但对于万科物业来说，发自内心的修炼比穿上互联网的外衣更有说服力。扳起指头数一数，在梅林路 63 号万科物业本部办公楼里，数据与信息技术中心已成为人数最多的部门。而我们对于顶级的 IT 架构"攻城狮"、项目运"鹰"专家、设施设备专家、安防专家、环境专家等业界大拿依然如饥似渴。

传统组织下，规模越大越不敢招聘"贵"的人，但基于"云"部署下的组织，越"贵"的大拿越有用武之地。

所以，在去 NASA 做个宇航员和来万科物业创造一个新时代之间，我画了一个约等于号。我期望有一批人，无论是来自万科物业内部还是外部，无论是毛遂自荐还是举荐，都能够和我一起把这约等于号扳直。

物业行业的明天就像广袤的太空，充满挑战与无限可能，你来，我们会比想象中更接近梦想。

（来源：大宝专栏《愿得猛士兮共开疆》，2016 年 3 月）

写给万科物业的财务经理们

2009 年我刚到万科物业的时候，财务报表里收入最高的不是我们的主营业务，而是"其他收入"。当时我和财务总监说，如果他不能在报表里消灭"其他收入"，我就消灭他。

2010 年财务经理年会，我们一口气调整了 5 家公司的财务经理，在会上我说，"当一家公司从三级单位变为二级单位的时候，它会变得更加透明，有财务经理被淘汰，甚至是因为犯错误被淘汰是正常的。未来，当万科物业独立面对投资人的时候，还会有财务经理被淘汰。"

为了让大家不被淘汰，我们制定了稳健的财务政策，业务聚焦主营，控制关联交易，注重合法用工，合理纳税。这两年，我们查询了香港联交所质询内地递交上市申请的物业公司的所有问题，这些问题在万科物业身上几乎都不存在。

有这些还不够，还有人可能会被淘汰。

最近我听中国人民大学黄卫伟教授的一堂课，让我印象最深的是华为的人事激励政策、组织与财务损益表之间的关系。我们总是认为人事政策对应的是业务数据，业务数据再转换为财务数据。据说华为一推出这一政策，财务报表即可改善。这让我想到今天的互联网公司，当滴滴看到后台数据中司机数量不足时，会马上修订司机端补贴，快速平衡供需。但在传统企业，业务端、财务端、人事政策端之间的信息往往是迟缓的，有的甚至是割裂的。

最近开始了对项目合伙人的培训，我们再一次强调预算的重要性。财务在预算中的作用到底是听预算，还是做预算，我认为是后者，而且是规范预算，先僵化、后固化、再优化。财务本身对项目的成本结构能不能说清楚，对财务部是一个考验。未来我们是一支能够出具万张报表的团队，而每张报表都有对应的规模最小的组织。我们财务人员如何去了解业务，如何从财务定规则的视角来把我们每一个基础单元说清楚，我们财务是否能支撑一家到 2018 年估值有几百亿的上市公司的发展，财务需精细化管理到每一个基本的经营单元。

我们管理规模会越来越大，同时我们的管理也会越来越精细。过去 10 亿规模的时候，我们要出具 100 张报表。未来 100 亿规模的时候，我们要出具 1 万张报表。过去 10 亿规模的时候，我们管的是 18 个公司总经理；未来 100 亿的时候，我们要直接管到每一位管家。否则，扩张对万科物业来说是一种灾难，能否迅速扩张，考验我们管理能力，考验我们管理的颗粒度和精细度。

（来源：大宝专栏《写给万科物业的财务经理们》，2016 年 4 月）

物业的"进化"

最近请同事盘点了一下，万科物业在职员工 6 万，而历史上曾经为万科物业服务过的员工约 30 万。

可以说，过去三十年不仅是万科物业成长的三十年，更是万科物业向行业输出人才的三十年。"聚是一团火，散是满天星"，离开的人中很多都在行业中具有了影响力。不夸张地说，万科物业为行业输送了上千位老总，无论他们是自主创业还是成为职业经理人，都已是行业中坚。在招商物业、碧桂园服务、融创物业、阳光城物业等公司，都有许多曾在万科物业工作过的物业老兵。

前几年在宁波认识银亿物业副总宋世平，他一见面就给我敬了个标准的军礼，然后说他曾经在上海万科物业工作期间接受过严格的训练，边说边给我展示五指并拢的手掌。虽然已担任物业公司高管，但他肤色黝黑，让我看到当年一个被训哭鼻子的安全员。

在职员工中，赵大志是典范。天津滨海爆炸期间，时任滨海管理中心总经理的赵大志带领团队逆行营救业主，并坚守十天九夜，当业主们联名要求万科物业撤场时，大志说，"我不走，我们要守护家园。"大志因此获得万科物业最高荣誉"知更鸟金质勋章"。

1995 年，18 岁的大志离开河南老家，只身来到深圳打工，机缘巧合下他的第一个职业便是在万科物业当一名安全员，他不仅学会了人过地净的品质意识，更系统地学习了物业管理知识。随着公司的发展，大志先后被派遣到北京、烟台、天津，现在他回到了老家郑州，任住宅空间事业部郑州管理中心总经理。

这么多基层员工来到万科物业就业，而我们除了一份工资还能给他们什么，作为公司的管理者，我思考的结果是"一份健康、一份技能、衣锦还乡"。

自 2008 年开始，万科物业开始主动招收应届毕业大学生，潘美玲就是其中一位。2014 年，物业管理本科毕业的小潘接到万科物业的录取通知，在深圳总部集训后，便到福州万科金域榕郡项目担任一位基层管家。

因为工作出色，潘美玲快速成长为一名受人喜爱的小区明星管家。事迹被《海峡都市报》报道后，78 岁的潘依伯特地转 3 趟公交，花 4 个小时，从福州仓山城门镇的家到项目上找她，为自己北大毕业的小儿子"相亲"。

如今她成为朴邻公司福州资产营业部总监。MPP（万科物业高级管理人员选拔前的培训班）面试我见到她，她笑道，"现在收入还蛮高的"。我真心地替她的转型感到高兴。

万科物业员工被同行挖角是常态，一般是三级三倍，但高峰的离职却不同寻常，他是被阿里巴巴挖走的。2015年，已经在公司15年的高峰突然要离职，要去阿里，工资高、有股权。一开始，我真的好难过，因为他当时正在一个封闭工作组研发睿服务体系，还专门给他命名了一款座椅叫"高峰椅"。后几周，几乎所有万科物业总经理都接到了阿里猎头的电话，我在想，难道这就是"颠覆你的根本不是你的同行"？

危机之中，我们决定从住宅物业服务大规模进军大客户办公楼物业服务。互联网公司高速发展，他们要给员工好的环境，急需行政服务人员。他们既然看中我们的人，那我们就一起过去做服务。在团队努力之下，万科物业先后中标华为、腾讯、金蝶、阿里、小米、今日头条、移动、联通等办公物业项目，并开启了"两翼齐飞"战略。

类似的机缘还有，2018年1月一次偶然的机会，万科物业受命完成"横琴口岸周边停车治理项目"，中山大学MBA毕业后加入万科物业的李俊担任项目负责人。这个项目的成功为万科物业与横琴合作带来了契机。之后通过国企混改的方式，万科物业进入横琴，并合作产生了全国首个"物业城市"。

2016年，万科物业旗下万睿科技被认定为国家高新技术企业，这是对万科物业始终坚持技术研发的一次肯定。

睿联、睿开、睿讯、睿眸、黑猫系列、RM……从助力员工提效到人工替代，从传统IT开发到人工智能研发，公司的人力资源需求变得日趋复杂。2013年，陈沫瑶入职万科物业，他是公司招收的第一位清华大学毕业的研究生。如今，已经有一批清华、北大、港大毕业生和常春藤海归加入公司，一批90后正活跃在公司，用他们的智商与荷尔蒙为这家即将三十岁的企业注入活力。

万科物业在进化。

（来源：大宝专栏《物业的"进化"》，2019年11月）

3.3　市场化破局

对于 2015 年的万科物业，大宝做出的战略选择是守住客户口碑、勇敢闯入市场，坚定不移变革。

从 2015 年的市场化元年开始，组织架构不断调整，明确了各类经营体、战区、军种、阵地，新型事业合伙人关系，这些今天在万物云耳熟能详的名词，都意味着当时的万科物业逐渐拉开了延续至今的发展帷幕。

开弓没有回头箭，市场化开启后，一路变革，再也没有被"撤回"。

同心者同路

MPP 是万科物业高级管理人员选拔前的培训班，既然是可能成为高级干部的人，能有资格进入的一定是业务过硬的，但我更想跟大家谈的是价值观。价值观不一样，就不是一伙人。

今年总部出台了 38 条之多的禁止项，一线也有很多质疑，总部要干吗？禁止项很容易让人理解为操作层面的约束性条款，但其实是价值观的问题。面对接踵而至的行业规则，万科物业能否独善其身？万科物业的职业经理人能否真的去实现理想？

举个例子，关于停车场手动开闸的问题。应该说，停车场智能管理的升级还没有在全国范围内落实，在没有落实的地方，停车场是个很敏感的话题，也是一个管理上容易出漏洞的地方。我们的经理是否把精力放在这上面，其实意味着对这个行业规则的挑战。在技术手段不完善的时候，最有效的管理就是管住手动开闸，这个禁止项看似是一个操作规范，但其实是项目治理的问题。通过这个治理，又会暴露出一系列项目中有漏洞的问题，比如哪些人拥有了"特权"，这些特权的背后是否是寻租的过程。这挑战了一些规则，但我们是否愿意平庸？！

比如收费公示。这挑战了我们自身的能力，更挑战了我们的生意态度。俗话说，浑水好摸鱼，物业作为一个公共权益的受托者，天生具有浑水摸鱼的优势，一旦透明，就会遭遇各种质疑。但是，我们始终坚信，阳光是最好的杀毒剂，监督是倒逼自身能力提高的最佳导师，这些是我们做生意的态度。

在市场变化和组织改革的同时刺激下，肯定会出现不同的思想冲击，但组织的价值观应该是我们一直坚守的。价值观是我们工作的出发点，更是企业文化一种最直接的体现。为什么我们是一个组织，为什么我们可以在中国天南地北取得共同的业绩，我想，不仅仅是因为万科物业的标准，更因为我们是"一路人"，我们有共同的信念，我们看待问题的态度，我们处理问题的思维都是趋同的。"物业是高危行业"这句话说明了物业服务具有很强的意外性，突发情况的不可防备、客户的不确定性、上游行业的变动都影响了物业服务。标准、流程可以解决一般性问题，而复杂性问题就需要我们有共同的价值观去实际指导。

随着万科物业快速发展，更进一步地走向市场化，我们将面临更多的市场诱惑，我们将面对越来越多的理智客户，我们将面对更为复杂的竞争环境，这更需要"强有力"的价值观，使得大家成为一路人，有着背靠背的信任，说同样的话，做同样的事。

（来源：大宝专栏《同心者同路》，2014 年 10 月）

2015，风来了

今天是大年初一，先拜年是必须的。

最近我去了趟美国，东海岸、西海岸都转了转，感觉东海岸作为规则的制定者仍在控制世界，而西海岸正在充满胸怀地试图改变世界。华尔街的力量尤在，比如旧金山的人要早起，时差的原因，纽约股市提前三小时开盘。而硅谷的力量真不可小视，科技与风投的结合，"All In"精神让世界都为之动容。谷歌的 X 项目，各个惊人，他们的伟大是他们也关心穷人。

我还去见了一下凯文·凯利，大师的演讲并没有超越书的范畴，但我再一次感受到入侵者的可怕。lowquality，high risk，small market，low margins，unproven，几乎是能多差就有多差的基础，让创业者们以"All In"精神杀出一条路来，成为市场的颠覆者。这非常可怕，尤其是对于市场的领先者。

纽约作为成功者的代表之一依然勤奋。时差的原因，我很早起来跑步，但曼哈顿一点儿也不宁静。

2015 年，Uber 来了，快滴、滴滴合并了，市场反应很快。中国物业管理市场如同唐僧肉，被别人垂涎，唯有创新和更加勤奋，方能获得自己的生存空间。

新的一年，或许会有很大的变局，风来了。

（来源：大宝专栏《2015，风来了》，2015 年 2 月）

九万

百度搜索"九的组词"，非皇既恶，什么九五至尊、九头鸟、九阴真经，没办法，标题只能用"九万"，本文写九个万科物业的人。

张洪利，22 年万科物业经历，当过兵，行事雷厉风行，甲方交代的任务绝不过夜，当天完成。原广州万科物业总经理，现任住宅运营中心合伙人决策委员会成员，驻扎珠江西岸，联手湘、桂。

杨光辉，18 年万科物业经历，始终坚持服务品质不动摇，不善言辞却总是得优。原杭州万科物业总经理，现任住宅运营中心合伙人决策委员会成员，驻扎上海滩，联手浙、赣。

胡光财，17 年万科物业经历，在深圳、武汉、长沙、重庆、成都从基层做起，熟悉项目的一点一滴。原重庆万科物业总经理，现任住宅运营中心合伙人决策委员会成员，驻扎巴蜀，联手云、贵、疆。

张跃敏，16 年万科物业经历，懂经营、识品质、行事稳健，眼睛虽小，却不容任何沙子。原成都万科物业总经理，现任住宅运营中心合伙人决策委员会成员，驻扎珠江东岸，联手福建、海南。

邹明，15 年万科物业经历，学自动化专业的却一直在干人事工作，集团总部的工作经历让他总是那么有高度、有大局观。原天津万科物业总经理，现任住宅运营中心合伙人决策委员会成员，驻扎京津，联手晋、冀、鲁。

梁琪庚，17 年万科物业经历，善于创新、不甘平庸，他管过的项目总让人感到很有味道。原苏南万科物业总经理，现任住宅运营中心合伙人决策委员会成员，驻扎苏州，联手苏、皖。

谢程，16 年万科物业经历，生在东北干在东北，说话语调让人感到很磨叽，但骨子里有那么一股韧劲。原沈阳万科物业总经理，现任住宅运营中心合伙人决策委员会成员，驻扎沈阳，联手辽、吉。

　　何曙华，17 年万科物业经历，讨论问题的时候经常扮演唱反调的角色，也正因此，才让团队的思考更加全面。原武汉万科物业总经理，现任住宅运营中心合伙人决策委员会成员，驻扎武汉，联手鄂、豫、陕。

　　吴耀平，18 年万科物业经历，干过技术、搞过经营，历史上他最激进的一次就是要承包万科物业的项目搞创收。原东莞万科物业总经理，现任住宅运营中心合伙人决策委员会成员，驻扎深圳，为全国项目提供后台运营支持。

　　这 9 个宝贝，加一起的司龄是 9 个 17 年还多 3 年，虽然受万科物业熏陶总有雷同，但骨子里的性格却不尽一致。有人点子多、有人善执行，有人钻技术、有人善经营，有的文、有的武，"九万"组合在一起应该是一部好看的大戏。

　　2015 年，他们的确正在谋划一件大事。他们已经把万科物业最有经验的 357 个经理聚成 49 个管理中心，这 49 个中心的分布，从东北到广东，从上海到成都。这 49 个管理中心正在打造一个叫"睿服务"标准，这 49 个管理中心正在物业行业引入首个合伙人概念，这 49 个管理中心正在解开制度的枷锁，让自己把时间和精力更多地放在客户身上。

　　不看广告看疗效。

　　1 月 28 日，深圳万科城市花园的业主委员会主任携成员来到公司送锦旗，而且说这锦旗是送给万科物业总部的。他们说："业主已经感受到了合伙人机制带来的变化，他们相信'改革创新沐社区、恒心服务惠民意'。"

　　其实我深深地知道，"九万"早已嫉妒基层员工拿了那么多锦旗，他们正在谋划的是，如何让更多用户体验万科物业之美好。

　　（来源：大宝专栏《九万》，2015 年 2 月）

十三幺

十三幺，是麻将的一种胡牌方法，属于大牌。

自从把九位万科物业同事放在一起写了篇"九万"，就有很多内部同事预言这次会写"十三幺"。外界或许还不清楚，这些说法都缘于2014年底万科物业的组织变革。

万科物业历史有过几次变革，第一次是2001年万科物业拆分为管理公司和发展公司，前者负责接万科地产项目，后者在市场上接非万科地产项目，此举后来被集团叫停；第二次是2008年成立万科物业事业部，把万科物业股权以及核算主体从万科地产剥离出来，变为独立的经营实体，长达七年的变革路，才让万科集团上下逐渐适应。

2014年，万科物业迎来了历史上的第三次变革，把18家物业公司分为49个管理中心和13个中心城市公司及13个城市公司。管理中心的定位是把项目管好，而城市公司的定位是做好项目承接。

这是什么信号？同行们都在关注，万科物业这般来势汹汹，难道是要来"抢"饭碗了？

的确，这是一个市场化的信号，但"抢"字确实不妥当。我们是以开放、融合、竞争的心态走向市场，因此选用了"睿服务"与"睿联盟"构建合作共赢的方式。

首先我们看看物业行业的痛点到底是什么——"做基础物业时觉得自己用人太多又力不从心，做增值业务时觉得自己客户太少又不甘寂寞"。

既然如此，万科物业能否发挥自己在基础物业上的优势，以及客户基数庞大的优势呢？也就是说"基础业务你跟我做，增值业务我跟你做"。万科物业有49个管理中心，这些管理中心由466名经过万科物业多年训练的行业资深经理组成，不管你的项目在上海浦东、在成都锦江、在沈阳铁西，还是在深圳龙岗，项目周边一定会有一支万科物业的精英团队，可以帮您托管项目的基础物业服务。有了这支队伍的参与，业主喜欢吗？您放心吗？答案一定是肯定的。

另外，既然大家都有做增值业务的想法，又苦于自己的客户数量太少，万科物业可以为合作伙伴提供客户联盟，目前万科物业社区的人数已经超过 200 万，这不是两全其美吗？

既然走向了市场，一定有朋友，也有对手。是朋友的，定当不辱使命，做好睿服务，做好客户联盟，且不会从朋友手中抢项目；是对手的，万科物业也绝不手软，有时候土豪就要任性。

"幺"是家里排行最小的，是家中最可爱的那个人，我们把万科物业 13 个中心城市公司负责人和 13 个城市公司负责人称为"十三幺"，是希望他们能够成为市场最可爱、最受欢迎的人。

（来源：大宝专栏《十三幺》，2015 年 3 月）

王石出了张大牌？

一个多礼拜前，一则和王石有关的消息引爆了我的整个朋友圈，"王石：万科物业将全面接受各开发商的物业业务"。这则消息引发了同行朋友"狼来了"的惊呼，甚至这两天连约人吃饭都感觉有点怪怪的。

那么，"狼"真的来了吗？万科物业为什么要走向市场？

首先是因为观点不同。最近市场上充斥着"基础物业管理无用论"，而万科物业认为基础物业管理是业主的本质需求，房屋资产相对价格的保值增值才是客户真正的痛点。从 facility management（设施管理）

到 property management（物业管理）再到 asset under management（资产管理），这些英文告诉我们，业主在意的不是物业费高低，也不是买到便宜的大米、酱油，而是花钱请来的物业公司是否打理好自己的小区，是否诚信、透明、恪尽职守。互联网讲粉丝，倒是要看看不同的观点，能否吸引到更多的观众。所以，是骡子是马，总得拉出来遛遛。就这么着，万科物业扛起"睿服务"的大旗，走向了市场，并且确定了 2015 年的主题语是，"让更多用户体验万科物业之美好！"

看官又问："说白了，还是来抢客户的。"答案是："您说反了。"

说说啥叫"睿服务"，您就明白了。"睿服务"就是，保留原物业公司手中的物业合同权利不变，由万科物业帮您打理，您的收益优先，万科物业做劣后。于是问题又来了，合同到期了，业委会说，直接跟万科物业签约怎么办？既然模式已定，万科物业绝不抢合作伙伴的物业合同！有的朋友要求万科物业入些股份，这样对业主有交代，也好同进退。这个问题的答案是"OK"。

前一阶段，我跟上一任中城联盟主席漆洪波先生交流了"睿服务"的想法，他的评价是，"睿服务"模式解决了开发商或者物业公司的所有担心，他愿意马上启动自己公司的合作。

市盈率呀，新三板呀，资本一波波地冲击着纯朴的物业人，大家一下子忘了落潮时裸泳的惨状。

减人成为物业公司向资本讨好的一种姿态。还真拿自己当互联网公司呀？物业的竞争力主要不就是线下能力吗？万科物业不减人，我们用人去服务，我们用人去实现跟互联网公司合作。

触网成为一种物业公司向时代的问候。不谈移动互联网就落伍了，但互联网的本质是透明，物业行业却没那么透明，真的要革命吗？

道不同不相为谋，理念相同的人必将走到一起。2015 年提出，用"互联网＋"打造经济转型升级新引擎，我们为何不做"物业＋"？联合联盟的力量，让我们既像一个小企业那样独立和灵活，又拥有大企业的光荣与伟大。万科物业愿意用"睿服务"帮助同行撑起物业企业最基本的底线与尊严，更愿意贡献自己与同行共同搭建"睿联盟"，为业主们提供更丰富的社区增值服务。强大源于企业的价值观、技术储备以及放下姿态，开放合作才能越来越强大。

（来源：大宝专栏《王石出了张大牌？》，2015 年 4 月）

劳动者不忘初心

"二战"时有个说法，美国生产军舰的速度大于德军潜艇击沉大西洋物资军舰的速度，为胜利奠定了基础。

当越来越多的企业开始跟万科物业合作时，成功在于我们改善项目的能力。有睿平台做技术基础，有管理中心合伙人做经验支撑，成功的本质还是万科物业那颗对客户服务的心。

万科物业的形象代表着中国最好、客户最认可的物业公司。如果我们为了市场化，丢掉了客户，失去了口碑，落入行业同质化，便会失去市场竞争力。今天我们谈市场化的时候，别人为什么要选择万科物业？因为我们是好公司，是对客户好的公司。在市场上，有朋友就会有敌人，我们只有坚持自己好的一面，才能找到真正的朋友。只有坚守我们的价值观、我们的文化，我们才能找到打市场的根基。我们一直说，始终不忘对物的打理，公共维修支出不低于 6%。我们提出了员工三好、城市梦，还有职业安全法则，这些是不是可以在新接的项目里落地？

每周的项目决策会都会提出新的项目，其中有一个项目被三次提起，我始终没有同意。因为我们从对方物业公司得到的太多，这无疑是在出卖公司品牌。无法说清楚给别人带来什么，这样的项目，宁可不做。

我们进入市场，睿服务和睿联盟是一种商业模型，但好的商业模型并不代表"不打仗"。举个例子，特斯拉是一个商业模型，但他们总部只接待客户，他们中国区销售得不好，照样换人。所以睿服务和睿联盟并不代表"不打仗"，而是如何去把这个"仗"打下来，这才是我们真正的任务。

（来源：大宝专栏《劳动者不忘初心》，2015 年 5 月）

睿联盟赢了 —— 写给浙江大管家李一文先生的一封信

尊敬的一文兄：

见信好！今天上午，你我共同参加 2016 中国物业服务百强企业研究报告发布会，见证了中国物业管理协会和中国指数研究院联合发布 2016 中国物业服务百强企业名单。

今年在评选中排名第一，之于万科物业，意义非凡。2015 年，是万科物业的市场化元年。以前，我们的项目都是万科地产的项目。但 2015 年，万科物业基于睿服务、品牌全委、股权合作等多种对外合作方式，和伙伴们共同组成了睿联盟这个大家庭。有这么多伙伴在第一年就加入了睿联盟这个大家庭。这样的信任，实在令我们感动。去年最后一天，您也加入了睿联盟，为我们的 2015 年睿联盟之路画上了完美句号。

2015 年，睿联盟伙伴和万科物业创造了一个奇迹：我们的整体签约面积从 2014 年的 1 亿平方米，一跃超过 2.1 亿平方米。全年营收 38 亿元，实现净利润 3.78 亿元。要是没有睿联盟伙伴的信任，这个 1.1 亿的增量不会这么快达成；要是没有睿联盟伙伴的共同努力，这样的营收和净利润，更是不敢想象。

我第一时间写下这封信，就是想告诉您，这一次，不是万科物业赢了，而是睿联盟赢了，是睿联盟的所有合作伙伴赢了。虽然这次评选，浙江大管家的营收数据还没有并入万科物业，但仍然希望您能和我们一起分享这份喜悦。明年评选，希望您也能和我们一起携手共赢，分享这份荣誉。

2015 年，万科物业开始走市场化，但到底会有多少伙伴愿意和万科物业合作？其实我们是忐忑的。此次评选坚定了我们的信心。感谢您，感谢睿联盟的伙伴，在万科物业市场化第一年就选择相信万科物业。这份信任和重托，得之不易，唯有加倍珍惜。

一文兄，我们不仅对您、对睿联盟伙伴们的信任心怀感激，更感动于睿联盟伙伴们的包容。和万科物业合作，在合规成本上，往往意味着需要付出更多；和万科物业合作，也意味着可能要面临更多的曝光和投诉。但您，和许许多多睿联盟的伙伴，对此给予了高度的包容。

这些年，很多人都在用资本运作的方式来做物业服务，万科物业却一直在做"笨功夫"，坚持回到物业服务的本源，在运营能力和透明规范上下功夫，在提升业主体验上下功夫。这样的笨功夫，做起来很苦，也很累。但可喜的是，睿联盟伙伴们的信任让我们看到，这些笨功夫，是值得下的。此次评选是对睿联盟成绩的认可，更让我们看到，推动睿联盟，输出万科物业积累 26 年的经验能力，让更多伙伴感受到透明规范的机制所带来的好处，这条路是行得通的。

睿联盟这条路，万科物业将会继续走下去。万科物业愿意和更多的伙伴一起推动技术转型，推动行业升级，让更多用户体验到物业服务之美好。

一文兄，再次感谢您，感谢您对万科物业的信任和重托。明年评选，希望我们能够携手共赢。明年评选，希望能有更多的睿联盟伙伴和我们携手共赢。

尊敬的睿联盟的各位伙伴，此番给一文兄写信，也是想表达对诸位的谢意。今天时间仓促，日后我会一一致谢。

（来源：大宝专栏《睿联盟赢了 ——写给浙江大管家李一文先生的一封信》，2015 年 6 月）

万科物业的 1、3、5（上）

2009 年 6 月，根据集团的安排，我从南京被调回深圳，从地产系统来到物业。一晃，5 年过去了，不怕您笑话，我当时心中的标杆可是稻盛和夫到日航，如今日航已经发生了质变，而我还在按部就班，汗颜。

说真的，在体系内变革，绝不比创业简单。

来到物业，一方面是集团要求，一方面是当时心中的"糖葫芦梦想"——如果一户业主消费一万元，一百万户就是一百亿元的营收。今天想想还真可笑，即便这样，这个梦想也是憋了一年才敢跟大家说出来。因为历史上的万科物业，谈经营总有些忌讳，那时候 O2O 还没有兴起，那时候还没有人玩微信。

做了一年的物业基础品质提升，年底的时候，物业以高位满意度完成了年度述职，年终奖不菲，但却是集团之赏。

2011 年 10 月，物业系统季度会首次提出幸福社区计划。幸福社区计划是"万元户"计划的升级版、修饰版，于是乎有了一些经营动作。

动作分四条线进行。

第一条是"买卖"，一买一卖赚个返点；

第二条是"五个一平台"，一个号（呼叫中心）、一个店（幸福驿站）、一张卡（社区一卡通）、一张网（驻地网）、一个移动终端（住这儿 APP）；

第三条线是投资，包括第五食堂（社区餐饮）、万物仓（闲散物品存储）、橡树汇（养老）；

第四条线是根据当时的 CPI，全面提高物业费。

在全国巡讲时，我跟物业同仁说了一个"1、3、5"计划，即：

第一年（2012 年）启动幸福社区经营元年；

第三年（2015 年）启动市场化；

第五年（2017 年）实现市场化爆炸式发展。

现在看，"1"和"3"都兑现了，距离"5"不到 2 年。

靠什么才能实现爆炸式增长？首先要反思的是"万元户"，这是一个听起来很美，却失去问题本元的一个命题。只想着从别人那里得到什么是没有持续发展动力的。反之，我们要思考能给别人什么。

过去几年的几条线，最值得深思的是提价线，3 年 2000 万平方米的价格调整，意味着超过 20 万业主的认同。他们认同的是什么？认同的部分就是我们曾经为业主提供的最有价值的部分。（这一部分是有奖征集，所有有效参与的员工，第 100、200 位整百位的万科物业同事，都会得到奖励。）

最近，万科物业在长春与长房物业一起接了一个小区——融创上城。这是十年前长春最高档的社区之一，然而经历了三家物业公司之后，小区已经破败，业主也已经明白好物业的价值。于是，业主委员会找到万科物业。万科物业推荐了自己的睿联盟伙伴长房物业。经过

40 余天的前期投入，清除 300 余车垃圾，经过多轮业主会议，最终，业主大会同意每平方米提高 7 毛钱物业费，对于一个 55 万平方米的项目，好物业的价值是 500 万元每年，而业主也知道融创上城的二手房价格已经开始溢价，即便是每平方米 200 元，也是超过 1 个亿的价值。

未来的 20 个月，这个逻辑能否被验证？

（来源：大宝专栏《万科物业的 1、3、5（上）》，2015 年 10 月）

万科物业的 1、3、5（下）

从 2012 年的幸福社区元年启动社区经济，到 2015 年市场化元年启动对外输出，"1、3、5" 就这么往前走着。

说到市场化，万科物业 2015 年一下子冲了出来，媒体上从此多了个名字"睿服务"。这是一个自创的名字，更是一个自创的市场。

物业服务的市场本来只有两个，一个是来自开发商委托的新项目，一个是来自业主大会委托的老项目。这两个市场说平稳也平稳，物业企业互相帮衬；这两个市场说江湖也江湖，也曾出现过两家物业公司为争夺项目而发生冲突。

如果万科物业走前者，意味着自此跟万科地产分道扬镳；如果万科物业走后者，意味着跟物业同行血战到底。面对难以取舍的市场，我们选择了创造市场。如同成熟的出租车市场正在被网约车改变，成熟的酒店市场正在被民宿改变，物业管理的市场，也终将被"睿服务"改变。

中国有十万余家物业企业，大家水平参差不齐，呈现的状态是离散度高、满意度低、管制程度高、收缴费率低。为了适应市场的需求，万科物业首先要自己做出改变。

1．对内：去职能管理、项目经理云端化

大家都知道，要做好物业管理，需要多级管控，而如今随着移动互联网的应用，信息进一步扁平、及时。项目经理是否必须每天都待在项目里？同时，对于棘手项目，一个项目经理是否忙得过来？"云"的概念很有意思，它可以自由分配忙闲。万科物业的管理中心就是借鉴了"云"的概念，让项目经理以合伙的形式对接更多的项目。最终，每个项目上分摊的"经理"费用变得更低了，因事而生的能力却变得更强了，大大解决了冗余和忙闲不均。

2．对外：从"顾问"到"GP"

市场上大的物业公司输出顾问、输出软件已不鲜见，这次万科物业的"睿服务"，选择了基金经理的模式。该模式是原物业公司以其物业合同做价，万科物业以"对价"结果作为底线要求，原物业公司获得优先收益，万科物业承担劣后风险与收益。

其实，不论是对内的管理中心合伙人，还是对外的与其他物业公司合作，万科物业要做到的一件事就是"对结果负责"。

"睿服务"在共享经济的道路上才刚刚起步，虽然名声在外，我们深知路还很长。如果可以帮助更多物业企业改变，让更多用户体验物业服务之美好，在第5年，"睿服务"定会绽放。

（来源：大宝专栏《万科物业的1、3、5（下）》，2015年11月）

跟鸠摩智老师学习睿服务

《天龙八部》里的鸠摩智是一个让人印象深刻的角色。身为吐蕃国师、僧人，他却痴迷于武学，自认"武学奇才"，总以单挑大理、少林为乐。这样不分时间、不分场合非要争个你死我活的人，处处讨人嫌，"在电视剧里根本活不过三集"。

金庸老先生仁慈，让鸠摩智活过了三十集都不止。不过，鸠摩智并不是靠单挑打成"东方不败"活下来的——最后，他走火入魔被段誉吸走功力、武功尽失，却也因此大彻大悟，"终于真正成了一代高僧……弘扬佛法，度人无数"。

2016 年是万科物业走市场化的第二年。但无论我们的步子迈得多快、多大，希望同事们都不要忘了，我们是因为什么而出发。讲鸠摩智的例子就是想告诉大家：大道当然，我们要始终坚守初心，做大彻大悟后的鸠摩智，"弘扬佛法"；而不要做痴迷武学，单挑大理、少林，整天想要"打赢"的鸠摩智。

睿服务 2.0 发布的时候，我讲过一个故事：为什么盱眙的龙虾最有名？因为盱眙一家龙虾老店开放了它的"十三香"配方，使盱眙的餐饮行业都会做龙虾。睿服务的雄心、初心就是，要做开放配方的"龙虾老店"，要"广交天下豪杰"，要共享，要和同行、行业共同成长。

现在，有越来越多的业委会和我们接洽，希望引进万科物业。这个时候，我们该如何处理？直接 PK 掉原来的物业企业并以此为荣吗？答案当然是否定的。打赢了别人，不代表自己就赢了。况且武功高强如鸠摩智者，也会被打得落花流水、落荒而逃。

只有"不打"，才能不败。几个月前，江苏的项目 A 成功引入万科物业的睿服务。一开始，小区的业主们想要炒掉原来的企业 B，改用万科物业。如果我们抱着"打赢"的心态，势必就会坐等 B 企业被炒掉。对业主来说，时间和精力成本都很高，这更像是一记七伤拳，"先伤己，再伤人"；对同行来说，放掉一个服务多年的项目，也很不舍。本着对业主、同行负责的态度，江苏的同事最终和 B 企业达成了睿服务合作。我们还和 B 企业约定，即使它不再续约，万科物业也不会在 3 年内进驻。

当业委会来找我们时，希望同事们不要急着去和同行 PK，而是应该更负责任地指出，除了炒掉原来的物业企业，业主们还有第二条路可以选，那就是合作、共享。万科物业可以和原物业企业结成睿联盟伙伴关系，不抢合同、不抢员工，只是通过引入万科物业的睿服务体系，来提高物业服务质量。

"让更多用户体验物业服务之美好"，是万科物业的使命必达。希望大家始终坚守那颗初心，以最大的诚意和努力，去促成业主、同行和万科物业的三方共赢；通过改善物业服务品质，去促进整个行业的共同进步。

（来源：大宝专栏《跟鸠摩智老师学习睿服务》，2016 年 8 月）

26个月，超越26年

2012 年，我在万科物业内部拍过一次胸脯：第一年（2012 年）启动社区经营；第三年（2015 年）启动市场化；五年之后（2017 年）实现市场化爆炸式发展。

2017 年一季度结束了，这对万科物业而言意义非凡，因为我们实现了市场化的一个重要突破——外部新拓展项目规模首次超出"万地盘"。这意味着，万科物业仅用 26 个月就超越了过去 26 年的积累，为未来的爆发式增长奠定了坚实的基础。

这 26 个月里，万科物业得到了众多业主、睿联盟伙伴和企业总部的支持，从北国的黑龙江辰能物业、青岛天泰物业等睿联盟伙伴，到南国的华大基因、华为等知名企业，再到北京果岭里、深圳鼎太风华、南京托乐嘉等知名社区，大家通过接入睿服务或者直接委托的方式，将项目交给万科物业打理……由于这份名单实在过长，恕我不能一一列出，但这份信任和嘱托，我们会永远感念于心。

这 26 个月，我们直接挑战了住宅物业管理的最难题——接管旧物业项目并进行改造。这的确让大家离开了舒适区，让大家不适应，也出现了很多内部不和谐，但我深知存量市场的能力才是未来，解决存量市场才是践行"让更多用户体验物业服务之美好"的公司使命。有人选择了离开，但更多的万科物业人选择了一起解决问题。

26 个月，或许有很多阵地战的痛，但我们取得了战役的胜利。

26 个月，26 年，这不仅仅是数字上的巧合，更意味着万科物业的市场化道路走对了，意味着万科物业真正实现了独立面对市场。"量变引起质变"，当万科物业新拓展项目规模已超出内生总量，就意味着万科物业已经走到了"质变"的临界点。

前几天，万科物业正式对外发布引入新投资人。如果说，互联网伙伴为万科物业的空间管理打开了"天空半径"，那么市场化突破就是为万科物业打开了"在地半径"。相信在这"天地半径"所画的大圆里，万科物业"市场化爆炸式发展"将会到来。

路漫漫其修远兮，吾将上下而求索。

（来源：大宝专栏《26 个月，超越 26 年》，2017 年 4 月）

十年，变与不变

大家上午好，每次这样重要的会都会见到很多同行和万科的老同事，刚才领奖的至少有十位是原来万科的同事，希望老同事在新的企业里面做得顺风顺水，都能够在百强企业里有一席之地。

本来我以为这个活动办了十年，但其实已经办了十二年。记得黄瑜第一次找我的时候，我说物业这个行业值得做，没想到她一坚持就坚持了十二年。如今，物业行业成为一个热门话题，不光是资本热、媒体热，评奖机构也越来越热，同期有很多机构在颁奖。

《十年》首先是一首歌，是大家非常熟悉的一首歌。十年是一段历史，更重要的还是如何去看未来的十年。

物业行业是个用时间说话的行业，我们去很多新的业主委员会承接很多项目，发现第一年、第二年并不是因为万科去了就马上变好，矛盾可能变得更加突出，但是到第三年、第四年关系会变得和谐。

再比如采购，可能通过万科供应商体系采购到的是质量更好的东西，但是很多业主委员会认为他们需要更便宜的东西。然而更便宜的东西从时间的维度来说会更短。

这些矛盾在整个物业市场化的过程中，尤其是在过去这五年的物业市场化过程中，会让整个市场变得更加理性，会让整个业主群体更加懂得物业到底是什么。

1. 万科物业的十年之变

过去十年发生很多事，诺基亚没落了，苹果成为大家手中之物，最近华为成为国人的英雄。那么在过去的十年，万科物业的变化是什么？

十年之前，我来万科物业的前一年，应该说万科物业还是万科地产的一个初始的服务部门，我相信在座的诸位代表的公司，有的还处在这样的阶段。

在此期间，我们成为一个有独立运营能力的事业部，到今天万科物业已经成为一家有多个股东，拥有多元业务的事业集团。2018 年底，万科物业在行业中成为第一个营收超过 100 亿元的公司。

当然，这要感恩于 2015 年万科物业的市场化。过去十年万科物业发生的变化中，我把全面市场化排在第一位，从万科盘到非万科盘实现了高速增长，从过去 5000 万平方米到现在 5.3 亿平方米，从过去 15 亿元营收到现在 112 亿元。

还需要感恩市场化的是，以前万科物业给大家的印象是一个以住宅为主的公司，最主要是因为万科地产的主业是做住宅。在市场化之后，我们提出了"两翼齐飞"的策略，2018 年万科物业成为国际 BOMA 会员、IFMA 会员，同时成为五大行之一的戴德梁行在美国上市的第四大股东。

非住宅业务增长斜率会比整体的斜率更高，其整体运营规模增长了接近 12 倍。非住宅领域中最重要的发展得益于这些大客户对于万科物业的选择，包括腾讯、今日头条、阿里、蚂蚁金服、小米等机构。目前有 80 个项目都是超过 1000 万元年饱和收入体量的客户。

十年之后还有一个特别重要的变化。今天也是很特别的日子，在一年前的今天，我们在珠海横琴，与横琴管委会混改成立了一家当地的公司，我们进入城市空间服务。整体上看，服务内容和过去有了很多不同，包括路桥管养、市容环卫、园林绿化，等等。

这十年的另外一个变化是数字化之变。过去我们对客户的了解，以及我们对服务的了解只能通过纸质文件或者简单的电子邮件，在市场化、规模化之后，我们提出了数字化的概念。今天我们实现了每一个建筑、设备、岗位、员工不光在线下有运维，还有数字孪生的数字资产来驱动整个公司的发展。

过去的服务以天为单位，或者以小时为单位，今天我们采用数字记录，对客户的服务可以说是以秒为单位。通过数字可以记录客户和我们的每一次情感连接，过去这种服务虽然也有，但是今天要以秒为单位来看待。

数字化带来的更重要的一点是，在物业管理领域人数众多的安全机电人员，在过去的数字化过程中整整提效2.67倍，人均管理面积已经过万。

从这十年之变来看，我们现在在整个城市空间里面聚集了社区空间、商企空间、城市公共空间，以及产生了数字孪生的数字空间。这十年万科物业变成了百亿级、全品类，基于整个城市空间进行精细化打理的公司。

2．万科物业十年的不变

但是，这十年也有很多东西是没有变的。

一是客户服务不变，最重要的服务精神没有变，今天我们在全国有5182名管家，每天24小时为客户提供着服务。这里面有很多很感人的案例，昆明有个管家叫杨燕萍，因为为客户服务得好，一个孤寡老人把自己的一套房子直接赠与了管家，但是最后管家谢绝了。在大连的管家郭巧，为照顾老人出行，仅凭一己之力，就把整个公交站都迁移到小区门口。我们打造5000多名管家IP构建了万科与客户之间的情感连接。坚持了十五年的朴里节（英文名称"Please Day"）到今天规模已经越来越大，每年超过1000多个社区，2000多场活动。

二是品质精神不变。过去十年不变的是品质精神，过去谈的品质部管理是一种方式，但如何推动这些项目改造来保持不动产保值增值的这种精神是不变的，尤其是接了很多非万科地产开发项目之后。

三是最具有万科特色的人文情怀不变。明天有北京社区乐跑赛，在全国我们每年会带动社区的业主参与到健康活动之中。到今天为止所有社区电商的利润我们依然坚持全部反哺到社区的维修里面，今天改造成本已经超过1000万元。人文情怀还包括持续的员工关怀，我们希望员工和客户之间是一种共生的关系。

归根结底，这十年不变的是，我们的土壤依然是业主，我们的根、物业管理的核心还是对建筑物的打理，如果要形成万物成长，生生不息，阳光是规范，资本只是助力，我们希望能以"业主、科技、人文"这三个关键词连接过去的十年和未来的十年。

3．规模越大，责任越大

规模越大，我认为企业的责任也越大。

大家知道今年的就业形势并不是特别好，我们希望未来每年能够提供超过2万个就业岗位，帮助更多人就业。

就业之后很重要的事情是如何让大家得以发展。增加就业和AI发展会有一个小小的矛盾，一些技能低的岗位在未来会被人工智能所替代，物业行业中当然也有很大一部分岗位会被AI替代，在这个过程中如何让那些低技能岗位转型，提高他们的就业能力，是物业企业的一份责任，绝不能因为公司使用人工智能，就让员工下岗。对于一个接近10万人的企业而言，身上应该背负这一个责任。

第二个责任是社区治理与党建。今天我们为超过1000万的社区居民服务，如何在其中就物权、社区治理、阳光物业等，与当下的国家政策更好地结合，这是大企业身上背负的责任。

第三个责任，也是最重要的一份责任——不动产管理，今天我们所服务的不动产资产已经接近10万亿元，这些资产是物业公司与业主之间最根本的连接。如何将业主共有空间部分尽职尽责打理好，使城市建筑历久弥新，不辜负业主这份资产委托管理的信任，这是物业公司最最重要的一份社会责任。

期待下一个十年更加精彩，谢谢各位！

（2019 年 5 月，在"2019 中国物业服务企业百强研究成果发布会暨第十二届中国物业服务企业家峰会"上，大宝做了以"十年"为题的主题演讲，讲述了万科物业十年来的变与不变，初心与责任。）

3.4 战略演进

从万科物业到万物云，从住宅到商企再到城市，万物云的第三个十年（2011—2021）完成了市场能力与商写能力的提升，不断拓宽自身的服务边界，并最终完成升维。本节为大宝在此期间完整的战略思考的结晶。

这一年

没有什么祝福，也没有什么庆贺，一切都静悄悄的，只有自己知道，我来物业整整一年了。

虽然很多人都说我适合做物业，但说实话，与自己内心比照，我还是有太多的不习惯。

不习惯经常听到"亏损""补贴"两个词。一个靠补贴弥补亏损的行业，常常让人感到没有尊严。

不习惯经常听到"你们不能跟地产比，行业不同的"，那我也在想，我一个好好做地产的，为啥来做物业呢？

不习惯经常听到"这个岗位我们招不到"，没有优秀人才哪有公司和行业的未来？

不习惯"体察民情"的做法。问候基层员工冷暖，不就是因为基层员工条件还很艰苦吗？

不习惯愈来愈能感知的孤单。因为在集团会议上，在经营压力面前，66%的人都在谈论地产，而少有顾及今天开发可能会给后期物业带来的问题……

就在这些不习惯中，一年过去了。

这一年，我也开通了微博，我给微博的签名是"物业人为自己创造希望"。

或许我今天不会再像一个地产大佬一样，徜徉在以"亿"为单位的财务数字中享受市场的宠爱，但在我职业生涯的黄金十年，摆在我面前的更像是一份伟大的事业——去改变那些"不习惯"。

借此周年之际，我想对万科物业的各级管理人员说，去改变物业的生存状态是我们这一代人的使命，不是靠给予，是靠创造。我想对万科物业的基层员工说，改善你们的生活条件、传授生活的道理以及专业技能，是万科物业各级管理人员的职责所在。

（来源：大宝专栏《这一年》，2011年5月）

我们是一家公司吗？

我参加年度财务负责人会议时发现，新人介绍中有几位是老公司换的新经理，不禁感慨。万科物业自2007年变革以来，有很多被诟病的地方，但变革最大的成果就是让物业公司被阳光照亮。以前，物业公司一直"隐藏"在地产公司之下，再加上以满意度为唯一导向的政策，我们的治理根本就不算是一家公司的治理，尽管我们也是在工商机关正式注册的法人单位。物业公司在不被关注之下，越来越成为藏污纳垢之地。而变革后，物业公司纳入了集团的审计监察体系，尽管我们付出了更换数名总经理和财务经理的代价，但透明、阳光这两个万科价值观的核心词汇越来越属于万科物业了。

我们是一家公司吗？我曾经问过很多人，答案多为肯定。但我的答案是否定的。第一，我们是一个连市场部都没有的组织，怎能算一家公司？第二，我们在所谓的均衡积分卡考核中，客户满意度占比高达65%，这算一个公司吗？

均衡积分卡的产生是因为企业过度追求财务指标之后，哈佛大学的坎普兰教授从企业可持续发展的角度提出了均衡积分卡的概念。但这经典的四项维度是有顺序的：首先是财务指标，因为这是公司存在的根本，然后是客户指标，因为没有客户满意就不会有持久的财务盈利，第三是内部管理，因为流程和质量是决定客户满意的基础，第四是以人才学习发展作为基石。对于我们，如果说我们是一家公司，首先要解决的是务必使财务盈利的问题。没有经营成果，只有客户满意，那就是傻瓜；只有经营成果，没有客户满意，那就是昙花。

变革的下半场即将开始，我们必须认识到"我们是一家公司"。在万科物业流行这样一种逻辑，就是我们通过做地产生意赚了钱，养了近2万员工，而这些员工又通过物业服务带来客户满意度，客户满意支撑着万科集团的品牌和地产销售。这是一个看似合理的逻辑，甚至可以用伟大来形容。但是，只要住宅业务还需要补贴，那就是不正常的市场行为。让住宅业务赚钱不容易，没有先进经验，也没有古人可以帮忙，我们只有靠自己。

客户因为公共物权管理选择了我们，在贴身服务中，客户一定会产生新的需求，这就是我们的希望。但物业在做经营变革时，务必把握两点：第一，不许"偷"。因为公共物权中有很多不被业主在意的地方，物业公司去"侵占"很容易，但在万科物业这是红线；第二，要以改变客户生活方式作为新业务的出发点。我们不是什么都做，而是通过我们的服务让客户的生活更安全、更便捷。

我们要做一家真的公司。一段时间后，我们会走向市场，去感受大自然的阳光，你准备好了吗？

（来源：大宝专栏《我们是一家公司吗？》，2011 年 11 月）

万科物业是我们唯一的主语

还是要回到被通报批评次数最多的，大连物业管辖的大连地产办公区发生的被盗。这次被盗，大连地产公司因为自身没按物业要求完善配置，故而没有责备大连物业。但我们仍坚持要求业务管理部必须给大连物业一个通报批评。用一句俗语来讲就是，没有金刚钻不揽瓷器活。我们在和地产公司谈前期介入的时候，地产往往会提出成本等要求。但我们的物业承接人员往往以赚点钱就接下来的心态来做事。大连物业在大连出的这件事某种意义上是整个万科物业在大连出的事情，大连一次随意的承接，带来的是全万科物业品牌的损失。就比方我曾经举到的例子，温州万科和上海万科当然不是一家公司，但客户在网站上投诉的时候不会说温州万科怎么样，只会说万科怎么样。我希望我们万科物业始终保持这样一种心态：不管在哪里，你代表的是万科物业。

　　还有一个就是给广州公司发的通报批评，广州公司可能会觉得很冤，觉得这个事怎么也要通报批评。到底是否该发通报批评，总部评价的标准：第一，总部是否有相关规则，一线是否执行；第二，不执行是否引发客户投诉或者发生质量事故。"七对眼睛"是公共资源的管理工具，体系文件很长，所以我曾经专门整理了几句话，如果没时间看完整的，其实只需要读这几句话。第一，经过评估，这草坪能否做广告；第二，做广告该收多少钱；第三，这些钱有没有归属业主；第四，这个事情是不是公司操作的；第五，有没有在业委会那里备案；等等。我们所有的公共资源经营看似有那么长的规定，其实就是这么几条规则。这里面，各个公司都有自己的想法，在座诸位可能都认为自己是物业管理的专家，但如果说每家公司都是按照自己的想法去操作，最后整个系统是无法得到提升的。比如说，可能很多人对业务管理部制定的三道门、防尾随等措施，有自己的意见。如果把意见变成一线不执行，带来的结果是我们不知道这个政策客户是否认可。如果大家都做了，即使客户投诉多了，我们也可以反思万科物业是否该这么做。但是如果东家有东家的做法，西家有西家的做法，最后就无法形成属于万科物业的质量体系。

　　过去一个月里，杨光辉发了这样一条微信：万科物业进入杭州五周年；我也接到黄圣一个电话，说是请我和喻总给上海公司的同事录一段视频，祝贺上海物业二十周岁的生日。希望大家能找到这两句话里面的区别。前者是说：万科物业进入杭州五周年；后者是说：上海物业二十周年。相对而言，前者的说法是对的。虽然大家都是在各属地做第一负责人，但我希望大家更多的是代表万科物业在属地做万科物业的事情。

　　在微博上有一家公司投诉，员工与客户发生冲突，这里面有员工喊冤的成分，有客户喝酒等种种因素，但我在给属地公司管理人员打电话时，所听到的一种声音非常可怕：我们都在把责任往客户身上推。一个巴掌拍不响！这件事情反映出来的可怕是我们个别管理人员对客户意识的淡漠。头两天我在微信上写了这样一句话，服务业输出的不是产品，而是员工行为。今天的物业管理实际就是人力资源的管理。历史上我们是通过半军事化手法来做基层员工管理。而到了今天，封园项目越来越多，我们对待员工的态度某种意义上就会变成员工对待客户的态度。我们如何去思考员工的行为，某种意义上就会成为客户满意的结果。你在城市的每一个对客触点都在代表着万科物业。

回到"万科物业是我们唯一的主语"这个标题，我们每个人都是职业经理人，这家公司既不属于你也不属于我，留给这家公司的永远只有一个叫万科物业的名字。

（来源：在万科物业年会上的讲话《万科物业是我们唯一的主语》，2014 年 1 月）

出圈

据说深圳已经日产口罩 3000 万了，而其中有 2000 万是比亚迪生产的，蔚来还在精英圈资本市场折腾的时候，比亚迪以其生产力"出圈"，成为疫情中百姓感恩的英雄工厂。

3M 确实生产口罩，但口罩只是其庞大的工业产品线上的一小块业务。这家明尼苏达的矿业和制造公司（Minnesota Mining and Manufacturing Company，三个单词都以 M 开头，故而简称 3M），在成长过程中不断"出圈"，成为涉足汽车、安防、医疗、交通、能源、电子材料、家居、办公领域，同时面对企业与消费者的多元化科技企业。

　　如今知道"巨大中华"的人可能不多了，它是指 20 年前中国四家民族通信企业巨龙、大唐、中兴、华为，而如今华为早已"出圈"通信行业。手机手表等终端业务、智慧园区等企业服务业务、直击灵魂的公共关系能力，让你想说华为不好时，都担心被国人唾弃。

　　网络新词"出圈"，指偶像在粉丝圈子中的影响增大，或者事件性质发生变化，溢出圈外。比如 B 站，原本是小众年轻人聚集之地，但是因为这种亚文化的日益流行，逐渐变成了一种文化现象而受到关注，从而"出圈"。

　　企业界的"出圈"似乎有两个共同特征：技术特征、消费品特征。自己年轻的时候，一直不能理解类似"联合利华""宝洁"这样的品牌为什么可以做那么多产品线，后来发现当华为从通信公司变身为技术公司时，也什么都可以做。

　　上周收到原来天猫负责装修的负责人的微信，他说自己现在在拼多多负责装修，我的第一反应是美团估计也快做二手房了。互联网公司告诉我们企业"出圈"的第三个特征叫数据特征。

　　与地产相关的企业"出圈"的莫过于链家。老左是志存高远之人，链家的"出圈"也是正在上演的一出大戏，从链家到贝壳，从二手经纪到房地产，从中城联盟到乌镇大会，从前几天的发布会看，已经走出楼盘字典那些冷数据的故事，而 VR 已经在热应用中从拿来主义持续迭代升级为技术核心。

　　股市让物业行业变热，疫情让物业行业出名，很多企业故事上了央视，但未"出圈"。

　　在昨天微软 CEO 峰会上，萨提亚结束发言前针对后疫情时代提了 5 个问题，其中两个词出现的频率最高 hybrid 和 remote，这两个词让我陷入了深思……

（来源：大宝专栏《出圈》，2020 年 5 月）

新十年——致全员信

全体同事：

疫情没有阻碍公司在城市物业领域前进的步伐，继横琴新区、雄安新区、成都高新区之后，USIS 业务本月正式进驻厦门鼓浪屿岛。如果说公司商业物业板块与戴德梁行大中华区业务整合意味着"两翼齐飞"战略的成功，那城市物业领域的连续重大项目落地，则意味着公司空间服务"三驾马车"模型完成搭建，包括 CS 社区空间、BS 商企空间、US 城市空间。

30 年前，万科物业服务始于深圳天景花园，以精益服务为根，从住宅物业到商业物业，再到城市物业，从售后服务到物业服务，再到资产服务，每一次新领域的进入，都感恩于前一次客户口碑的福报。虽然公司在 2018 年营收已过百亿，但在增长路上，我每日拷问自己的是，如何做到规模越大，客户体验越好。物业行业被资本市场青睐，热钱涌入，与商誉积累和业绩对赌相比较，持续改善客户体验才是真的挑战。

我对链家左晖先生回复上海加盟商客户投诉的帖子感同身受，房产经纪行业以技术提升质量的路有多难，在空间服务的路上只有更难。公司会投入更大力量于技术研发，也会以 CS、BS、US 空间为域尝试技术服务，而我们最熟悉的物业业务则调整为公司的业务层内容之一。以上规划，预计在 2020 年 10 月正式发布。

按往年惯例，接下来几个月会陆续有各类第三方机构发布物业行业排行榜，与往年你我一起庆祝万科物业持续蝉联榜首不同，今年榜单中可能看不到万科物业的名字。鉴于新规划，除万科集团上市公司年报物业分部报告中的数据外，公司今年未对外提供业务数据。

我们已经习惯了在公司名称前面加上物业企业第一名这一定语。物业市场招标过程中、信用评级体系中，百强荣誉已经被列为标准加分项目，这已经成为我们增长的惯性。惯性的打破不仅需要意识的改变，技术的突破，维度的提升，最根本的还是对客户服务的理解。2019年，我在10年蝉联颁奖礼上讲到，过去十年，我们牢记以客户服务为本的根，我们也在努力筑基技术引擎。

三十而立，打开空间边界，让我们服务更多客户、更好地服务客户。

（来源：大宝专栏《新十年——致全员信》，2020年5月）

"地摊经济"的放管服需要智慧

城市烟火，市井百态。"摆摊"现在是备受关注的民生话题。

据报道，西部有个城市，按照当地的规范，设置了3.6万个流动商贩的摊位，结果一夜之间有10万人就业。

此前已明确要求，在2020年全国文明城市测评指标中，不将占道经营、马路市场、流动商贩列为文明城市测评考核内容。成都、杭州等地也已出台了针对"地摊经济"的支持政策。

相信地摊经济能在稳就业、保民生、促消费上发挥重要而积极的作用。但在"放"的同时，如何"管"，以及服务到位，却考验着各地主管部门。

摆摊在我的老家东北叫早晚市，20世纪90年代前后各地练摊的很多，后来我在北京，2000年初的时候在方庄有大的集市，大家对地摊经济一点不陌生。

过去，地摊的热闹、喧嚣背后，隐藏了一系列问题——脏乱差、污水、油烟、噪声、占道……以至于孕育城市独特市井文化的地摊日渐变得让人又爱又恨。如何跳出"一放就乱、一管就死"的怪圈？在城市治理上，需要智慧。

据说，国外没有固定场所的从业者占比近两成。疫情催生了无接触经济，也让地摊经济兴起，但还有很多城市保持矜持，无非是思想未解放，还没有摒弃传统的就业观点，另外就是对管理有担忧。

地摊经济放开的情况下，城市治理应该怎么做？我们在珠海横琴的经验或许可以提供借鉴。

两年前，"物业城市"这种社会治理创新模式在横琴落地，它把一座城当作一个小区，像绣花一样精细管理。其中，针对公共空间的运营提升，"物业集市"应运而生，集管理、服务、运营于一体，通过政府、企业、市民的紧密互动，让市场秩序更和谐，让城市管理更接地气。

大横琴城资与横琴新区综合执法局从生活配套、市容建设、标准化和人性化管理4方面入手，先后改造建设了"银鑫花园创意集市""十字门集中点"和"物业集市"。

其中，"银鑫花园创意集市"利用多个集装箱组合改装而成，面积约880平方米，可容纳29户商铺。"十字门集中点"面积约1000平方米，可容纳33个摊位，为流动摊贩等社会基层劳动者提供场地、水电配套、公共照明、区域监控、24小时保安、垃圾集中清运，并统一配备帐篷、公共餐桌椅、服装等。两者2019年都已开始运营。

"物业集市"则整合了流动摊贩疏导、智慧农贸市场、配套停车服务等多种便民利民功能，占地约11000平方米，共提供16个商铺、48个摊位和200个停车位，已于2020年4月15日正式开业。

大横琴城资作为"城市大管家"，通过提供专业、全面、人性化的服务及监管机制，协助解决市民需求和周边店面小、散、乱、杂等现象。市民作为物业集市的经营者和消费者，可以通过多种渠道对集市的运营做监督和提意见，最终形成了政府主导、企业助力、市民参与的共建、共治、共享的城市治理新格局。

特别是引入了企业角色对城市的公共资源按市场化原则做运营，其盈利部分可以反哺城市公共空间的管理，形成了造血机制。

热力学上有熵增原理。一个孤立的热力学系统中的熵总是增大或者不变，而不会朝着低熵的状态发展，即不会变得有序。要想过程可逆，变得有序，就需要额外消耗能量。

地摊经济要做到既释放活力，又保有秩序，从城市治理的角度看，正需要企业能量。

摆摊人诚信守法地经营，消费者文明消费，"城市大管家"在职能部门的指导下更精细地管理，更细致地服务，这正是城市新治理的智慧。

地摊经济的"放"，并不是说我们要退回那个年代，而是要进入螺旋式的上升。城市在升级，把管理变成服务，城市会更有温度。相信会有更多集市在更多城市出现，并成为热门"打卡"地。

（来源：大宝专栏《"地摊经济"的放管服需要智慧》，2020 年 6 月）

贝壳

恒大物业转老股，贝壳美国上市，政府约谈开发商谈降杠杆，是 8 月地产圈内最受关注的三件事。其中贝壳的故事最值得思考。

在上市首日收盘涨 87.2% 的惊艳表现后，贝壳势头依旧凶猛。8 月 27 日，贝壳报收 49.77 美元，市值 561.1 亿美元，挤进了中概股前十，超过了互联网公司百度的市值，也超过了一众地产公司。

在招股过程中，贝壳的"ACN（Agent Cooperate Network）"和"GTV（Gross Transaction Value）"成为新鲜热词。就在我用 Office365 写此文时，微软多次替我把 ACN 改为 CAN。这两个字母组合大家并不是很熟悉，我们可以更简单地把它们理解为，跟中介行业比网络连接，"我的核心，你没有"，跟互联网公司比交易商品，"我的数字，比你大"，Network 不就是网络吗？一套房子的 Transaction Value 要相当于多少美团外卖小哥的订单。

2019 年，贝壳平台成交总额达 21277 亿元，在短短两年时间里，一举成为中国最大的房产交易和服务平台，是仅次于阿里的第二大商业平台。按招股书的数据，截至 6 月 30 日，贝壳平台进驻全国 103 个城市，连接 265 个新经纪品牌超过 45.6 万的经纪人和 4.2 万家经纪门店。

移动互联网刚开始的时候，我就开始观察链家，链家网从关注客户的 APP 转变到关注经纪人的 APP，因为经纪人才是高频用户。几单换股并购让链家从北京开到全国几个重点城市，链家做楼盘字典，把经纪人考试做成品牌 PR。和物业服务行业一样，房产中介行业也是"基础设施"薄弱，行业形象并不好。老左常说，这个行业交易金额高，但经纪人收入低，从业者鱼龙混杂，必须改变。提升行业效率以及让经纪人职业化成为了一种使命。

更新被收购的"德佑"公司的品牌定位是，发展店东模式，让糯米等品牌加盟，贝壳 ACN 初见成效，而背后还有自如公寓，以及愿景集团等系列大招。贝壳的上市可以说是其平台战略跑通的标志，也意味着老左离改变行业的梦想更近了些。平台能立住，只能是因为其一定程度上解决了效率问题。贝壳的线上化平台，ACN 协作机制，针对性地解决了房产中介行业的低效问题。2019 年贝壳上超过七成的存量房交易都是通过 ACN 跨店合作完成，1 单交易最多由 13 个经纪人协作完成，以 2019 年店均存量房交易总额计算，贝壳的效率高达行业平均水平 1.6 倍。

贝壳成立后不断受到孤立和围攻，新规则的确立需要巨大的投入，包括人力、技术、海量资金，其中的压力可想而知。他看起来像是掀了整个行业的饭桌，但是换上的新饭桌带来的是整个行业水平的提升和尊严的获得。上海链家持续招聘 985 大学生做经纪人为 PR，既是实践又是营销，大方得当。

房产经纪行业的数字化变革，以链家做楼盘字典作为一个事件，但与今天收购"如视"相比，后者才是未被关注的数字化革命。前者是把经纪人私盘公盘化的管理行为，而以 VR 为代表的新房源信息获取与展示技术，使得楼盘字典成真。把房子做活，组经纪人成网，这比以往大家看到的客户资源更具有核心生产力。和 Uber 不拥有车，Airbnb 没有酒店一样，可能贝壳并没有客户，但你却要找他买客户。大家诟病贝壳自己做链家不公平，那贝壳就把链家的经纪人做成德佑的店东，或许操作系统不止 iOS 和 Android，还有第三种与资本、品牌相结合的形式，站哪个队不重要，让更多人使用并且好用才是硬道理。期待私有化后的 58 集团携安居客，以及阿里入股的易居能获得新的成功。

有时先行者就像唐吉诃德，跳出行业看世界，哪怕在前期会面对大量的质疑。这不仅仅是勇气，而且要有理想。就像老左自己说的："我们从来不特别关注竞争的组织，而是选择相信自己所相信的事。"这两天与朋友聊天，有两位来自不同中介行业的企业高管分别说了相同的话，"这个创意本来是我们的，但贝壳靠他们的执行力做到了"。我觉得，这不只是执行力，而是在面对新事物时，管理层选择了相信。

"做难而正确的事"，这句话不属于任何人、任何行业、任何公司，但做且做成，便是伟大且值得尊敬。

（来源：大宝专栏《贝壳》，2020 年 9 月）

灵魂三问

1990 年 8 月 18 日，万科天景花园交付，万科物业第一个物业管理处诞生。

2020 年 10 月 27 日，万科物业发展股份有限公司正式更名：万物云空间科技服务股份有限公司。

30 年，"万科＋物业"诞生"万科物业"，得益于万科对好服务的追求，万科物业走向全国，成为知名品牌，如今而立之年，万科物业这个品牌将回归精工住宅物业服务。

30 年，感恩于团队不进则退、敢为人先的精神，不论是"万科物业＋戴德梁行"诞生"万物梁行"，还是"万科物业＋城市服务"诞生"万物云城"，从社区跨入商企，再融入城市。

正所谓，道生一，一生二，二生三，三生万物。

1．我们是谁？

在选择公司英文名字 onewo 时，我们自我反问多次，万物云不是云计算、云服务，英文名一定不能用 cloud。而这个老外会发出怪音调的 onewo，仅仅代表从 offline 到 online 空间数字孪生中的一个新物种（NEW）。英文中没有 onewo 这个单词，但就像 ketchup（蕃茄酱）一样，用多了就会被定义了。

在注册"空间科技服务"时，我也被问到多次。

问：万物云是技术公司还是服务公司？

答：我们是服务公司。

问：什么是空间科技？

答：从城市到园区，从写字楼到家皆为空间，空间里有设备、设施、资产、人与商业活动，皆可技术连接。

2．我们从哪里来？

我们始于万科，始于住宅物业服务，不论是从住宅到商企再到城市，还是从物业服务到资产服务再到设施服务，总结这三十年，我们获得了一个知识，明白了一个道理，沉淀了一支队伍。

这个知识是叫"程序文件＋作业指导书＋质量记录"的管理体系，翻译过来就是我们可以把经验形成工单，可以组织劳动力完成工单，同时做好质量控制。

我们也明白了一个道理，就是我们的与众不同在于永远服务"业主＋租客"，"商铺＋商家""写字楼＋公司"都是这个逻辑。

万睿科技公司、万物云科技公司已经获得了国家高新技术企业认证，已经取得136项专利，"星尘"操作系统已经连接96家设备厂家。

3．我们到哪里去？

从物业到空间，继续服务"业主＋租客"，但视野宽广了许多，比如从空间的视角看社区，空间是域，基于公共资产的物业是界，万科物业也只是其中一门。当技术融入空间并促成数据反应，智能服务会不断迭代升级，信息技术为每一个空间的服务所带来的不仅仅是效率的提升，而是精细的颗粒度与透明度。

万物云 logo 选择的主色调是天蓝色与白色，它象征着清澈、透明。选择做平台，就是选择开放，但开放的条件是价值观一致。同声相应、同气相求，今天的同行对手应该是明天的伙伴朋友。

杰克·韦尔奇定义利润是历史的风险补偿，是支持未来的现金流。的确，万物云应该投入更多的钱在人才招募，应该投入更多的钱在服务质量，应该投入更多的钱补贴新业务发展。

万物云对利润的观点在改变，但服务精神不变、以"业主＋租客"为中心不变、阳光健康的文化不变、敢为人先且不进则退的追求不变。三十而立，时间与空间同行，我们为自己写了一句励志的话：服务历久弥新。

（来源：大宝专栏，原文标题《灵魂三问，服务历久弥新》，2020年10月）

图解万物云

我在东莞参加了一场物业行业协会的会议，会议期间听到了很多物业同人的意见，时值万物云满月，更名的事可以再说说。

从市场监督局的视角来看，中国工商企业的命名规范是：

（城市）＋（字号）＋（行当及其属性）＋（公司性质），比如ABC＋（物业）（服务）＋有限责任＋公司。

窃以为，企业可以扩大自身边界，而物业这个相对模糊的行业属性更值得去规范定义，去深化法治建设与产业规划。当"物业"两个字无法准确定义我们的业务时，有两个选择：1、企业代表行业去定义行业；2、在市场监督局行业名录中选一个更宽泛的名字。

公司选择了后者，一方面认为"空间科技服务"更适合公司目前的业务范畴，另一方面更是希望物业行业从立法到产业定义，都应该再往前、往深走一步。回到工商名称结构里就是：

万物云（字号）＋空间科技（行当）服务（属性）＋股份有限公司（公司性质）

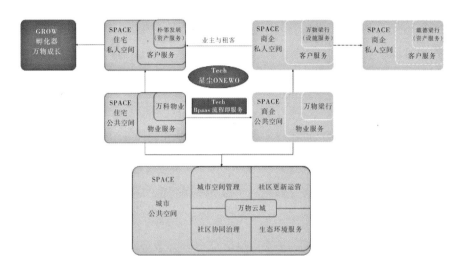

回到企业视角，随着业务多元化，我们重新审视自己——城市即空间。随着物权法诞生，依据城市规划，在城市公共空间外，我们粗略地划分了社区空间和商企空间。

而对于社区空间而言，公共部分就是住宅物业服务的范畴，私人空间就是业主的家。

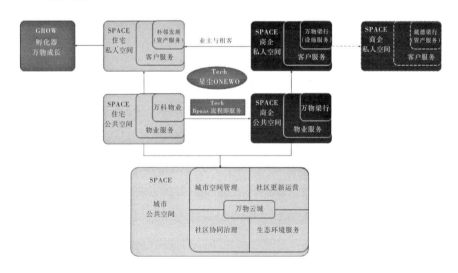

对于商企空间而言，公共部分就是商业物业服务范畴，私人空间

就是公司的办公室。公共空间强调的是对共有部位和公用设备设施的养护维修，而私人空间着重于对人的服务。

空间公共服务部分，就是物业管理（PM），"万科物业"和"万物梁行"是万物云旗下专营住宅物业与商业物业的品牌。

社区私人空间中的客户服务里，资产服务属于房产经纪行业，万物云旗下的"朴邻发展"是代表品牌；私人空间的其他客户服务，万物云旗下的"万物成长"将通过孵化器的形式予以赋能，"万物成长"属于投资行业。

商企私人空间的客户服务，包括综合设施服务（IFM）和资产服务（AM），前者是万物梁行的主营范畴，而资产服务则是与戴德梁行间的战略合作。

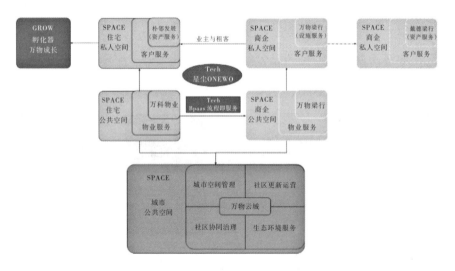

说到如今热门的城市物业，大致可以分为社区协同治理、城市空间服务、社区更新运营、生态环境服务几个板块。物业公司从小区走到城市，有两个选择，要么做城市物业，要么做城市环卫，前者是"物业管家"的路径，后者是劳动密集型管理能力的延伸，这两种选择都无可厚非。

在政府"放管服"的改革机遇下，我们通过自身对公共空间的理解与技术能力进入城市空间，伴随着政府大部制改革，我们选择以大管家的角色去探索城市空间的整合服务，推动裁判员与运动员的分离，期待通过企业运作效率的优势，实现总书记提出的"像绣花一样治理城市"的目标。

我们要像珍惜眼睛一样爱护我们自己的品牌：

在市场监督局的公司属性名录里，有"技术""服务""发展"等选项，万物云选择的依旧是服务；服务业是轻资产行业，发展靠的是人，积累下来的是信誉和品牌。

这次更名还有一个原因就是要让"万科物业"回归住宅物业的金字招牌，同时打造"万物梁行"这个大中华区商业资产服务领域的领先品牌以及"万物云城"这个城市物业领域的领跑品牌。

相信"万物成长""朴邻发展""万睿科技""第五空间"也都能成为各自领域的领先领跑品牌。

我们对未来发展的愿景：名称中的"云"字容易成为讨论的话题。所谓云服务，有基于 IaaS 层，有基于 PaaS 层，更普适的则是 SaaS；万物云不是 IaaS，但会在 SaaS 以及 PaaS 领域构建云服务平台。

随着技术与数据的积累，我们逐渐形成了 BPaaS（流程即服务）的输出能力、空间资源连接技术能力、智能建筑设计以及施工改造的能力，我们所具备的这些服务能力，将构成下一个十年发展的关键。

企业不论在哪个行当，客户是我们唯一生存的理由，从物业到空间，万物云始终坚持以"业主＋租客"为中心；从社区空间到商企空间，再到城市空间，万物云选择了由重到轻的模式，从全委到合作，再到搭建平台牵手合作伙伴一起做；回到传统物业，"睿联盟"则是一个新型平台模式，我们会投资具备一定规模的物业公司，输出技术服务，并支持他们独立上市。

三十而立，SpaceTECH 投身新基建。

（来源：大宝专栏《图解万物云》，2020 年 2 月）

参加万科业绩推介会以及战略看点

我有幸参加万科集团业绩推介会，并被问到两个问题：一个是万物云资本市场发展计划，一个是关于毛利率不高的。两个问题的本质都涉及万物云的战略，借此与大家分享。

1. 关于物业行业以及物业业务毛利

万物云不是一家新公司，从万科的售后部门，到万科物业在中国住宅物业领域成为口碑的代名词，再到通过与戴德梁行大中华区商业物业与设备设施业务整合，万物梁行与万科物业形成两翼齐飞之势，以此完成了作为传统物业企业"双品牌，双领先"的业务布局。

这两项物业业务的定位非常清晰，口碑与服务品质第一，坚持有节制的、依托口碑的市场增长策略，我们相信：客户信任远比毛利率重要。如果物业行业真是高毛利行业，那势必引发更强烈的竞争把毛利拉下来，真实确保毛利水平的方法就是不断围绕客户的真实需求，建立稳固、粘性的客户关系。

2. 关于社区增值服务与开发商增值服务

随着物管公司上市，"面积规模、社区增值服务"等信息每日充斥在各种公众号，这一点，真的需要足够的定力，因为身边的朋友、领导、股东都在问这些问题。

有一点不知道大家如何想，在如此广袤的中国，一家物业企业说自己管理一个多大的物业管理面积，到底有啥用？我说没啥意义，但前几年大家不愿相信这一点；其次就是物业公司做社区增值服务，我认为不如多花点心思把物业服务本身做好，在混沌课堂上，我详细讲过这一点。

生意要有灵魂，保安、保洁、保修、保绿这些基础工作固然重要，但物业服务的灵魂一定是与业主在资产（不动产）价值上的共识，也就是 AUM 共识（Asset Under Management）。过去 20 年房价快速增长的根本大家都清楚，而接下来的 20 年，不动产的价值高低才会显示出不同物业服务的价值。

从这一点引申出去，物业企业做增值服务，首要的就是围绕资产，这也就是从万科租售中心到朴邻，再到万物为家，不会做也要做，做不好也要坚持做，直到进入良性发展轨道，因为我们相信，做正确的事比即刻取得成绩更重要。

开发商增值服务涉及与母公司间的交易，这一点万物云一直非常谨慎，目前规模不大，在外界与我的正式访谈中，我也做了此方面的风险提示。

以上是历史，我们最骄傲的是，不论物业、中介还是装修，在这些口碑不是太好的行业里，我们获得了客户的口碑，并融入了公司文化基因。这些行业的价值不会变，长坡厚雪，想让长期价值变现，唯有客户的认同。

3．关于现在与科技

更名为万物云之前，万睿科技就存在，那时的重点是智能化工程与物业服务软件。

更名为万物云后，公司形成了完整的空间科技战略，在保持万睿科技硬件连接能力基础上，我们在武汉建立了远程数字运营中心。

从策略上，通过前端部署感知层硬件与边缘计算能力，将传统的物业流程变革形成"远程＋近场"的运营模式，最后再通过人工智能优化服务。我们始终相信，数字化的未来，机器与人的结合，在产业互联网的路上，传统企业转型有超越互联网企业的可能。

万物云城的出现让公司从物业小区、物业写字楼走出来，走进了城市公共空间，把城市作为一个大物业，这次创新引起了政府的关注，也吸引了同行的跟进。但从万物云的视角，万物云城不是收入规模增量的代表，而是公司在数字智能领域的一次突破。

很多智慧城市的巨额建设投资并未得到对应的效果，越来越多的标提出"线上、线下"的结合方案，这给我们这些转型中的"土包子"有了二次进入的机会，我们不止有技术，更有线下服务能力，还有远程运营能力，这方面的效果已经呈现。

这个过程不是替代，而是迭代。单独的 SaaS 收入不会有多高，单独的硬件安装没有连接能力，单独的现场运营受到人工瓶颈影响，如今已具备"硬件连接、软件驱动、远程运营"三种能力的科技组合，除了每年保持营收的约 1.5% 投入研发外，还成为超过 18.5 亿营收且具备强劲增长能力的业务单元。

在回答万物云资本市场发展计划的相关提问时，除了讲到成人礼之外（让孩子独立发展，家长不会因为天气好坏，只会看孩子是否成人），没有讲但更重要的是轻资产公司需要找到融资之后的投资路径，这个路径不只是通过并购来买规模和利润。

鉴于对传统服务业效率瓶颈的思考，2021 年我们提出了万物云的"街道战略"，也就是基于万物云在住宅物业、商写物业、城市物业以及远程运营的能力，我们将围绕一条街道内服务者可达的 20 分钟服务圈，打造一个高浓度、高效率的服务网络。

这个服务圈在万科物业、万物梁行甚至万物云城都有服务项目，为了实现这张网，我们需要"建设数字化基础设施、建设服务者配套公共设施以及购置机械设备与任务调度平台"，内部俗称 F4。我们把这个服务圈称为"蝶城"，也起了一个英文名字"Onewo Town"，3 ~ 5 年后，每一个"蝶城"预计会形成可观的营收，而这个 community shared service 会形成更有趣的边际效率。

这时候可以回顾一下 2021 年伯恩物业与阳光智博的收购，这两单收购增加了我们在华东区域市场的服务覆盖浓度，此外，我们同城超过 150 个项目的高线级城市还有 9 个。细化到街道，我们正在 3400 条街道里进一步聚焦其中的数百个，尽快完成"蝶城"建设。

通过对传统服务业效率瓶颈、新生儿下降趋势以及新冠肺炎疫情影响的思考，"远程与混合"（remote & hybrid）成为万物云 2020—2029 十年战略的关键词。我们将在线下以街道为单位投资打造若干高浓度、高效率的服务网络，我们将持续积累知识、连接生态，投资构建基于空间的产业互联，以实现我们的愿景：重塑空间效率服务历久弥新。

（来源：大宝专栏《参加万科业绩推介会以及战略看点》，2022 年 4 月）

3.5 发展是永恒的命题

物业行业是伟大的、长久的、有生命力的。但在强烈的危机意识下，大宝时常在企业快速的发展中回望，审视。他认为，To be or not to be，只有常常用这个永恒的命题拷问自己，才有机会成为一家与众不同的公司，成为一家持续在行业内领先领跑的公司。

万科物业会有几种死法

最近在合伙人"铸剑"训练营上，我问了大家一个问题，"万科物业会以怎样的方式死掉？"每个人在听到这个问题的时候，五官都拧成了一个大大的问号，以为我在开玩笑——这个行业正受到资本的青睐，这家公司正在高速发展，死，应该是件很遥远甚至是不可能的事儿。大家七嘴八舌，说的最多的莫过于发展太快、管理不善——撑死了。

但如果让大家排序，作为一个万科物业人，最不能接受的死法是什么？排名第一的是"失去客户的信任"；排名第二的是"被同行吃掉"；排名第三的是"行业被颠覆"；排名第四的是因"踩雷"无知而死；而说的最多的"运营不善"则排在了第五。本文将着重回顾前三种。

这个行业很特别，甲方（业主方的集合）长期缺位，给物业公司带来独特的生存环境。我问大家在物业行业中什么最难？答案大都集中在召开业主大会、提价等等，但这个行业最难莫过于业主把物业公司请出小区。这是个现象，但所有人都知道这不是未来。劣币驱逐良币的环境下，很幸运身在万科物业这个组织，很高兴听到大家永远把客户信任排在第一。最近一个新加入万科物业大家庭的同事问我："我们原来的品牌并入万科物业后有什么不同？"我说："如果你做不好，客户会更激烈地投诉、媒体会更快地曝光。"

永争第一会很累，于是有人说排前三就好了。中国的互联网有一个著名的段子，"老大和老二打架，老三死了"。58和赶集合并后，其他O2O公司活得很艰难；滴滴和快滴合并，订单量一度达到Uber的6倍。当行业里的第一和第四、第五联袂，第二和第六、第七携手，剩给第三名的是什么呢？到那时候，排名第三的我们相对于同行来说就是一条小鱼，被吃掉也是早晚的事。即使苟活下来，我们对万科集团、对投资人已经没有意义了。通用电气的数一数二原则、互联网公司的赢家通吃定律，这些都是时代的竞争法则。

行业被颠覆这个话题，多数人都认可，但想不明白。我问大家，现在这些做O2O的会成功吗？很多人都认为不会，我赞同。但所谓风险投资的特点就是在失败之后马上卷土重来，二次不行还有第三次。行业不能靠政策保护，如果行业一直生活在甲方缺位的"温存乡"里，被颠覆就发生在几年之内。物业公司必须时刻反问自己：写在物业合同里的那些事一定要物业公司来做？2015年初，国务院取消注册物业管理师在某种意义上是一声警钟。这个行业与跨界"打劫人"的竞争要点应该是"勇于承担责任"。

第四种死法就是踩到"地雷"。当物业遇到资本，世界似乎突然不再痛苦，在未知领域里的探索，需要勇气，但忌讳无知。

第五种死法，就是我们内部的管理不善。前些日子，我们在南方某市有 15 名基层员工利用岗位之便获取不当收益，现警方已立案并将该 15 名员工拘留审查。有问题不可怕，怕在视而不见，怕在机理坏了，怕的是不能坚守价值观。

行业的风还在吹，作为万科物业人，必须不负客户信任、加快市场进程、摆脱路径依赖、探索模式变革、勇于面对问题、持续学习进步，此所谓生于忧患，死于安乐。

（来源：大宝专栏，原文标题《向死而生 | 万科物业会有几种死法》，2016 年 5 月）

只有契约在，我们才能真正到达彼岸

我来万科物业 9 年，很多人都在问我，未来是什么样子？未来是彼岸。但彼岸长成什么样子，大家都有自己的想法。

1. 彼岸是匠人精神

现在资本市场有种很时髦的做法，就是花钱收购项目，一个一个收，但其实收购的人，自己都没有相关项目的经验，也不会具体去做项目。万科物业适合这么做吗？

上周，朋友圈有个大家都在转的帖子。有家日企租了山东一块1500 平方米的土地。第一年荒的，任杂草丛生。第二年养奶牛，牛奶不喝也不卖，都倒掉。这几年，当地的农民看着，感到很疑惑，"日本人真傻""他们到底会不会种地"。5 年后，日本人才开始耕种。结果地里的草莓上市后，在上海特别畅销，价格还是普通草莓的 5 倍、10 倍，牛奶也贵了 1.5 倍。

之前小米说，"天下武功，唯快不破"，这似乎是对匠人精神的挑战。但今年上半年，大家几乎一边倒地宣传华为，批判小米。当苹果开始向华为支付专利费的时候，到底快好，还是匠人精神好，时间会说话。

说到彼岸，摆在我们面前非常重要的一个选择就是，我们选择的彼岸到底是匠人精神，是对农地的耕作，还是仅仅是资本的运作？如果让我选，我会选择匠人精神。

2. 彼岸与互联网有关

我们今天有 3 位 IT 的同事参会。传统的物业从业者对他们既是充满期待的，又是充满恐惧的。未来做决策的，是做 IT 的，还是做物业的？彼岸还是什么？未来，彼岸一定是与信息技术有关的，如果我们不主动去面对，就会被别人利用信息技术消灭。

我们提出让项目经理离开项目，构建合伙人制度，某种意义上就是对物业从业者进行转型。信息技术做的是"去中间化"。滴滴和 Uber，并没有改变把人从 A 点送到 B 点的本质，司机也没有受到伤害，但出租车公司、中间层受到了最大的冲击。

将来移动互联网对整个行业冲击最大的，一定是两个岗位，一个是总经理，另一个是项目经理。因为不希望这些人受到冲击，所以我们提前做了变革。我们把项目经理独立出来成立了管理中心，我们希望原来的项目经理（也就是现在的合伙人）未来能成为行业的咨询师、行业知识的代表。总经理这个岗位，我们也有相应的转型。这两个岗位的改变，我们去年就在做。接下来，我们还会有其他的改变。

3. 坚持契约精神，走出农耕文明

在从此岸到彼岸的过程之中，我们今天遇到的所有问题都来自市场化，我们会遇到一个非常有意思的事情，即遇到特别多的陌生人。最开始，和我们打交道的都是熟人，地产商、供应商、业主。其实万科物业的历史是农耕社会的历史。但今天，随着我们市场化的开始，我们会遇到越来越多的陌生人，看到越来越多陌生的事情。

从熟人社会到陌生人社会，标志性的事件就是订立契约。人类文明走到今天，就是契约文明的发展史。过去，我们习惯了熟人社会。最熟悉的人莫过于自己的父母、伴侣、子女，根本不需要契约，因为大家本身具有血脉的关系。再往后，就是熟人之间的关系，我从邻居家借根葱，是不需要契约的。但全球化使得人必须学会与陌生人打交道，最简单的沟通方式就是订立契约。中国的契约文明做得好的地区，如上海和广东，是经济发达的地区，相反，做得不好的地区，经济也不好。

对万科物业来说，今天最重要的就是习惯的改变，就是要符合契约精神。每个人都必须时时刻刻地反问自己，真的做到符合契约精神了吗？如果这点做不好，万科物业将无法走出农耕文明。现在，在市场上大家都在说万科物业行不行，说的就是我们能不能做到契约精神。

4. 坚守与业主、合作伙伴、员工的契约

彼岸一定是大家共同的理想，是匠人精神，是和信息技术的结合，是对行业的改变，是对客户持续的好。这是我们未来的愿景，这个过程中需要契约精神。同时，我们在一起的这个文化，也是我们相互之间的一种契约。

上周，我在有瓣儿上发了文章，举了个例子，一个佛山的安全员

用身体挡住了防洪板。一个人的行为，可以称之为高尚；共同的追求、相同的理想，可以成为文化。

品牌的背后是什么？从人性的弱点来说，一个是虚荣心，大家为这个品牌而感到骄傲；另一个是惰性，我们在这儿有很多年轻时候的故事可以讲。这两个都是人性的真实表现。但品牌最重要的是在一起的习惯，我们将这个习惯称之为文化。

对外，我们需要强调契约精神。无论是对业主，还是对睿服务、股权并购、全委的伙伴，我们都应该恪尽职守，坚守契约精神。对内，最重要的是默契。只有这个团队一直在一起，才会有这种文化。

希望大家在心里有一份万科物业人之间的契约。只有契约在，我们每个人心中的理想，我们的彼岸，才能够真正到达。

（来源：大宝专栏《只有契约在，我们才能真正到达彼岸》，2016年7月）

生存，或者死亡

万科物业去年整体营收突破 80 个亿，但对于一家规模高速发展的公司来说，如果不去主动思考公司死亡的问题，离被动死亡的那天就更近一些了。

根据宏观统计，未来每年适龄劳动力数量在逐步减少，长远来看，万科物业在五到十年后招聘不到合适的安全员，将成为一个极大概率的事件。单一产权下的租赁住房增多，会给基于分散产权为集合的物业行业带来影响。互联网企业凭借信息技术和资本充足的极大优势，势必对传统物业企业造成降维碾压。无论是在行业政策上、在劳动力供给上，还是在整个信息技术大潮的席卷下，物业企业随时可能遭遇突然死亡的挑战。

我们要时刻关注一个数字，即400呼叫中心客户调查时被客户拒绝的数量。这个数字代表着"沉默的大多数"，客户是否愿意把意见反馈给服务提供者，反映了对这个品牌的认可程度。客户愿意给出批评意见，至少说明他还在关注你，连批评意见都不给，他有可能就要放弃你。

客户口碑是企业稳步发展、事业长青的根基，失去了客户，就是失去了企业发展的一切。

万科物业高速发展中，质量事故发生单位均值在下降，但总体数量正逐年增加。当用海恩法则去判断这些质量事故蕴藏的风险问题时，就能清晰地认识到，万科物业现在发生一起质量事故，可能意味着三年内的某一天，会有一个颠覆万科物业的事件发生。

我们更要清晰地认识到，未来三年，对于万科物业来说，可能是变革发展的三年，也可能是随时死亡的三年。因此，我们将"激发每一位员工，服务好每一位客户，避免重大质量事故发生"写进了2018年的年度目标。

对万科物业来说，员工流失率绝不能成为报告中一个冷冰冰的数字，而是牢牢刻在每位管理者心中一把判断员工是否与公司有感情的尺子。我们要尊重每一位一线员工，关注每个岗位上员工的成长，管理者必须始终与一线员工奋斗在一起，将"三好"文化融入日常工作中，并通过技术创新释放员工的价值潜能，帮助员工实现自我成长与创造价值。

物业服务在公共界面上让每一位客户都满意，是一个行业的悖论。但管家这个岗位的设立，让我们有机会服务好每一位客户。管家要始终从业主的角度出发，以专业的视角监督社区物业服务的每一个细节，及时响应客户的各种需求，服务好每一位客户。

我们要严格执行风险防范各种制度安排，以高度的安全意识，将风险防范落实到每个工作环节，以国家质量奖的规范要求去衡量万科物业的日常管理和运营。

万科物业未来的发展之路，是一条别人从未走过的路，需要靠每一个人以合伙奋斗的姿态闯出来。2018 年，万科物业必须时刻保持着高度的危机感和使命感，绷紧神经迎接每一天的挑战。

To be or not to be，只有常常用这个永恒的命题拷问自己，我们才有机会成为一家与众不同的公司，成为一家持续在行业内领先领跑的公司。

（来源：大宝专栏《生存，或者死亡》，2018 年 1 月）

读人民日报长篇评论《艰苦奋斗再创业》有感

今年的"开工大吉"有点不一样。正月初八，《人民日报》头版刊发长篇评论《艰苦奋斗再创业》，"回望中国共产党的光辉历程、社会主义在中国的凯歌行进，就是一部开天辟地的创业史、从未停歇不断再创业的奋斗史"，更吹响了中华大地"再创业"的号角。

文章中写道，从上海石库门小楼里成长出中国近代以来最伟大的创业团队，历经 28 年的艰难求索、浴血奋战，新中国终于宣告成立，这家"创业公司"用 28 年迈出了最坚实的一步。

然而，任何一项事业都不能靠"守"来维系，必须靠不断的再创业来发展。

"逆水行舟，不进则退，惟有在奋进中继承事业，在创新中光大事业。""从推进土地改革到完成社会主义改造，从过渡时期总路线到对社会主义建设道路的探索开拓，在这片古老的土地上建立起了从未有过的政治制度、经济制度，在旧中国一穷二白的烂摊子上建立起了独立的、比较完整的工业体系和国民经济体系"，是再创业；"合乎时代潮流、顺应人民意愿、勇于改革开放……激发出亿万人民勤劳致富的澎湃热情，释放出神州大地创新创造的无穷能量"，是再创业；如今，这个团队把引领中华民族实现伟大复兴的历史使命扛在肩上，"又踏上了新时代再创业的壮丽征程"。

回望过去，万科物业就是在中华民族改革开放的再创业大潮中应运而生。1990 年，受索尼售后服务理念启发，万科物业踏上了创业的征程。虽然"背靠大树好乘凉"，但作为万科集团的子公司，万科物业一次次选择了创新，第一个国际质量体系认证、第一个业主委员会诞生……

进入新世纪的第二个 10 年，万科物业又一次吹响"再创业"号角。2014 年，万科物业开启数字化物业探索；2015 年，万科物业开启全面市场化；2017 年，"住宅、商写，两翼齐飞"正式纳入万科物业公司战略；2017 年全面推进基于劳动密集型企业的事业合伙人机制改革……

对于一代又一代万科物业人的探索和奋斗，我们理当心怀感激。但如果想着"前人栽树，后人乘凉"，没有"再创业"的雄心和走出"舒适区"的决心，万科物业就很可能躺在功劳簿上"为时势所淘汰"。正如《艰苦奋斗再创业》一文中所讲的那个故事，"泰山半腰有一段平路叫'快活三里'，一些游客爬累了，喜欢在此歇歇脚。然而，挑山工一般不在此久留，因为久歇无久力，再上'十八盘'就更困难了"。

当下，万科物业信息化、物联网的投入已经初见成效，但技术的发展日新月异，如果不能够继续保持创业者的姿态，与时俱进，向劳动者赋能，新技术就有可能变成旧技术，为时代所抛弃；当下，万科物业市场化取得一些成绩，但如果想就此"歇歇脚"，而不能在 3 年内让这些项目的品质达到万科物业标准，就极有可能稀释万科物业的品牌，为业主所抛弃；作为劳动密集型行业，如果不能关注基层奋斗者、释放他们的活力，就会被巨额的成本拉垮；当下，万科物业快速发展，身处其中的每一个人，如果不能快速地吸收营养、跟上时代的脚步，就可能被发展所抛弃……

摘抄《艰苦奋斗再创业》中关于"再创业"的阐释，与所有万科物业人共勉：

> "再创业"的每一个字，都饱含深意。这个"再"，意味着赓续不断、再接再厉；这个"创"，意味着闯字当头、新字当先，奋斗在其中；这个"业"，就是每个人干出的大小业绩，汇聚成党和人民的事业、国家和民族的事业。

回看万科物业的行为价值守则"客户无错、无功即过、敢为人先、诚信礼廉"，符合大势，值得呵护、坚守。

"时代的考题已经列出，我们的答卷正在进行"。万科物业人生逢其时，躬逢其盛，理当以奋斗者的姿态回应时代的召唤！

不忘初心，方得始终。

（来源：大宝专栏《读人民日报长篇评论〈艰苦奋斗再创业〉有感》，2018 年 3 月）

1个月100万的利润不要了，万科物业疯了吗？

这两年，物业公司流行做生意，物业公司的移动应用看上去基本等于"天猫＋陆金所＋美团"。万科物业自2012年开始也尝试了各种小生意，从财务报表上看，增值服务的增长幅度每年都近乎翻倍，毛利率也不错，却总是感到有些别扭，每每反思，我们到底是干啥的？物业公司难道真是"天陆美"吗？

我曾经在很多公开场合说过，我们反思自己，不是想清楚了该做什么，而是想清楚了自己不该做什么。在各种彷徨、浮躁之后，我们坚定地认为"自己就是一家物业公司"。物业行业是伟大的、长久的、有生命力的。只要城市在，高容积率就会在，不动产产权集合就在，打理物业的公司就一定会存在，某种意义上这个行业与城市文明同在。从经济发展的角度看，行业的35年很长，中国GDP都超越了日德；但从城市文明视角看，35年的时间或许才揭开发展的序幕：设备的大修、管网的渗漏、电梯的更换，行业价值要用时间去打磨。多做点儿增值服务的生意，可以让公司的财务报表好看一点，但解决不了行业存在的根本问题，恶性循环依然存在——越来越多的物业公司没有钱去打理建筑物与设施设备。于是，在物业费无力支撑、缺少专业监督的情况下，个别公司选择了在"看不见的地方"不作为。虽然资本一路高歌，客户抱怨却高居不下。

思考了近4年时间，万科物业终于琢磨透了一件事：让社区生意的支付者（业主）在生意中得到更多收益（房产保值增值）。

2016年9月25日，万科物业在睿服务3.0发布会上正式推出了"友邻计划"。我们如此诠释"友邻计划"：

近两年，有越来越多商家找到物业公司想要进入小区，面对利益诱惑，我们一直在思考：消费带来社区商业繁荣的同时，如何推动小区公共治理的繁荣。"住这儿"发起"友邻计划"，旨在搭建一个业主与商家的平台。邻居在友邻市集购买产品或服务，商家将向"友邻计划"捐赠一定比例款项，"友邻市集"承诺自身零利润。"友邻计划"会将捐赠的资金投入到业主所在小区的硬件常新及文化建设两大领域。汇聚友邻力量，助业主的物业资产保值增值。

一时间，"去友邻市集打个酱油"在万科物业小区开始流行。"打酱油"，本意是"事不关己，高高挂起"。"友邻市集"的"打酱油"却有点反其道而行之，通过一些简单易行的方式就能提高业主对社区的参与度。

"友邻市集"推出后，因为零利润，很多同行、业主，甚至是员工都难免困惑：万科物业是不是疯了？这对物业公司有什么好处？

想要回答这个问题，必须回到万科物业的使命和核心竞争力上来讨论。万科物业的使命是"让更多用户体验到物业服务之美好"，核心竞争力则是"品质"。无论是"美好"，还是"品质"，都需要成本去支撑。通过"友邻计划"的回馈，万科物业的"舍"，让小区的设施设备保持常用常新，小区活动丰富多彩，让业主有了资产保值增值的"得"。在业主得到杠杆级收益的时候，整个行业也就有了更多的好口碑、正能量；而行业的口碑和正能量，正是万科物业不断成长的土壤与源泉。

2011年的万科物业三季度例会讨论的是如何做生意，而在今年刚刚结束的三季度例会，大家的共识是坚守品质，并通过市场化推动更多用户（包括业主，也包括睿联盟物业同仁）体验品质。4年的打磨，我们对生意与价值理解得更透彻，一切变得更有意义。

写到这里，"友邻市集"也传来消息。截至今天下午5:30，经过短短一个月尝试，"友邻市集"已吸引了近万名业主参与，为"友邻计划"募集到小区建设资金117.6万元。第一个100万元用了一个月的时间，我们相信第一个 500 万元也很快会到来。

（来源：大宝专栏《1 个月 100 万的利润不要了，万科物业疯了吗？》，2016 年 11 月）

友邻计划落地，万科物业帮业主把挣的钱花出去了

在去年 11 月的大宝专栏，我写了一篇题为《1 个月 100 万的利润不要了，万科物业疯了吗？》的文章。文中，我曾经阐释过万科物业关于社区 O2O 到底该怎么做的一点思考：

这几年，物业公司流行做生意，物业公司的移动应用看上去基本等于"天猫＋陆金所＋美团"。但物业公司真的就是"天陆美"吗？在经历了各种彷徨、浮躁之后，我们坚定地认为"自己就是一家物业公司"。万科物业终于琢磨透了一件事：让社区生意的支付者（业主）在生意中得到更多收益（房产保值增值）。

同期，万科物业在"住这儿"app 上推出了"友邻市集－友邻计划－友邻基金"，其官方解释为：

近几年，有越来越多的商家找到物业公司想要进入小区，面对利益诱惑，万科物业一直在思考：消费带来社区商业繁荣的同时，如何推动小区公共治理的繁荣。"友邻计划"是万科物业"住这儿"发起的"消费支持社区更新计划"。用户在"友邻市集"消费，商家为用户的社区募集特定比例资金，支持硬件常新与文化建设，"友邻市集"承诺自身整体零利润。它不是某种基金，而是汇聚友邻力量和行动，促进用户的房屋资产保值增值与社区可持续发展。

日常沟通中，我解释上面这两段文字的通常说法是，我们是干物

业的，主营业务必须围绕业主的不动产展开，社区电商是附属品；同时，未来政府的维修资金一定是不够的，要让建筑物持续得到修缮更新，不能靠一次性集资，而要细水长流，募集于日常生活中的无声中，用于不动产的持续保值增值中。

"友邻市集"推出后，因为返利捐赠给社区，很多同行、业主，甚至是员工都难免困惑：万科物业是不是疯了？这对物业公司有什么好处？也有人质疑我们是在"作秀"，"先说说漂亮话，回头钱还是落自己腰包"。有媒体在表扬万科物业"开始帮业主挣钱了"后打出了副标题，"这些募集到的资金到底该怎么用好？"

时隔不到一年，有一个小成果与大家分享：深圳公园里项目利用"友邻计划"募集的10100.6元"友邻基金"，帮助该项目内198米步行道路拓宽1米，该工程于2017年8月27日完工。

深圳公园里二期共有900余住户，前期建设时，主道路仅有约1.5米，只能容两人通行。2016年三期入伙后，又新增1400多住户，导致该道路高峰期通行更为不便，"人挤人、人撞人"，业主抱怨不断。

在征集了业主意见后，物业通过"友邻基金"撬动起了道路拓宽工程方案，让"友邻计划"得以落地，同时让公园里二期业主的满意率提升了3个多百分点，邻里间的抱怨也变少了。

口头上宣扬理想并不难，难的是让理想落地，让理想生根。感谢深圳公园里项目的同事，感谢公园里二期的202位"友缘人"，感谢时间，是你们让我们有机会创新打磨行业的价值，是所有参与"友邻计划"的业主，让万科物业社区的未来还有更多的想象空间。

我曾经为"友邻市集"写了一句广告语——"在哪儿买不是买"。经过近一年的迭代，"友邻市集"上商品集合了粮油、蛋奶、水果、蔬菜、家居等日常生活用品，知名互联网电商平台"本来生活"结缘"友邻市集"，并打通供应链直达社区。

您不管在"友邻市集"还是在其他平台上，货源、价格、质量都一样，但在自己小区买的好处是您的每一次下单，都在帮助您自己的房产增值。设想一下，十年后，你居住的物业如果还有 100 万元维修资金，那会您的房产会多么受人追捧。

下载"住这儿"，上"友邻市集"，邻居们一起做"友缘人"。

（来源：大宝专栏《友邻计划落地，万科物业帮业主把挣的钱花出去了》，2017 年 9 月）

● 第四章

文化与人

管理的本质，是激发善意。

——彼得·德鲁克

管理是科学，但更是基于对人性的理解。在劳动密集型行业，如何激发广大员工的善意，并完成多元文化下的融合，尤显重要。

4.1　文化的原色

不同角度思考"五一"

对于大多数国人，"五一"是小长假；对于商场、景区、物业等行业的基层员工来说，"五一"是加班日。

站在劳动者视角，五一国际劳动节是 1889 年劳方与资方抗争的庆祝胜利的一种方式；站在资方或者资方代表的管理层视角，每一次五一劳动节都应该重新审视与员工的关系。

对于景区、商场这些业态，节假日的人流比平日多，收入大幅提高，剔除折旧后可以支付的人工加班费能力也增强；而对于物业行业来说，节日并没有让业主缴更多物业费的理由，但假期的人工工资成本同样是 3 倍。

全行业都知道，万科物业服务标准高，这个标准其实是落在基层员工的行为表现上；全行业都知道，万科物业用工要合规，这个表现其实是体现在物业成本上。万科物业市场化后，有那么多非万科地产开发的项目进入万科物业管理体系，对于这些参差不齐的项目，尤其是二手旧项目，内部出现很多种声音。第一种是，我们要像基金一样轻管理、重业绩，这种做法一般在并购时要求原物业的股东保留股份做对赌，并由原股东继续经营；第二种声音是在公司里设立一个低端品牌，这样可以用一个比较低的价格和标准运行新进入万科物业体系的项目。

这两个方案管理层决策时都没有同意。首先，我们是优秀的物业公司，没有理由放弃做物业的管理者而去做投资者；其次，我们的使命是"让更多用户体验物业服务之美好"，不要担心一些价格低的项目会拉低万科物业品牌，我们要坚信万科物业是一个可以让物业项目变好的品牌，我们必须拒绝平庸。

如此决策，给一线同事带来了不少困惑。比如老旧小区里那些已经损坏的大型设备如何处理？原来的基层员工如何融合？客户如何感受万科物业管理后的变化？总部预设的改善项目费用到底该花在哪里？

管理层的答案是，这钱首先应该用员工身上——用在那些员工优异行为改变的奖励上！以我近 20 年与客户打交道的经验来说，对于知名企业，客户永远表扬基层员工，而批评公司。对于那些被业主表扬的基层员工予以及时的激励，是这笔额外支出最有效的支点。这也算以"人民的名义"，是管理层们在五一劳动节最应该有的思考。

顺带一提，万科物业2017年"推动传统文化进社区"活动将于5月拉开帷幕。

"为天地立心，为生民立命，为往圣继绝学，为万世开太平"。今时今日，我们重提传统文化，不仅仅是"为往圣继绝学"，更是为子孙后代创造一个更加幸福的生存环境。

常常看见媒体讨论，说传统文化的没落，说年轻人只过洋节不过中国传统节日。其实，真正的原因或许是传统文化并未真正走进年轻人的心灵。无数的事例已经告诉我们，只要走进年轻人的心灵，传统文化依然有其蓬勃的生机。例如，最近有一部很火的纪录片叫《我在故宫修文物》，听说在"80后""90后"聚集的B站上点击量已经破百万，那些修复《清明上河图》和万寿屏风的故宫工匠们，已经成了新生代的"男神""女神"，因为它足够"燃"；《中国诗词大会》上16岁才女武亦姝的惊艳表现，又让多少家长艳羡？再早一点，白先勇的青春版《牡丹亭》甫一推出就叫好连连，万人空巷，让两岸三地的年轻人都重燃了对昆曲这一古老艺术的热情。

推动"传统文化进社区"，让传统与现代相遇，让万家灯火点亮幸福人生。当社区这一最小的社会细胞都重燃起对传统文化的热情，相信离传统文化的复兴也就不远了。万科物业邀请您，共同参与。

（来源：大宝专栏《不同角度思考"五一"》，2017年5月）

天将降大任于斯人也

2015年6月27日注定要写入万科物业的史册。

万科集团发布董事会公告，议案全票通过万科物业市场化发展，以及增发10%股权启动万科物业员工的合伙人机制。

这标志着万科物业过去四年的变革成果得到集团董事会的认同；这标志着万科物业被赋予全新的使命；这标志着万科物业已经正式成为一家拥有股东会、董事会约束机制的市场化公司；这标志着万科物业的未来将依托于物业行业自身特征、依托于自身团队的努力。我们将不再会因地产行业的喜而喜、地产行业的衰而衰，我们更将要独立面对残酷的市场，我们将基于目标实现、基于对股东的承诺、基于自身的人力资源战略，重新构建全新的薪酬激励体系。

股权激励是一种常用的长期激励方法，它让管理者与股东在利益层面形成更紧密地结合，它也将丰富并成为万科物业新的薪酬体系设计中重要组成部分。股权激励往往给人"一夜暴富"的印象，而股权激励的实质更意味着对股东和对自己的责任，意味着短期利益与长期利益间的一种对赌、互换。不同岗位的同事适用于不同的薪酬结构，有的适用于短期，有的适用于长期，有的则是一种选择权。

长期激励是有业绩条件的，我们愿意与有能力把万科物业做大做强的同仁一起完成这一份历史使命，一起共创、共担、共享。而这期间，也会有不适应新环境的同事，我们亦祝福他能找到适合自己的机会。

随着公司治理结构的完善，长期激励计划将会不断推出，我们也将为非主营业务的同事推出适合于他们的股权激励计划。只要我们能够为股东创造财富，股东就会给我们最好的回报。

天将降大任于斯人也。

（来源：大宝专栏《天将降大任于斯人也》，2015 年 7 月）

价值观不仅是挂在墙上的口号

今天是"六一"儿童节，欢乐之余我们往往还会说儿时要树立正确的价值观，今天就说说价值观这个相对严肃的话题。文中会以本部为例，但不是对相关同事的批评，是共勉。

近段时间，在公司本部楼梯走道的墙上，张贴了一组以"行为准则价值观"为主题的宣传海报，海报以漫画的形式，通过卡通形象"小知知"生动地演绎了各种场景，阐释了"客户无错、无功即过、敢为人先、诚信礼廉"的十六字行为价值观，这种形式很赞的。海报已经挂了很多天，后来我注意到在图片中各有一句对价值观进行解释的话，而这些解释我认为有不妥之处，这些解释更像是把公司放在一个高高在上的无错之地，俯视员工并谆谆教导。

客户老不"买账"？反省自身问题是关键。

如对"客户无错"的解释——客户老不"买账"？反省自身问题是关键。这个解释把关键点放在反省员工自身问题上，显然理解有误。

"客户无错"不是让员工走到客户的对立面，建立"谁对谁错"非此即彼的关系，而是提醒我们日常处理客户问题时，要建立系统性的方式，避免客户犯错的机会，除了反省员工的行为，更要对公司流程、机制进行系统性改进。

"客户无错"的理念，还在指导我们不要动辄就以客户的个性来掩盖服务的不足。系统性改进的方法除了加强训练、督导，还有信息化应用。

生活可以平淡，但工作成绩可不能平平的哦！

再如"无功即过"的解释——生活可以平淡，但工作成绩不能平平的哦。工作成绩的出色，绝不是以生活的平淡为前提。

我们希望每位员工在岗位上常怀进取之心，不断追求卓越，但也鼓励大家去追求生活的丰富多彩。为了让每位员工发挥基于实践的创造力，公司还面向一线员工开展了"海豚行动"，帮助每个人去总结工作中的智慧闪光点。

"无功即过"也在告诉我们，公司不鼓励不思进取、平平庸庸，更不鼓励有一说二、文过饰非，要以成功作为评价标准。

创新有时源于身边一个小小的事情！

四句之中，对"敢为人先"的解释——创新有时源于身边一个小小的事情，相对切中主旨。

值得提醒的是，"创新"是相对宏大的词汇，日常实践中的阈值很高，我们更鼓励一线员工在工作中发挥主观能动性，进行"小步快跑，大胆尝试"，多做一点，快做一步，积少成多，也许就是一项创新的开始。

讲诚信，知礼廉，方能问心无愧！

最后对"诚信礼廉"的解释——讲诚信，知礼廉，方能问心无愧。倡导"诚信礼廉"，并非对员工"无愧与否"的判断，指的是客户与服务者信任的约束与要求。

所谓"诚信"，就是我们以日常行动兑现对客户的承诺；"廉"，即廉洁、廉明，是我们与客户之间阳光透明的关系准则；尤为重要的"礼"，指的是我们与客户在日常礼数认知范畴内，互为尊重地服务与被服务，服务业从业者若想被尊重，首先应深谙城市文明礼数。

对海报中价值观解释的纠偏，并非是对日常企业文化工作吹毛求疵，而是因为价值观的精准传导关系到公司企业文化与价值认同的一致性。万科物业正在高速发展，业务规模不断扩张，每天都有来自五湖四海、不同背景的新同事加入万科物业大家庭，但近五万的万物人要想真正成为一家人，前提就是价值观的认同以及彼此的尊重。

认同是一个相互的关系，基于公司、员工与客户之间达成的共识，当公司进行价值观宣导时，更应该站在与员工对等的视角，从日常工作实际出发，以"从员工中来，到员工中去"为原则，采用"润物细无声"的方式，引起每个人内心的共鸣。

价值观需要上墙、需要海报、需要漫画，但不应只是一幅画或者一句口号，而应是能指导每个人日常行为和工作实际的内心准则。

（来源：大宝专栏《价值观不仅是挂在墙上的口号》，2017 年 6 月）

没有"熊孩子"，只有"熊家长"

儿童节，脑海中突然闪过了一个词儿——熊孩子。因为早些年，我们的项目上也有一帮不守规矩的"熊孩子"。

那时候，万科物业的客户满意度调查还是由集团总部统一执行，但是待访问客户的姓名和联系方式是由项目现场自行提供。于是这帮"熊孩子"抓住这个漏洞耍起了小聪明——对于那些明显不满意的客户，只要"关进小黑屋"就万事大吉了。

纸终归是包不住火的，这样的行为一旦被发现，就会受到严厉的制裁。北京、天津、成都、南京接二连三地出现舞弊行为，许多城市公司的总经理因为自己的属地发生了这种事情而被通报，甚至有的不堪蒙羞，选择离开。即使这样，满意度造假行为依然屡禁不止。为什么？

因为我们根本上就错了——这个信息采集的机制有问题，就像生活中的"熊孩子"终归是因为家长教育的缺失一样。

于是，从两年前开始，我们借助信息技术对满意度调查的机制进行调整——所有的客户信息都由物业本部直接掌握，呼叫中心几乎每天都在进行满意度调查，项目上的"熊孩子"也终于长大了。

同理，当客户员工之间的冲突事件频频发生时，我们是不是该审视一下我们的机制？

万科物业价值观中的"客户无错"一直饱受争议，许多人觉得"客户无错"就意味着"员工错了"，但这恰恰违背了我们的初衷——其实没有"熊孩子"，只有"熊家长"，公司就是这个家长。争论对错其实是事后的评判，"事后"代表着员工或者客户的权益已经受到了侵害，而这是我们不希望看到的结局，我们应该通过机制上的完善去提前规避这样的冲突。"客户无错"的背后其实更多的是公司错了，公司的机制错了。

所以，每个要分对错的场景中，都隐含着企业改善自己产品和服务的机会。而通过机制的完善，减少犯错的机会才是我们该做的事情。

顺便说一下，写给那些因为满意度调查犯错误而离开万科物业的同事，当初的通报批评不再是重入职的限制——我们已经有了更优的机制去减少大家犯错的机会。

未成年人的节日给成年人的启示——世上没有"熊孩子"，只有"熊家长"。

（来源：大宝专栏《没有"熊孩子"，只有"熊家长"》，2016 年 6 月）

聊聊"客户第一"与"996工作"

关于"996"的讨论，有很多观点，目前我心中最赞的还是王石主席的说法："从犹太人安息日的角度，休息益思考，思考促进步"。包括在最近的新员工入职培训上——我迄今一直坚持与总部的新入职员工做一次培训，近期常有人问我这些话题。

第一，关于"客户第一"的理解。

很多企业的文化里都有"客户第一"理念，这很容易产生歧义，也很容易生搬硬背。或许有人说，"这么简单的事为何会有歧义？"那我反问："如果说客户是衣食父母，那你的亲生父母呢？如果说客户是上帝，那耶和华又是谁？"

"客户第一"指的是企业对流程的思考、对成本配置的思考、对产品交互的思考。但从人的个体角度，每个人在社会上都有多重角色，客户只是你工作、生活的一部分。

在万科物业的文化里，没有提"客户第一"，但有一条叫"客户无错"，意思并不是说在客户投诉中谁对谁错、在客户与服务界面的冲突中谁对谁错，而是说，当有客户投诉、客户与服务界面冲突时，始终认定"一个巴掌拍不响"，即便公司前台员工没有错，那后台系统依然有改进的空间。

如果简单地区分谁对谁错，则不会有进步，而只有凡事认为"客户无错"，公司后台系统才会有真正革命性的改进，尤其在新技术快速应用的今天。

比如说，安全员因为记错客户车牌号而发生的冲突，在今天已经通过车牌识别技术完全解决了，当客户的需要是"你"记住他的车牌号，而我们强调新员工刚上岗时，这并没有在讨论问题的本质。

第二，关于工作时间的理解。

谈到工作时间，往往会谈及工作与生活的平衡。作为企业的管理者，我一直的观点都是之于企业，你很重要；之于家人，你是唯一。所以，当家人有重要的事时，家事大于公事。人之于社会，有多种身份，而工作是其中之一。我个人有很多爱好，帆船、滑雪都需要时间，但工作也是我的兴趣，我会选择周六去参加业余比赛，我也会选择周日工作一整天。

并非每家企业都有"赢"的文化，在择业时，企业文化与你本人是否适配非常重要。

"赢"是需要付出的，即便是品牌企业。

有很多人认为定价高是品牌价值的"行权"，而我理解的品牌恰恰是被供奉起来的"神灵"，她是一种精神势能。品牌企业的定价之所以高，不是因为品牌本身，而是因为每一次团队都要比对手、比自己的过去做得更好，每一次团队都要为此付出更多的工作时间。品牌因为每一次努力而增值，而不是每被使用一次而减值。

品牌的企业—"赢"的文化—更多的努力—文化的匹配—工作的兴趣—工作的努力—个人的成长—时间的支配，这是一条我喜欢的脉络，尽管对孩子的陪伴很少。

母亲节，感恩家人。愿大家找到适合自己的企业，用兴趣拥抱工作，切莫被"996"约束。

（来源：大宝专栏，原文标题《母亲节聊聊"客户第一"与"996工作"》，2019 年 5 月）

知之

在万科物业，我们一直强调"知之为知之，不知为不知，是知（智）也"。

大家都知道去年本部成立了"知之学院"，取了其中之意。其实"知之"一词也有《易经》给的灵感。孔子注乾卦九三爻说"知至至之，知终终之"。明确原则、理清期许，机遇来临时尽力抓住，"知至"即知因，知几（机）。与此同时，做事有边界、不超限度，"知终"即知果，当终则终。

联想到同业并购工作，前线合伙人离炮声更近，后方合伙人对整场战役看得更全，其实是很好的搭配。但战机往往稍纵即逝，前线合伙人更容易着急上头，就会产生一些观点和行为上的偏差。我最近就观察到两种不够"知之"的心态：

第一种是"我懂"，其实一知半解，有公司方案报总部财运和规发，嫌意见要求提得太多，产生摩擦；

第二种是"我不懂，你来"，平日没机会练兵，战时又不抓住机会学，想让总部全权负责。

前者不能"知终终之"，觉得自身专业性很强、战机把握很准，希望独立决策，对后方不够尊重，对专业不够敬畏，其实大家都挺怕这种半桶水晃得响的；

后者不能"知至至之"，是另一个极端，觉得股权合作中的法律、财务、投资相关知识与技能门槛高，产生了畏难情绪，自己不努力提升，而是想着全丢给总部，我想这样的前线合伙人恐怕永远都无法把握机会，挑起担子。

这两种心态都是不对的，其实前线合伙人与后方合伙人应当是局部最优加全局最优的最佳组合，大家做好本分的同时互相积极补位、合伙奋斗，不仅把事做成，并且持续做成事。

万科物业已是员工人数超十万，业务遍布全国，边界还在不断扩张的大企业，集团管控模式下，很多时候一线和本部是油门和刹车的关系。

要实现快速发展，前线的合伙人需要极具开拓精神，有的是冲劲和狠劲，是油门。后方的合伙人提供炮火支援，需要更具全局视野，要的是准和稳，是刹车。

一路猛踩油门一定会翻车，一路猛踩刹车则很难走远。收和放需要把握一种度，也需要更深地互相理解。

乾卦九三爻，又称为"惕龙"，所谓乾乾惕慎，在上升期里，更是要时刻对内外部环境保持谨慎。

公司已经对外公布了"三驾马车"模型，CS 社区空间、BS 商企空间、US 城市空间的框架已经拉开。未来，同业并购为公司带来非线性增长，这会是今后相当一段时间内重要的增长手段之一。前景激动人心，但是机遇和风险并存，不确定性一直都在。在更复杂多变的外部环境下，在更为快速的发展节奏下，"知之""知至知终"的心态和能力非常重要。

在 3 月 30 日万科 2019 年度股东大会上，郁亮主席回应万科 ROE 不如格力："我们只要 ROE 的话，也是有办法的，比如杠杆率很高，但万一出现波动怎么办？我们的要求是速度规模不能下来、ROE 不能低、负债不能冒险，现在还算平衡得比较好。"这正是"知至知终"的最好注脚。

"瘦马拉重车"仍然是我们目前面临的痛点与挑战。希望大家坚持合伙奋斗，知终终之、知至至之。

（来源：大宝专栏《知之》，2020 年 7 月）

让培训工作充分且必要

"以后我准备每年在武汉住一周，每天晨跑 10 公里，健身餐食且戒酒，每日与知之学院的同事一起修订培训课件，与武大、华科的教授一起探讨社会发展，与来这里培训的学员一起交流事业前景"。知之学院在武汉的实体校区虽然简朴，我却对它充满期待，前面那段就是我跟学院同事讲的，准备在武汉最热的时候去兑现。

我本人刚入万科时就是负责培训，对企业学院情有独钟，当年如此憧憬 MU（摩托罗拉大学）、惠普商学院，拿到 P&G、GE、伊莱克斯的培训材料时真是如获至宝，颇有偷师学艺的感觉。那时把培训描绘得如此重要，但当很多企业不能跨过时代周期的时候，不得不说，培训只是企业成功的充分条件。

万物云培训学院名为"知之学院"，院训为知之为知之，不知为不知，是知也。这是一种态度、一种价值观，知识如同浩瀚星空，空杯心态才能使人不断进步。

校区可以是干部学院，初级管理者学习带队伍的技巧，中高级管理者学习商业思维和领导力，从初级到高级都要不断学习提升个人修为。这不只是训练基地，更是选拔干部的好基地。

校区可以是蓝领工匠的实训基地，可以模拟火灾处理、电梯故障、管道清淤等实践。

校区可以是聚门聚类的教学相长平台，不论市场人员、管家、经纪人，还是招聘人员、研发人员、产品经理，对于这些岗位的培训，学院提供场地、设备设施、师资、后勤等系列服务。

同时，学院更应该关注：

第一，必须考试。虽然应试教育被诟病，但职业资格考试依然作为重要的评估工具。培训不是福利，是企业与员工的互惠互利，企业有责任搭建学习平台，员工有义务完成课程认证。以真实的考试结果，作为知识技能水平的度量衡，这是对来学习的员工和他们的上级主管负责任。

第二，以现场案例作为训练的内容。案例是商学院教学最重要的手段，对于企业来说，也是传承经验、文化价值观最重要的手段。我们有很多案例，但需要适配于线下培训，这一点还有很多事要做。

第三，课程、考试、案例与岗位的实训历练相结合，形成一个完整的体系。通过了考试、学习了案例，还需要有具体的实战，到真实的业务组织和场景中交流、挂职，由实战期间的主管给出评价。所有的评价结果，共同构成获取毕业证书的要求，只有成功获得了毕业证，才能晋升评级。

在学习千人千面的时代，如何传承30年的文化与专业积累，如何跟上变幻莫测的商业环境，员工和干部队伍训练的内容、方式、媒介手段都需要与时俱进。企业发展得快，千万不要让人成为发展的瓶颈。培训这事真的不怕做大，产能一旦冗余，对外释放应该会很受欢迎。

今天是我加入万科22周年，回忆自己曾经以这个不入流的专业——培训加入公司，如今有机会帮助这个专业，在时代周期面前变得不仅充分，而且必要。

（来源：大宝专栏，原文标题《让培训工作充分且必要——给万物云"知之学院"武汉校区的寄语》，2021年4月）

千军万马进朴邻

5 月的《大宝专栏》拖到今天，还好这两天一股脑儿完成了 5 月的，准备了 6 月的。

这个月，我的 DBA 博士论文基本完工了，论文写的是保安这个群体，其中一篇是关于保安。DBA 与 PhD 相比较，在文献研究方面一定不如，但在数据挖掘方面应该具有绝对优势。说到保安转岗，不仅是田野实验，更是企业实操，做保安转岗实验的初心就是把人当作人来尊重，而非只是劳动力。

AI（人工智能）在现实场景的运用越来越丰富，机器在自然语言处理领域的突破接连不断。AIoT（人工智能物联网）必定会逐步取代重复、简单的工作。2017 年一张新闻图片引人深思：河北某高速公路收费员因无人值守技术应用而下岗，她面对镜头说："我在收费站工作二十多年，其他什么都不会……"

2019 年底，我们启动了一次对公司来说史无前例的"运动"——面向全体安全员招募愿意跨界发展的人，在组织的引导赋能下，转岗成为一名做二手房租售的资产管家。与上海链家招聘 985 大学生做经纪人不同，我们选择了内部转岗补充资产管家队伍，公司把这项"运动"称为"千军万马进朴邻"（"朴邻发展"是万物云旗下住房租售服务品牌，是社区空间的业主资产服务平台）。

这项招募并不容易，因为在工作内容与性质上，站岗巡逻和二手房租售存在天壤之别。

前者服务执勤，靠工时换取薪酬，收入稳定，"旱涝保收"，习惯性以加班费作为提高收入的重要来源；而后者撮合成交，靠合同创造收益，收入像坐过山车，"三个月不开单，开单管半年"。

为确保转岗成效，公司要求必须组织转岗员工开展集中的技能培训。经过两期探索，共 626 名安全员成功转岗，公司给他们起了一个专属名称，叫作"朴邻新兵"。

期数	当前状态			总计
	朴邻在职	调回万御	离职	
1 期	75	97	280	452
2 期	66	19	89	162
总计	141	116	369	626

表：两期转岗人数与当前状态

然而，一段时间的大浪淘沙之后，成功在新岗位上坚持下来的朴邻新兵只有 141 人，占比 22.5%，我们将这个数据与公司同期外招的零行业经验的资产管家对比，发现其实二者持平。但与此同时，在同期入职的所有资产管家中，业绩增幅最大的是朴邻新兵。依托物业资源的二手房经营属性，让这些曾经在安全岗位上建立了良好客户关系、积累广泛同事关系的朴邻新兵呈现出厚积薄发的优势。2021 年，朴邻业绩的前 50 名资产管家中，已经有 5 名是从安全线条转岗而来的朴邻新兵。

图片里的这位小姑娘，叫房以红。

因和去年爆红的《安家》的房似锦同姓，被客户笑称"房姐"，并称赞她以后也能像房似锦那样做一位无所不能的顾问型资产管家。谁也想不到，现在这个干练清秀、年仅 26 岁的姑娘，去年 6 月还是上海蓝山小城的一名安全员，对房产经纪租售业务一无所知。然而，如今她的累计签约业绩已经高达 143.99 万元。

"每天的吃饭时间压缩到 5 分钟，走路永远是跑着的状态"，这是她对转岗后日常状态的描述。也正是这股拼劲，房以红获得

了同事的高度评价："她是难能可贵的新生力量，做任何事情都100%投入，极富热情和干劲，全力以赴地对待每一次学习和任务。"

其实，房以红的事迹已经并非特例。公司通过持续的数据追踪发现，某些人格特质对资产管家的胜任力具有重要价值（这也是本人博士论文的重要结论，目前尚未公开发表）。一个做事尽职尽责，主动积极、态度乐观的人，在公司的赋能下跨界成为"百万销冠"，这是完全可以做到的。

麦肯锡的研究指出，在中等自动化的情景下，到2030年，全球劳动力市场对体力和人工操作技能以及基础认知技能的需求将分别下降18%和11%，对社会和情感沟通技能以及技术技能需求则会分别增加18%和51%。

如今，基层员工的转岗，已经成为公司"员工三好"之"好发展"的重要内涵（另外还有"好班长""好环境"），我们将员工转岗成为物业管家、资产管家、安全机电工、保全工等职业发展路径统称为"万紫千红"，以此拉通基层员工在不同业务单元间横向发展的通道，拓宽员工职业发展路径，通过支持技能迁移，实现公司与员工个人的双赢。

今天，我们送别袁隆平院士，杂交水稻解决粮食安全问题，而每一个时代都有每一个时代的问题需要去解决。人口红利之后，如何"以人为本"去思考用工，需要学界的思考与企业的实践，这是商业背后的社会意义。

（来源：大宝专栏《千军万马进朴邻》，2021年5月）

公司规模变大，但文化风气不能乱

今年很少出差，这周去了几个城市看"蝶城"落地情况。

看过行程，跟负责的同事讲"要先开会，在地图上看看蝶城街道的全貌，再去项目现场看"。

到了所在城市才发现，第一站是在酒店"租"的会议室开会。很诧异地问原因，原计划行程的第一站离酒店很近，但因为我提出要先开会，于是变成了"租"会议室，当地同事又解释说，因为跟酒店有战略合作，"租"的会议室没花钱。

看似小事一桩，但在一个十几万人的组织里，这样的事需要小题大做。

回想 2010 年刚来万科物业，那时很不习惯，原来所在的地产行业动辄都是几十亿元，百万元的单子都是副手审批，而几万块对万科物业来说都是大数字。尤其物业公司员工基数巨大，每人涨一千块工资，就会吃掉公司所有利润。过去十年，万科物业（如今的万物云）保持了 30% 的复合增长率，收购了戴德梁行商业物业板块，领跑全行业进入城市物业时代，如今几百亿元的营收规模，作为集团公司 CEO 在酒店租个会议室开会也算不得什么。

几千块租金对于几百亿元的公司确实不算什么，但如果无视这几千块的小节，就会被若干个几百块效仿。公司有几千个小微基层组织，每个单位都忽视几百块的小节，那就不再是一个小数字。公司大了，不代表好习惯就能坚守了，华为任老爷子最担心的"不奋斗"确实存在，看到身边很多企业做大后，管理者的消费、生活重于奋斗了，是需要警惕的。

这个城市的总经理，刚入职公司时是一位基层安全员，伴随公司成长为企业的管理者，如今白天走访于各大企业之间，晚上参与推杯换盏的应酬。他当初的同事或因吃不了基层的苦而离开；他当初的领导或因受不了外部高薪诱惑而离开。他和其他因为相信而一直留在公司的合伙人们说切莫忘记咱们是如何走过来的，咱们在动摇的时候是如何说服自己的，咱们是如何靠守正出奇，赢得尊重的。

说回租会议室的事，起因于我提出"要先开会，在地图上看看"蝶城"街道的全貌，再去项目现场看"。如果组织者是产品经理，我的话则是客户需求。产品经理原来设计的是，酒店出来先花 5 分钟车程，去看万物研选装修客户体验店，再花 20 分钟车程，去两个项目看数字化改造以及那里的机电实训基地，结果被我这个 VIP 客户的需求打乱了。

往往领导在产品创新中会犯两个错误，一个是领导一边提需求一边给解决方案，这种情况基本属于瞎指挥；另一个是领导亲自创新，但无人敢叫停，这种情况会让失败的创新项目成为无底洞。而这一次，我为自己免责，确实是行程组织者——产品经理的问题。

作为产品经理，经常会听到各种需求，但理解与翻译需求才是核心。我的需求是"先了解项目全貌，再去项目现场看"，我对看装修体验中心并不关心，尽管我没有明确提出来。现实生活中没有客户会把需求 100% 说清楚的。

产品经理如果用点心，或者说产品经理以客户为中心，而非以领导意见为中心的话，就会保持先看装修体验中心，再到项目会议室开会看街道全貌，再走项目现场。仅仅需要微调，就不会闹出"租"酒店会议室的乱子了。

公司规模变大，但文化风气不能乱，必须长期坚持奋斗、不浪费，长期坚持理解客户真实需求而非盲目执行领导意见。

（来源：大宝专栏，原文标题《为什么要在酒店租会议室》，2022年 5 月）

4.2　做好服务者

敬畏并尊重生命

7月26日发生的荆州"电梯吃人"惨剧，令人触目惊心。官方初步认定电梯制造商和商场负有主要责任，维护保养单位负次要责任。然而一切的法律责任，都是事后的亡羊补牢，无法挽救逝去的生命。

我刚入物业时，有人告诉我这个行业风险高利润低，但这两年，似乎资本、转型让物业变成了"泡泡"。殊不知，吹大的"泡泡"更危险。

泳池、天台、井盖、电梯、高空抛物……在林林总总有可能伤害到人的公共安全事件中，物业服务如何避免和预防惨剧的发生？

严格遵从风险控制的体系文件，公共安全突发事件的应急演练，这些固然缺一不可。但我更深信，保障各项机制的严格执行，源于我们每一位物业服务从业者对生命真正的尊重，包括自己，也包括他人。

几年前，人事部年底统计，我们的员工一年在上下班路上发生20余起交通事故，这跟员工基数大有关系，但这些员工是否接受了足够的安全培训令人深思，这不是法律责任的问题，而是社会责任。后来有了万科物业的职业安全十法则，今天，让我们再次重温：

一、公司不姑息任何违法事件

二、尊重自己的生命，任何有安全作业指引的工作都必须按章执行

三、当工作指令可能威胁到生命安全时，你有权拒绝

四、与外部合作方保持简单透明的关系，不营私舞弊、不以权谋

私、不索贿受贿

五、我们没有理由用泄密践踏信任

六、永远不要与你的同事和客户发生肢体冲突

七、当你发现任何安全隐患、职务犯罪信息时，有义务向公司或当事人提出

八、我们不提倡以牺牲健康为代价的工作奉献和内外交往

九、社会公德表达应以确保自身安全为前提

十、希望职业安全的意识能够影响你的生活方式

在无限的时空中，在宇宙的永恒运动中，每个人只有一次机会活在这个世界上。对于每一个人来说，生命最为珍贵，这点毋庸置疑。在我们悼念逝者安息的同时，身为物业服务提供商的我们，必须时刻反思物业服务之于他人生命的重要。

责任即是价值，敬畏并尊重生命。

（来源：大宝专栏《敬畏并尊重生命》，2015 年 8 月）

首席客户官

2002 年，做了 3 年北京万科人力资源部经理的我给自己做了一道选择题，以"万科（公司）""房地产（行业）""人力资源（专业）"三要素为输入，为自己的职业发展求最优解。结论是，在万科这家公司，从事房地产行业，但不做人力资源。没有土木工程、建筑学、造价这些专业背景，我依然坚定地做出一个选择，做"售后服务"，其主要工作就是处理客户投诉。后来我经常笑称，从"组织部长"干成"信访办主任"，前者高半级，后者往往低半级，这一转型，整整降一级。

时值北京万科青青家园交付，面对一批早期的互联网论坛玩家业主，常常要"舌战群儒"，不过还好，业主们喜欢叫我"朱老板"，原因是"找光头能解决事"。但我自己分析原因，跟我做过人力资源部经理还有些关系，各个专业口都会给个面子，资源容易调动，事情相对容易解决。当然，在这个过程中，我学会了啥叫"有组织排水"，学会了啥叫"不均匀沉降"，熟悉了民用建筑规范各个条款，熟悉了燃气、供热条件以及基本物业知识。

有个案例值得回忆。有一天，焦点论坛上出现一个迅速变热的帖子，大骂万科设计师是傻瓜，原来是有业主跑到工地里，发现了一个沙池，发言者说，北京风沙这么大，居然还在小区里搞沙池。当然，也有支持者说，孩子喜欢玩沙子嘛。随着帖子越来越热，以当时青青家园未交付业主的特点，可能会迅速转为群诉。于是，我给一个女版主打电话，请她在论坛上里设置一个投票，先让两派业主拉拉票，把注意点从公司身上转一转。我呢，则走到设计部办公室，问问设计师到底想干啥（走过去要比发邮件重要得多）。得到的答案是，设计师认为北京缺水，要在青青家园这个年轻人社区里增加海洋主题儿童设施，那个沙池还没做好。发心是好的，但客户也的确提出了担心，于是我跟设计师一起讨论，给沙池周边做一圈木栅栏，一方面防止风吹起浮沙，一方面防止宠物大小便。这些都处理好后，在论坛上发帖回答。其实这时候投票结果已经不重要了，这个方案一公布，大家很快就安静了下来，谁不希望自己的孩子有个玩沙子的地方呢？何况设计师考虑了浮尘问题。

一晃儿18年过去了，我还能清晰记得这个投诉的每个细节。虽然当时没有什么身份，但我觉得自己就是公司的首席体验官（CXO）和首席客户官（CCO）。国际知名调研机构Gartner的2019年客户体验管理调查显示，2017年，超过35%的企业缺少首席体验官或首席客户官。

但到2019年，近90%的企业已有首席体验官、首席客户官或同等职位。

万科物业发布了"三驾马车"的战略，在运营上，启动客户体验官机制。本周我签署了一份任命，由王琢珺出任万科物业华东区域首席客户官，而她之前的岗位是苏南万科物业总经理。过去6年，在万科物业市场化过程中，城市总经理立下汗马功劳，而接下来王总要如我当年一样检视服务，为提升客户体验努力。

设置首席客户官在万科物业还是首次。其实我们对客户服务的重视一以贯之，曾经在行业内首创了第三方满意度独立调查，来完善制度和流程，提升服务质量，也有非常完备的客服及质量管理体系，今天再设置这样一个独特的职位，是对内对外释放信号，我们要将客户体验放到更重要的位置。

服务是我们的产品，好服务则是我们安身立命所在，在市场化的过程中，好服务尤显重要。

过去，客服一般会被看作一个成本部门，是在后面等着解决业务中产生的问题，客户的投诉等，但首席客户官会以客户的视角来检视产品和服务实施过程，相当于走到了业务的前面，并且可以更能动地就产品和服务实施过程中容易出现的问题逆向推出服务产品。

这是更大的权限，也是更大的责任。首席客户官应该在数据和技术的支撑下，前置化地去审视服务，梳理流程，并最终达成服务提升，为用户提供好服务的目标。

他们去审视服务，洞察需求，理解新生代客户，做好服务设计、改善、反馈。他们不一定是"信访办主任"，但一定是"主动巡视员"。前一阶段，我在朋友圈自问自答了个问题，微信朋友圈和微博有啥不同，总觉得前者歌舞升平，后者血雨腥风。作为首席客户官，应该多听听微博里的骂声，而非朋友圈里的赞扬。

首席客户官是对客服工作的一次升级。万科早年学习Sony公司做售后服务，诞生了万科物业，并在那些年积攒下客户口碑。一路快速前行中，我们应该始终审视自身是否在服务上做到进步。

有句印第安谚语：别走太快，等一等灵魂。希望首席客户官能抓住好服务的魂。

（来源：大宝专栏《首席客户官》，2020 年 8 月）

小黄人

"管家"这个岗位，在物业管理各类政策文件中都没有，作为项目标准配置，算是万科物业的一次创新，如今在很多物业公司已经常见"管家"一词。

按赫茨伯格双因素理论（Two Factor Theory），传统的物业管理属于保健因子，也就是干得好是应该的，干不好是不应该的。我曾做过万科集团办公室主任，行政工作跟物业管理一样，做好是应该，做不好是不应该的，那时候我常对办公室同事讲，如果别人没夸你，其实就是在骂你。当然，这种压力下，也培养出很多干部，现在有七八个一线总经理都是当时这种环境下成长起来的。

这类工作，一定要引入激励因子，也就是不做无所谓，做了感恩一辈子。

管家，就是激励因子。有了管家这个岗位，我们跟业主之间的关系变得很微妙，有的业主甚至把管家拉到自己家群里。每年我们都会统计项目上的"奇葩报事"，比如业主出差了，通知管家说家里的电饭煲没关；老公喝醉了，请管家把他从地下停车场背上来；家里老婆孩子起晚了，请管家去敲门把她们敲起来；狗狗凌晨两点不肯回家，请管家帮忙抓回家；猫把人锁在房间了，请管家找人开锁……

恰如这些生活的琐事本不在物业或管家的职责范围内，却构成了业主与管家之间的一份信赖与情感联接。可以说，万科物业的品牌正是建立在对客服务中一点点攒出来的口碑上的。

如今管家体系越来越壮大，最开始是在深圳万科城，推动服务转型，当时压力很大。但经过近 7 年成长，管家已经成为万科物业非常重要的 IP，有了"小黄人"的昵称。管家体系走到现在，值得思考的是当大量的 90 后乃至 95 后成为管家的中坚，他们的所思所想，他们的满意度如何？他们的成长路径应该如何安排？

请同事对管家群体做了一个随机抽样调查，收上来 196 份有效问卷。做了简单的词频分析后，一些特征浮现出来。

在对自己的性格评价中，"能吃苦，有韧性""好奇心强，接受新生事物能力强""考虑问题比较现实""敢爱敢恨，忠于内心""具有娱乐精神"，分别占了前五。在 90 后占比超八成的调查中，"能吃苦"得分最高让人有些意外。

"您认为做好管家，最需要的素质和能力是？"排在前三位的分别是以客户为中心，积极主动解决问题；礼貌热情；执行力强。在性格方面，"认为自己的性格在做管家时有优势 / 劣势"，排名靠前的分别是热情、开朗、耐心、同理心；冲动、急躁、不善沟通。

管家岗位最让人难受的地方，"业主""不理解""休息少"的词频最高。管家岗位最吸引人的地方，则是"锻炼""业主""接触""沟通"的词频最高。

双因素理论对管家同样适用。传统观点认为员工的"满意"和"不满意"是对立的，如果某类因素导致员工满意，那这类因素缺失必然导致不满意。但赫茨伯格的研究认为，影响员工满意的因素缺失，并不直接导致员工不满意，而使员工不满意的因素消除也不必然导致员工的满意，两者都只是会导致员工"没有满意"而已。保健因素是必须的，但激励因素才能让人有更好的工作成绩。

学习、成长、认可是最重要的激励因子。首先，业主群体卧虎藏龙，一个爱学习、爱交流的管家，与已经功成名就的客户交往本来就可以学到很多。其次，何谓管家？就是要代表业主对小区的安全、环境、设施设备作业予以监督。最后，随着对客服务产品的多元，管家需要更丰富的专业知识，上个月管家就跟朴邻公司一起参加了房屋经纪人年度考试。

上个月，在深圳见到了潘美玲，这是我们第一次面对面谈话。第一次知道她是因为她上了《海峡都市报》，因为有个老业主看到潘美玲的事迹去找她为自己儿子说亲；第二次是她已经做了经理，听说带着娃一起出差；这次面对面，是因为她入选了 MPP 训练营，而她已经做了福州资产营业部的总监。小潘从大学毕业，加入"万物生"（万科物业大学生人才计划），做管家、大管家，转做资产合伙人，升任资产服务总监。

她憨笑着说，收入挺不错。我知道，让她真正挑起嘴角的不是收入，而是她一直成长的路。

一年一度"嗨，凤梨"管家演讲比赛结束。遗憾的是，今年没能及时赶到现场，最后发言时我自嘲说，我泪点太低，要是听到这些年度感人故事，一定哭得稀里哗啦的。算下来，今年是第三届"嗨，凤梨"大赛了，这一切都缘于对已逝管家朱庆利的纪念。这位本家兄弟用生命将万科物业的"员工四铭记"升华为了"凤梨精神"："我是眼睛，随时都在发现问题；我是耳朵，随时倾听客户声音；我是嘴巴，会把需求和问题传递；我是手，力所能及的事马上就处理。"

在大赛上，我对"小黄人"们说，管家学院，就是"管家之家"，是"皇家特工学院"，它不只是培训机构，还是一个赋能机构，既关乎能力，更关乎意愿，解决不了的难题，就来找管家学院。

感恩"小黄人"们的付出和业主们的信任。

（来源：大宝专栏《小黄人》，2019 年 12 月）

4.3　创新文化

小心地滑

前些天我在微博上发了一条消息，大致内容是公共卫生间到底要不要在墙上挂"小心地滑"的提示？我的意见是，物业管理人有责任做到保持这个区域的地板不滑，且不应把工作重心放在免责上。在这方面，其实还存在很多不同意见。试想今年 2 月发生在南京金色家园的抹灰层脱落砸人致伤的事故，如果我们在小区里到处贴上"小心天上掉石头"的风险提示，那结果是可以免责呢？还是可笑呢？免责是法律上很好的风险防范手段，我们要使用好，但不能因为免责条款的应用而放松对安全管理的认知。

在刚刚结束的一线公司走访中发现，各个公司对安全管理的认识还不一致，有的公司仅仅把安全管理置于防盗的层面，其实物业管理事事都存在安全管理的问题。我曾经问总部同事一个问题：汽车的发动机皮带在 8 万公里保养时是必须更换的，我们小区儿童秋千的链接件多长时间必须更换呢？我得到的答案是，为了规避风险，现在小区尽量取消秋千了。取消了秋千难道就没有别的风险了吗？安全管理风险无处不在，其风险猛于虎也！去年，在苏南公司案场失火后，我曾经写过一封邮件，内容大意是，再高的客户满意度，在大火、在人的生命面前都显得苍白无味。

安全管理首先是个技术活，这一点我相信业务管理部会协同各一线公司逐步完善。另外重要的一点则是，能否让安全管理融入每一个万科物业人的意识当中？这不禁让我联想到今年设置的海豚奖。

各一线公司做出的海豚奖计划基本上是一个到事业部得大奖计划，这与奖项设置的初衷完全不同。海豚奖是设置给我们的 10000 多名基层员工的，因为他们每天工作、生活在项目上，他们最清楚项目的情况。如果能够有一种文化、有一种机制让大家思考起来，做到眼中能看到问题，心中能思考问题，并敢于说出自己的想法，这才是万科物业发展的原动力。在走访会议上我也曾提出，如果一家公司一年有 1000 个小海豚，其意义要远胜过一个海豚大奖，因为 1000 个小海豚意味着这家公司有更多的人参与到公司的思考当中了。安全管理也是一样，检查不能解决所有问题，如果每个人都能看到问题，并及时地行动，安全管理才真正体系化了。

科学说到底是哲学问题，企业管理说到底是文化问题。

（来源：大宝专栏《小心地滑》，2011 年 3 月）

智慧开启

"海豚行动"内网平台自 11 年 4 月启动以来，截至 8 月，已收集各类提案 2388 条，参与提案的人数正逐步增多，江湖之声正逐步传播于庙堂之上，一条自下而上的信息通道开始构建。

我定期都会去"海豚行动"网页逛逛,其中不乏一些基层员工发起的朴实的、技巧性质的提案,让人眼前一亮,比如广州公司的快捷换灯器提案、沈阳公司的烟感测试器提案等,都是一些土方法,成本低,但实用。同时,亦欣喜地看到,部分提案者开始站高看远,全面系统地思考着问题,如深圳公司的 BA 智能化系统、沈阳公司统筹网络资源解决 E 控中心建设及降低办公费用的提案。无论提案的大与小,都体现着大家的思考,聚集提案就是聚集思考,聚集思考就能聚集人气。这就叫"现场有神",决策不仅仅是高层的事情,更多智慧来自于一线;经常到一线走走,看看最基层的情况,视触叩听,望闻问切,基层的员工知道问题所在,也知道解决问题的方法所在,自古民间出智慧,民间的智慧最朴实,也最芬芳。

在浏览提案同时,"海豚行动"也让我熟悉了一些名字,比如东莞公司的罗成昌认为,"海豚行动"是一种态度,以已之力,推动着部门学习创新氛围的形成;深圳公司的李金雄,多年来对技术有一种天生的痴迷,动手又动脑。正所谓每个员工都是一座沉睡的火山,只要多一点引导,多一点支持,就会挖掘出巨大的创新潜力。期待着有一天,万科物业到处都是充满希望和活力的沃土,并产生更多如"段式维修法"一样以员工命名的工法、标准,或者经营模式。

坐而论道不如起而行之,想法之余,我更喜欢看到行动派;目前,"海豚行动"中提案平均实施率 48%,还存在上升空间。

基层员工智慧潜力巨大的同时,亦存在两个"致命"的缺点:一是容易稍纵即逝,如果不及时储存,可能就会消失,如果不及时扶植,可能就会夭折;二是非常分散,常常被湮没于鸡毛蒜皮、唾沫横飞的无谓争论中,不容易发现,也很难汇聚到一起,形成一股力量。这就需要更多有效的渠道,使基层智慧能够尽可能及时、全面地传达到公司,并依靠公司力量,使智慧运用到更宽广的地方去。而这,需要管理者的支持与参与。

开启基层民间智慧是一件美好而又弥足珍贵的事，其于万科物业的意义，恰如新文化运动之于北京大学，之于中国民主的意义，是未来发展的核心精神底蕴所在。"海豚行动"承载的正是开启基层员工智慧的使命，而身处其中的每一位管理者，都肩负着开启智慧，传播优秀文化的使命。

从一线来，到一线去，"海豚行动"做的正是这样一件事情。

（来源：大宝专栏《智慧开启》，2011 年 9 月）

"海豚"该升级了

三年前，为了提倡创新，在万科物业规划了一个新的活动叫"海豚行动"。为什么叫"海豚行动"呢？因为海豚是最聪明的动物。

物业是一个劳动密集型行业，人员多而且分散，员工的平均学历较低，但日常工作操作性特别强，同时，还需要低成本运营。开展"海豚行动"的本意，就是我们相信千人之中必出韩信。在我们的基层，大家在日常作业以及与客户打交道的过程中一定会有层出不穷的好主意、好点子。我们希望"海豚行动"能够鼓励基层员工发挥主观能动性，发挥他们基于实践的创造力。

"海豚行动"设置了一个网页，任何员工有好主意都可以填写进去，如果他所在的部门认可这个建议，那么就可以将这个提案评为"白海豚"。如果这个创意得到提案所在的城市公司认可，就被评为"蓝海豚"。在万科物业年度总结会上，我们会在各公司的优秀"海豚"中评选一年一度的"金海豚"，在第二年会把评为"金海豚"的好点子在整个万科物业推广。经过几年下来，我们已经产生了超过 5 万项"海豚提案"，其中被员工所在部门采纳的"白海豚"有 19639 项，被员工所在公司采纳的"蓝海豚"1860 项，被总部采纳并全国推广的"金海豚"29 项。在这些"海豚提案"当中，就有成为物业行业第一项国家发明专利的 EBA 系统，有全国解决客户监督问题的"荣誉监督员"方案，有节省大量人力解决电梯对讲检查问题的对讲自动测试系统……优秀提案不胜枚举。"海豚行动"在推行多年之后，已经成为一种自下而上的企业微创新的机制，成为万科物业管理文化不可分割的一部分，在改善管理流程、工具和方法，提升管理效率，激发团队活力方面发挥了不可忽视的作用。

但是最近一个实际案例把我难住了。一名基层员工直接发邮件给我说他想创业，我的第一反应是我们有"海豚行动"啊，但是我突然又想，"海豚行动"支持员工创业吗？在这个难题之下，我竟然不知道该怎么办了，我是把他的邮件转给他所在的公司总经理，还是转给总部的职能部门呢？还是我自己去处理呢？似乎都不妥当。问题到底出在哪里？

我们身处一个科层制的组织，即便我们通过网页模式搭建了一个内部员工创新提案平台，但依然是科层制组织下的创新机制。比如"白海豚"就只能在部门里发挥作用，"蓝海豚"就只能局限在城市公司层面，而"金海豚"只能等待一年一度的总部评审，虽然我们曾经向《非诚勿扰》节目学习，对优秀"海豚提案"实行"金海豚""爆灯"模式，但那个"爆灯"过程也基本上是科层制的行政指令。

这也算是对上个月关于反思的一个回应吧。关于反思的结果，在这里可以跟大家做一次预告，万科物业明年的主题将会聚焦于用户体验。为此，我们会同时在公司内外部招募用户体验官。

（来源：大宝专栏《"海豚"该升级了》，2014 年 12 月）

4.4　跑步文化

关于物业系统开展中长跑运动的倡议书

万科地产系统开展自行车运动已经有一年多的时间了，而我也一直在思考——到底什么运动适合于物业？

首先应该是有利于健康且相对安全，其次是对时间、场地、器械要求低，最后则应适合于全员。其实按照这个标准去找，结论很简单且唯一，那就是中长跑。

但做出这个决定，我差不多用了一年的时间，因为有个不为人知的秘密：我个人从小到大在中长跑运动上从未达过标。而作为团队的带头人，如果我个人不参加，那岂不是一个笑话？

为了这份慎重，在过去一段时间里，我一直在尝试，尝试早晨跳绳、中午深蹲、晚上跑步。尽管还只能慢跑，尽管跑起来还会感到腿很累，但欣慰的是，我发现自己能够坚持下来，并且体重减了 10 斤。

终于可以点击发出这份倡议的邮件：每个万科物业人，每年跑步距离不少于 200 公里。

或许有人会问，为什么都要去跑步？为什么不能是其他运动，比如游泳？我的回答是，个人可以追求你所喜欢的运动，每个服务中心、公司也可以发挥自己所长，但作为物业系统整体，我们需要一项与物业文化相符的每个人都能参与的运动项目。

有没有发现，中长跑跟物业一样，需要耐力，需要坚持，需要积少成多，需要适应枯燥，需要控制成本，需要自己创造快乐……

如果你跟我一样，以前疏于此项运动，专家说可以从快走开始，至于速度，专家说安全速度就是自己可以跟自己说话，当然除了注意交通安全，还要注意膝关节的热身。一切都很简单，但其实也很难，因为循序渐进并且坚持才是此项运动的精髓。公司的 IT 部门在电脑上做一个小小的记录程序，大家只需要简单地登记每次跑步的距离和用时，程序会告诉你是否达标以及自己对团队的贡献值。

团队，追求志同道合；健康，属于你、我的身体，也属于我们的共同追求。

在奥林匹克运动的故乡——希腊山的岩石上刻着这样的文字：你想变得健康吗？那就跑步吧；你想变得聪明吗？那就跑步吧；你想变得美丽吗？那就跑步吧。

期待我们一起去创造每年 400 万公里的奇迹！

（来源：大宝专栏《关于物业系统开展中长跑运动的倡议书》，2011年 10 月）

跑步是一种生活方式，一种生活态度

2012 年 10 月 25 日，华盛顿的天还没亮，因为时差的原因我早早地起来，穿上跑鞋走出酒店，刚跑到路口就遇到已经比我早出来的北京公司总经理谢炜。我们正跟随中国物业管理协会在美国考察，而在团友中，我和谢炜每天跑步也成为大家的美谈。

一周前，打开内网"跑步计划"登记系统，自己的跑步总里程超过了 500 公里！

一月前，中山医科大学附属医院的体检报告显示——我的 BMI 指数趋于标准，"三高"、脂肪肝消失……

一年前，是多么艰难地做出这个决定，选择跑步对于过去的我来说，真的比登天还难，我记得自己在给全体员工的信中曾经写道"在2011年10月之前，自己甚至没有连续跑过1500米"。选择中长跑，是因为万科，因为万科提倡运动，地产公司可以去骑自行车，但这并不适合物业。思量再三，觉得中长跑既有益于健康，又易于执行，又与物业的文化切合，除了自己不太擅长。

从0到500公里，从首次连续跑2公里到随时不间断跑10公里，这是对自我的突破。如今跑步已经成为一种时尚、一道风景：每周二、四晚上要么在梅林办公楼下，要么到笔架山公园；到南京出差，会跟老聂的团队到玄武湖跑上一圈，到长春出差，会到净月潭氧吧跑个万米。生活中少了些觥筹交错，多了的是阳光、是汗水、是跑后大家一起的微笑。

虽然我不能取得像郁亮那样45分钟的好成绩，虽然我不能像周清平那样参加多次马拉松赛事，但我欣慰地看到是一批万科物业人在奔跑：270万公里。在这一年，除了我，还有很多人也在践行并表率着这样健康的生活方式：我们的总经理跑了9045公里，我们的管理层跑了11568公里，我们的部门负责人跑了11万公里……是自我的坚持，更是团队的推动；是个人的意愿，更是企业的成全。

有人说，是我的号召，或者说是我的"政治任务"推动了万科物业的跑步运动，但我要说，真正要感恩的应该是万科物业。

是因为万科物业，我才有了跑步的计划；是因为团队那2万双眼睛，我才必须要坚持下来；而如今，跑步已经成为我生活中的一部分。一年的时间，因为这个队伍，因为万科物业，我有了属于自己的500公里，我有了一个越来越健康的身体！

这年月，有人选择发大财，有人选择干大事，但并不是所有平台都能给予你一种健康的生活方式。

在跑步一周年之际，我要感恩万科物业！万科物业给了我一种生活的态度，一种生活的方式。

接下来的里程，邀你继续同行！

（来源：大宝专栏，原文标题《跑步一周年，感恩万科物业》，2012年10月）

4.5　质量文化

品质部经理

可能是因为"品质部"这三个字的原因吧，我们在把品质部的工作越做越窄，这让我们忽视了做品质工作的本质。品质管理其实就是质量管理，而质量管理工作与行业是没有关系的，如果认为品质部所做的工作等同于物业管理，那就大错特错了。上海公司的四季食堂、成都公司在试点的居家养老业务同样需要质量管理。无论是ISO9000、六西格玛还是其他质量管理工具，都是制定标准、执行、检查并发现问题、纠偏修正，都是戴明环的衍化。汽车行业、餐饮行业、居家服务都是这样，只是看我们做得有多深。

做质量管理要有科学性。某种意义上说，我们引以为豪的"不丢自行车""草坪如地毯""地上无烟头""泳池水能喝"等，这些不是质量管理，只能叫营销。我想问一下各位，我们的项目没丢过自行车吗？但正因为我们说了这句话，丢了自行车，我们反而可能产生信息瞒报的想法。比如垃圾桶管理，我们检查的时候是否对垃圾清运的记录进行分析，还是仅针对垃圾满桶进行了批评。质量管理不能只看结果，它更是一个过程管理，质量记录不应仅限于记录，还需要对质量记录进行分析，如果我们把质量管理做到这个程度，质量管理就不是增加成本而是减少成本了；我们的品质部经理除了做物业管理，也还可以到其他行业做质量管理部经理了。如此，就不会有人说品质经理是公司经营最大的障碍了。

历史赐予我们从事物业管理的机会，也因为我们的努力在这一次生意机会中赢得了顾客的信赖，从而客户也会对我们产生新的需求，比如家政、食堂、团购、居家养老等。做物业管理，我们需要客户满意，做这些新的行当，我们仍然需要顾客满意，因为这是任何想持久经营企业的必需。要达到顾客满意，其背后必然要有稳定的工作程序，这就是质量管理，这也是对品质部经理的期望——可以适应公司业务延展后的质量管理。

我也知道，满意度调查正在被"妖魔化"，有的同事为了让客户说好，选择的方式不是去重视基础业务，而是靠赠送资源。调查方法当然可以检讨，但靠投机取巧让别人说好的，也必将会被淘汰。

（来源：大宝专栏《品质部经理》，2011 年 7 月）

新媒体时代的质量管理

过去的一年，除了更名升维，万科物业还先后经历了多起大众传播事件。品牌形象弥足珍贵，这些大众传播事件，让我们越发明白，在新媒体时代需要相匹配的质量管理。

对于好企业而言，坏消息才是新闻。以苏州项目"日本物业进驻，万科物业撤出"消息为例，该消息并非真实，却被传播得很广，甚至还有人故意制作东拼西凑的抖音视频。

新媒体时代，传播主体多元易裂变，意见领袖推波助澜，各类"扒粪运动""人肉搜索""病毒式传播"以及"吃瓜心态"都能让坏消息快速扩散和放大。新媒体时代，从人找信息到信息找人，算法会让传统意义上点状的缺陷迅速成面。如果大企业、好企业依旧采用过去的媒体环境下通常采用的重点沟通、"灭火"的套路，很容易陷入疲于奔命，最后还是得到品牌受损的结果。2020年的宁波锦旗事件，其传播力不可小视，尽管其处理过程可以算作公共关系领域的经典案例，但新媒体时代的下一个锦旗事件随时都可能发生，而经典应对不会常有。

六西格玛管理（Six Sigma Management）曾一度很流行，被视为一种近乎完美的质量管理哲学，它通过以统计学角度看待客户需求并对客户期望的满足进行定量评估。"西格玛"表示的是"标准差"，六西格玛对应的无缺陷率是99.99966%，即百万次操作中存在3.4次缺陷，可视为无缺陷，二西格玛对应的无缺陷率是69.1%。这种概率的正态分布刚好符合乘数原则，多个有意义的流程叠加可以降低缺陷率。再看去年年底发生在广州的催费视频事件，按95%收缴率计算，万科物业服务约400万户家庭，大约有20万户当年未缴物业费，而5/1000000的缺陷，已经很接近六西格玛了，却因为一则视频使得30年积累的品牌受到影响。

随着万科物业回归精工住宅物业服务，我们建立起网格管家—合伙人—区域质量与前介中心—数字运营中心四级质量督导，与首席客户官一起固本强基。整个系统正在迭代，数字运营中心通过线上途径，远程扫描和跟踪服务质量，识别异常；质量与前介中心开展系统的检查与监督；阵地等前端经营体以及管家实时自检，及时发现问题和解决问题。

在质量管理方面，早在 1996 年，万科物业就是国内同行业中第一家通过 ISO9000 国际质量管理体系认证的企业。质量体系可以指导和促进企业的科学、规范、全面地管理，ISO9000 的缺陷管理却已无法应对新媒体时代的快传播，在新媒体时代的"放大镜"和"加速器"下，问题可能在被发现前就已经传播开来，所以必须把一些问题变成零。要实现这个目标，未来十年只有加快系统性迭代，通过机器＋人，系统性地解决问题。

未来希望"让科技驱动空间"，而不仅仅是应用科技。在这个迭代的系统中，科技是底座。此前我们说要将在住宅物业领域实现的 BPaaS 服务在各空间服务子品牌全覆盖，要携手行业共走高品质服务之路。BPaaS 的定义是什么？其实就是"标准流程软件化"。在 BPaaS 的基础上，基于数据做分析、改善，再运营。在流程再造中，周期性工单、临时性工单都不复杂，而即时服务的数据化以及 100% 监控才是最难的。滴滴在几次恶性事件后，对乘客以及车内行为实现即时服务 100% 监控。

老万科物业人都有质量意识，有质量文化。质量意识是如何用管理质量的方法，尽可能少出错。质量文化是减少缺陷率的文化。站在业主的角度，我们说一个小区很安全，破案率很高，和说一个小区很安全，案发率为零，显然后者更让业主认可。

从传统媒体时代的中小规模网络，到互联网时代的复杂网络和社交媒体时代的跨平台混合网络，个体从信息的单向接收者，转变为双向收发者，每个人都是自媒体。再到人工智能时代的人机混合传播网络，除了人本身，大量机器化的节点在对意识和意志进行有意图的表达与病毒式传播。算法机器人成为效率更高、定向更精准的信息传播者。

应对传播领域的科技力量，质量管理必须迭代，通过科技驱动空间，以机器＋软件＋人降低服务触点的不可控性，同时也降低物业管理的复杂门槛，让不怎么懂物业的人都能管好物业，我们才算真正突破了管理的边界。

（来源：大宝专栏《新媒体时代的质量管理》，2021 年 2 月）

下篇

服务历久弥新

● 第五章

不变的服务精神

（从万科物业到万物云，30多年的变与不变。变的是不断增长的体量，不断拓宽的边界，不断发展的业务。不变的是服务精神，是品质精神，是人文情怀。）

5.1　服务精神

我骄傲

随着赵本山离开春晚舞台，2013年春晚的小品呈现了"城市化"趋势，而物业服务作为城市发展过程中一个重要角色，被多次呈现在春晚舞台。如果要评选今年春晚流行性话语，我相信，那句带着浓重方言口音的"我骄傲"，一定会榜上有名。

的确，就在除夕之夜，当业主合家欢聚、把酒言欢时，万科物业一共有9551名基层员工仍坚守在岗位，他们要监控设备更要严防死守因烟花爆竹而可能带来的火灾，我骄傲。

北京物业公司在微博上发布了以"家很远，幸福很近"为主题的系列微博：

小区的客服管家以非京籍人员居多，为了让辛苦一年多的同事能够回家过年，公园五号项目的北京女孩儿徐星雪主动提出在节日期间值班，为此，她需要连续上14天班，她说，"自己也是妈妈的女儿，深知过年不能回家的滋味，让外地同事回家过年团聚她很开心"。

于晨，北京房山女孩，北京假日风景客服助理，今年除夕在幸福驿站值班，今晚已经给业主家送了第九桶水了。"大过年的，大家都挺忙，我一个人可以送。"

西山庭院维修工吉振江和安全班长夏勇来到项目已经2年了，从小伙变成了孩子的父亲，他们孩子出生2周就返京工作了，甚至还没有跟孩子合影，除夕夜，"我们为两个爸爸跟孩子PS一张合影吧。"

郭冬，北京青青家园助理经理，11年司龄，第四次春节岗位值班，大年初一，郭师傅"亲自下厨为兄弟们煮饺子"。

看到这些，我骄傲。

春节前，物业事业部员工关系专员"有瓣儿"走访了北京、天津、青岛、厦门四个城市15个项目，重点了解了基层员工的住宿环境和就餐环境，最后得出了结论：仍有大量宿舍设置在地下室，且宿舍配置与就餐环境"参差不齐"。

一碗饭只是填饱肚子的粮食，但关心饭的冷热与搭配是爱；一张床只是个睡觉的木板，但关心站岗一天的同事如何休息是爱。员工需要的是爱。

这些天，华东地区又降暴雪，作为万科的高管，当我看到因为清雪及时，万科物业得到业主的褒奖，我骄傲；业主们也会说，有万科物业，我骄傲。

但是，我最想听到的还是我们基层员工大声地说出来：我在万科物业生活、工作和学习，我骄傲；我在万科物业有好环境、好班长、好发展，我骄傲。

你因员工骄傲，从让员工因你骄傲做起。

（来源：大宝专栏《我骄傲》，2013 年 2 月）

高温与房价

最近房价在降温，天气却在升温，高温热浪席卷南北。5 月 30 日一早，我就收到北京万科地产总经理毛大庆发给谢炜（北京万科物业总经理），抄送郁亮（万科集团总裁）、陈玮（万科集团首席人力资源官）以及我的一封邮件，内容如下：

北京酷暑高温，昨天一天收到 17 条客户发的信息，摘其一条分享："一辈子当一次万科业主是幸福的！ 41℃烈日下，保安都这样恪尽职守。万科是怎么训练员工的？毛总，请您一定要体贴他们！真的是可爱的人。"

我常想，什么是我们这份工作的成就感？莫过于此吧。——大庆万科地产、万科物业的管理人员也在行动，绿豆汤、电风扇、凉茶，在无法改变室外作业环境的同时，尽己所能让员工在岗位上安全、安心地工作。

过去 20 年，万科物业打造了一支吃苦敬业的团队，树立了令人称赞的口碑，并辅佐万科地产的销售额一路高歌。万科物业的口碑难道只兑现在万科地产的销售额上吗？当然不是！

5月29日，我向万科的投资者提供了一份首次披露的数据——在年代、位置、容积率相仿的情况下，近七成万科楼盘比周边楼盘二手房价高，在楼龄十年以上的楼盘中，更是超过八成的二手房价高于周边社区。物业管理是个用时间说话的行当，时间告诉我们，差的物业管理是要钱不要命，好的物业管理则是百万房价保值增值的有力支撑。

天虽然越来越热，房价却要降温，好的物业管理的价值会在这个过程中越来越突显。

30年铸就了一个物业行业，这个行业辅佐了房地产的蓬勃发展，这个行业保障了业主的社区生活，这个行业帮助资产保值增值。而同时，万科物业一直在努力的是，如何让这个行业的员工能够得到工作价值的兑现。今天是六一儿童节，我的同事李高峰一定很高兴。他在深圳万科物业做了八年的安全员，上个月终于可以回到自己的河南老家，在万科物业设在郑州的公司工作，虽然他今天可能还在加班，但毕竟这是他离孩子最近的一个六一节。

（来源：大宝专栏《高温与房价》，2014年6月）

千磨万击还坚韧

最近几天，朋友圈里除了万科股权新闻，还有一张业主转发的照片让我颇有感触。

佛山突降大雨，为了守护业主财产，这位才入职万科物业4个月的小伙杨辉拿着挡水板冲在了最前面，因为沙袋稍后才运到，小伙子情急之下便用自己的身体挡住了挡水板。

又是七月，暴雨来袭，坚守不改，我要感谢像杨辉一样在一线坚守的万科物业人，你们守护的不仅仅是业主的资产，还有我们一直传承的精神和文化。

一个人的行为高尚，我们可以称他为楷模，一群人在一起的共识和一致的行为，我们称之为文化。

当下之于万科物业团队，踏踏实实做好客户服务工作，守土有责，业主对团队的信任才是无价之宝。

正如郑燮的诗所言：咬定青山不放松，立根原在破岩中；千磨万击还坚韧，任尔东南西北风。

（来源：大宝专栏《千磨万击还坚韧》，2016年7月）

纪念朱庆利君，让"凤梨精神"永流传

今天国庆节放假，在家里赶稿子写"有瓣儿"文章，在一个几万人的组织里，不能认识每个人，但希望可以通过文字与大家彼此更熟悉。这个习惯已经坚持了六年。

过去一个月发生太多大事，从万科32周年司庆到万科物业睿服务3.0发布，但我最想追忆的还是永远离开我们的员工朱庆利。

时已入秋，上海万科蓝山小城的蔷薇花，已经落尽。但蓝山小城的业主们还记得，那个给他们挨家挨户送蔷薇花的管家"凤梨"。

"凤梨"本名朱庆利，在上海万科物业13年了，一直在基层工作，今年3月开始在蓝山小城做管家。9月16日那天，他在帮业主看屋面时，不慎从梯子上跌落，后因医治无效，永远离开了我们。一位业主发朋友圈说："我呆呆地看着你发的最后一条朋友圈，只恨时间无法回去。"一篇称他为"身边这个好男人"的公众号文章，更是传遍大江南北。好评如潮的追忆，伴随的是扼腕叹息之声。这让我更了解朱庆利，更了解我们基层员工与客户的情谊。

从事朱庆利这个岗位的基层员工，在万科物业有超过2000人，他

们的工作平凡、琐碎，业主有什么事都愿意第一时间呼叫管家。随着移动信息应用的进一步普及，管家跟客户的连接更加超越了时间、空间的边界限制。从业主的回忆中，几乎所有人都有一个共识评价"跟小朱说过的事、发过的信息，他总能快速响应、快速解决"。

万科物业告诉每个人员要"四铭记"：

我是眼睛，随时都在发现问题；

我是耳朵，随时都在倾听客户的声音；

我是嘴巴，会把需求和问题快速传递；

我是手，力所能及的事马上处理。

这"四铭记"在移动信息传递的今天，更显重要。我觉得朱庆利就是"四铭记"的践行者，他更用自己的生命把"员工四铭记"升华为"凤梨精神"。"凤梨精神"朴实无华——就是把客户的事当回事，快速有效地解决服务需求。

为纪念朱庆利，公司在国庆前做了两个决定：

1. "凤梨"这个微信号将永远保留，并将继续为客户服务，我们希望"凤梨精神"永传承；

2. 公司将发出第二枚知更鸟金质勋章授予朱庆利，我们希望能留给他的孩子作为纪念，希望爸爸的精神能够影响她的一生。

备注：万科物业第一枚知更鸟金质勋章发给了2015年天津滨海爆炸事故时万科物业现场指挥官赵大志。

人死不能复生，但人的精神会一直流传。

走好，本家庆利。

（来源：大宝专栏《纪念朱庆利君，让"凤梨精神"永流传》，2016年 10 月）

"凤梨精神"永传承

一晃儿，庆利兄弟离开我们已有两年了，听上海万科物业的同事樊长运说，他们刚去庆利家看望过他女儿。

两年前的一天，上海万科蓝山小城刚经历完一场暴雨的洗礼。忙了一晚上排水的管家朱庆利，在帮业主看屋面时，不慎从梯子上跌落，因医治无效，永远地离开了我们。万科物业把当年的"知更鸟金质勋章"授予朱庆利，由上海的同事把勋章转交给庆利的小女儿。

朱庆利的离去，让业主们扼腕叹息。一些业主追忆，"跟小朱说过的事、发过的信息，他总能够很快响应、快速解决"，有的业主发朋友圈说"只有悲伤，不再有你"。

为了纪念庆利，公司保留了庆利的工作微信"凤梨"，并由管家学院每年组织一次"嗨，凤梨"管家系统客户服务事迹分享大赛。上周五，第二届管家服务事迹分享决赛在深圳万科物业梅林总部圆满落幕了。这不仅是一份纪念，更希望将用心做好客户服务的种子播撒到更多人的心中。那场意外，朱庆利用自己的生命将万科物业的"员工四铭记"升华为"凤梨精神"。

我是眼睛，随时都在发现问题；

我是耳朵，随时都在倾听客户的声音；

我是嘴巴，会把需求和问题快速传递；

我是手，力所能及的事马上处理。

我在决赛现场，听到长春管家王笛讲述她帮助一位痴呆症老人找到家人的故事，"明天，奶奶就会不记得我了"，我的眼眶一下子湿润了。而过去2个月80余场的分享，1000多个朴实而动人的服务事迹的涌现，我相信听众也会跟我一样，无法保持自然状态听完全部的故事。

杭州春漫里的管家黄阳春，关爱独居老人董老师。当董老师没有像往日一样给自己发消息，电话又联系不上时，焦急的黄阳春，第一时间冲到董老师家，用力敲门，直到董老师打开门看到黄阳春焦急的脸庞，董老师感动地说："我女儿都没有这么关心我，没想到一个物业管家这么把我放在心上。感谢万科物业有这样的贴心管家！"

长沙的管家李弘扬，为让怀孕期间的张太太静心休息，不遗余力地同18位广场舞阿姨一一沟通，克服种种困难，最终感动广场舞阿姨，促使她们答应更换场地。当凌晨接到电话，得知张太太要生了，李弘扬第一时间拨打120，通知指挥中心，赶往业主家中握住张太太的手："不要怕，我们会陪着你一起迎接宝宝！"婴儿的啼哭打破了沉重紧张的气氛。张先生激动地抓着管家的手说："你们就是我孩子的恩人呐！"

这样的故事很多很多，多到充满管家工作的日常；这样的故事很小很小，小到它们很少被人看见。这样的故事也很暖很暖，透过它们，我们看到一颗颗坚定善良而有责任的心，把客户的事当作自己的事。这每一个故事，也都在告诉我们："凤梨精神"，没有因为时间的流逝而褪色。相信在全国，凡是万科物业管家服务所能触达的地方，我们的"小黄人"，都会用自己默默无闻的行动对"凤梨精神"做出最好的诠释与传递。

人这辈子最重要的财富，不是物质金钱，而是"信任"二字。我们的管家每天跟 500 余户的家庭相处，或在社区、或在微信里与他们 24 小时相连在一起，节日到了共同庆祝，困难来了冲在最前，这个过程中所建立起的信任关系将是管家一生中最重要的一份财富。

今年万科物业把朴邻的经纪人定义为"资产管家"，而我们物业项目里的管家就是"生活管家"，我们不论开展什么新业务，排在第一位的永远是客户与公司之间的信任关系。正是生活管家们在每一天、每一分钟、每一个触点的服务中，构建与维系着这份珍贵的信任，才成就万科物业的品牌，才能成就新的服务。

今天得知，现在上海蓝山项目使用"凤梨"微信号的管家叫何灯攀。庆利当管家期间，何灯攀是当时的安全班长，回忆起"凤梨"庆利，灯攀的评价是"很专业，很用心"。何灯攀说，现在去业主家时，还有业主会提起朱庆利，可以看得出业主对朱庆利的认可与怀念。当我们问何灯攀，接过"凤梨"这个接力棒，有没有压力时，他说：压力也是有的，不说一定要比上一任"凤梨"做得好，但不能做得比他差，不能让业主失望。我想，这份发自内心的使命与承诺，是对"凤梨"最好的铭记。

感谢万科物业每一位管家在日常工作里的辛勤付出。我相信，因为你们的"四铭记"，我们一定会同业主建立并维系好这份心与心的信任，这份"凤梨精神"也会在你们的一言一行中永远传承下去。

（来源：大宝专栏《"凤梨精神"永传承》，2018 年 11 月）

向职业精神致敬

"八一建军节"，朋友圈集体向军人致敬。致敬的是军人无条件的忠诚，致敬的是军人无条件的服从，致敬的是军人随时为保卫国土做出牺牲的精神。而这些"无条件精神"，只因为他（她）是一名军人。

最近有一部电影《泄密者》，电影里有两位警察，一位因工作而离婚，一位因工作而缺席自己的婚礼；电影里还有两位记者，一位因曝光事件而失去生命，一位历经风险终将事件曝光。因为他们选择了一份职业，他们因职业精神而被尊敬，但他们也因职业而失去很多个人生活。

还看过一些不知名的电影，印象中一部讲述高压电线养护工，还有一部讲述的是山火消防队员……影片讲述的是一些真实的故事，而影片中那些生命的付出让人们对那些不熟悉的职业而致敬。当我们看国家地理、动物世界时，会想到那些摄影师常年与家人分离而泡在热带雨林、非洲沙漠吗？他们在用孤独的时间和生命风险守候我们看到的精彩瞬间。

我们要致敬职业精神。我们致敬医生，因为选择这份职业就选择了随时待命、救死扶伤；我们致敬警察，因为选择这份职业就选择了高风险，与家人聚少离多；我们致敬教师，因为选择这份职业就选择了三尺讲台燃烧自己……

而我所从事的行业，我们的职业精神是否被致敬？

物业是一个 24×365 的行业，业主的假期与家庭团聚恰恰是物业人工作最忙的时候；这是一个要面对酷暑严寒，始终要守护千家万户的行业；这是一个面临暴雨台风，不会退半步的行业；这是一个为保护客户财产，在灾难面前选择"逆行"的行业……

同样，这个行业是否被致敬，还取决于很多"悬崖边缘"的地方。

客户信息是否被保护，是否被买卖交易？客户看不见的地方是否被维护，是否偷偷地省去成本？客户是否清楚物业费的支出、物业费外的收入？面对违章建筑举报时，是否禁得起那一份红包的诱惑？面对外来经营者，维护秩序时是不是会"吃拿卡要"？

我们没有军人守卫国土安全那么伟大，我们没有医生、教师那样需要严苛的教育背景，我们没有消防员那样时刻面对风险。

我们这个行业值得致敬的是默默无闻，是把服务做到润物细无声，是面对小恩小惠时的"诚信礼廉"。客户的信任就是向物业行业职业精神最有力的敬礼。

这个行业没有那么炫，这个行业的魅力就在服务点滴之间。

致敬中国人民解放军，致敬中国物业行业从业者。

（来源：大宝专栏《向职业精神致敬》，2018 年 8 月）

5.2 服务理念

13年传承终到今天，普庆朴里，友邻有你

当街灯越来越繁华，当街道越来越拥挤，我们从平房大院搬进了高楼大厦，曾经的邻里之情却被钢筋混泥土所区隔，院落里的欢声笑语和黄昏时飘着的缕缕饭香，也只能留在了记忆深处。

如何让社区和邻里重新焕发活力？如何不让高楼区隔了情谊？作为离社区最近的服务者，万科物业告诉自己，不要做旁观者。自 1990 年服务第一个项目以来，万科物业始终以开拓者的姿态，为营造文明礼让的和谐社区而努力。为此，我们不仅提出了"安心、参与、信任、共生"的社区幸福观，还在 2003 年首次举办了"万科社区 happy 家庭节"，这一办，就是 13 年。

万科社区happy家庭节

记得那一年，徐大姐离开住了 23 年的单位宿舍，搬进了成都万科城市花园，陌生的环境让她有些不适应。在我们的邀请下，徐大姐参加了第一届 happy 家庭节，一场时装秀收获了许多好朋友。后来，儿子大了、要结婚了，好多邻居都来帮忙。记得那一年，无锡万科家园 240 位业主、超过 100 户邻居和 20 名韩国租客，带着自己的拿手好菜赴"百家宴"，小区摆满了 22 桌，大家围成一团，其乐融融。记得那一年，青岛"最强老爸"趣味环节，场上爸爸们"你追我赶"，场下孩子们嘶声呐喊……后来诞生了"邻里公约"，还有了外部机构的赞助支持。13 年来，我们一起将一段段美好的邻里记忆，定格在时光深处。

13 年过去了，我们的生活方式在变，我们的主题每一届都不同，参与的社区也从首届的不到 60 个增长到如今的近千个，但唯一不变的是我们对幸福社区的追求。社区是家的集合，幸福社区的标志之一就是家与家的和谐。万科物业的愿景之一是"社区和谐环境的营造者"，我们希望除了对建筑物的打理，更为大家打造一个和谐的社区，使之成为家人休憩的港湾。

2015 年，对万科物业来说是特别的一年，睿联盟成立了，几十家物业公司加盟，近百万新业主加入，我们也对 happy 家庭节做了升级，在全国睿联盟社区创造了一个专属于邻里的新节日——朴里节（音译 Please Day）。

2015年9月27日第一届朴里节

根据睿联盟社区的联合倡议，自 2015 年起，9 月的最后一个星期天设为朴里节，在这一天一起说"邻居你好，Yes Please"。古者择居，唯邻是卜；今人共襄，朴里之情。"朴里"意味着最本真、朴实的邻里关系，是中国五千年传统文化的美好愿景，我们希望，不论是万科地产开发项目的业主，还是非万科地产开发项目的业主，都能体验到物业服务之美好，都能体验到最美好的邻里之情。

13 年传承终到今天。2016 年 9 月 25 日，朴里节又将如期而至，普庆朴里，友邻有你。

昨天，一位同事告诉我，深圳黄埔雅苑项目自万科物业进驻后，业主开始惜售了，大家不愿意换房了，自然二手房的价格涨幅也超过了同区其他项目。听到这个消息，过去几个月的压力稍释，也让我有了一丝轻松。

（来源：大宝专栏《13年传承终到今天，普庆朴里，友邻有你》，2016年9月）

对不起，关于冬天我们做得还不够

我要诚恳地向大家表示歉意，为大家克服的种种困难，为相关保障的不到位。

上周，北京普降大雪，迎来了30年以来最冷的一周。据气象专家判断，今年，受北极冰融变化和"拉妮娜"影响，冷冬将是大概率事件。

如何面对冬季天气，已成为物业行业的一个常态话题，但如何做得更好，万科物业人一直在努力。上周北京普降大雪的时候，万科物业人就给业主们送了个小惊喜。项目上的同事给业主的门把手装上了毛线手套，让早起工作的业主们，不再一出门就直面"这个世界的寒意"。有业主发帖称，"万科物业已经温暖到'丧心病狂'的地步了"。

但相比对业主的温暖，我们对员工的温暖做得还很不够。比如去年我们因为总部考虑不周，只为睿服务管家配备了工装，冬天的时候，许多北方的员工就自己想办法来克服各种困难，大家在工装外再套上大衣或者羽绒服来御寒。但即便条件艰苦，"送温暖"的时候大家还是会优先业主，前文所述的门把手上装的毛线手套，就是管家和同事们一针一线织出来的。

另一方面，对于员工的关怀和保障，也常常有落实不到位的地方。冬季来临后，在"有瓣儿"上关于饮食的投诉多了起来，有员工反映个别项目，按规定提供的夜宵竟然是方便面。

在这里，我要诚恳地向大家表示歉意，为大家克服的种种困难，为相关保障的不到位。针对日渐寒冷的冬天，我们将立刻开展如下行动：

1. 总部下发相关通知，要求各城市公司、各项目保证物资、饮食等供给，做到保障有力；

2. 大家遇到任何保障不力的情况，都可以通过"有瓣儿"反馈；

3. 总部人力资源部门协同各城市公司，一起做好保障工作。

附言：冬季隐患增加，一切操作都要按照规范和制度执行，安全第一，切记切记！

（来源：大宝专栏《对不起，关于冬天我们做得还不够》，2016 年 12 月）

电影《萨利机长》观后感

最近看了部电影叫《萨利机长》，深有感触，跟大家分享。《萨利机长》是一部根据真实事件改编的电影。2009 年 1 月 15 日，全美航空 1549 号航班起飞两分钟后遭到飞鸟撞击，两架发动机全部熄火，机长萨利选择在哈德逊河上迫降，机上 155 人全部生还，堪称"奇迹"。

不过影片没有将重点放在"奇迹"的塑造上，而是围绕"奇迹"发生后美国国家运输安全委员会（NTSB）对萨利的调查展开。NTSB 最初的调查认为，电脑模拟和人工模拟均显示萨利操作存在失误，他完全可以按照指示降落在附近机场，而不需让所有乘客面对迫降河上的巨大风险。虽然影片最后萨利机长成功为自己辩护，证明其操作是最佳选择，但相信很多观众还是很困惑：萨利拯救了机上的所有人，全美上下早就掀起了一场"学习萨利精神"的热潮，NTSB 为什么还要调查他？

NTSB 是在没事找事吗？答案当然是否定的。航空是一个对失误零容忍的行业，每一个小误差带来的都可能是巨大的生命和财产损失。正所谓"情感的归情感，数据的归数据"，NTSB 的调查不仅是为了搞清楚迫降哈德逊河是否是最佳选择，更是为了在一次次事故中找寻真相，为下一次飞行提供更好的数据。

这个故事对我们物业人是一个很好的提醒。在一线，我们也常常要面对各种安全和质量事故。人性是趋利避害的，面对事故大家更习惯于自我辩解。但不妨抛开情感因素向 NTSB 学习，理智地多追问几个问题，事件发生时的操作过程是否合理合规甚至无懈可击？事先制定的规章制度，是否能够完美对接实践？

从本质上而言，事后调查和数据分析的意义更在于归因，而非追责。只有像 NTSB 一样事无巨细找出事故发生的原因，才能够收集有效数据指导于实践，避免在同一个地方跌倒两次，将事故减到最少，将风险降到最低。安全无小事，质量无止境；"数据"为王，警钟长鸣！

（来源：大宝专栏《电影〈萨利机长〉观后感》，2017 年 3 月）

从"让客户感到有面子"想到的

基础物业服务换来的是认可，是本分；增值服务带来的是幸福，也就是所谓的惊喜满意度。

10月初，我给同事们分享过一张图片，南京光明城市的业主成先生在住这儿APP上发帖：朋友开车送他回家，下车的时候不巧下雨了，项目上的员工主动为其撑伞，得到了车上同住南京、但非万科物业小区的朋友们的一致赞扬，这让业主感觉"脸上争了光"。

在这之前，上海人力资源部采访了项目上一位10年老员工，问了一个刁钻的问题：如果有一天离开万科物业，最舍不得的是什么？这位员工的回答看起来出乎意料，却也在情理之中，他说，虽然也舍不得公司、同事，但最舍不得

的还是服务多年的业主们。"舍不得业主"的心声，正是诸如南京光明城市这样的案例不断涌现的基础。

我们一直说，物业行业的本质是对物的打理，最大化为业主的资产保值增值。然而，在"保值增值"的背后也还有各种附加价值，能让住在小区里的业主感到有面子就是其中一种。基础物业服务换来的是认可，是本分；增值服务带来的是幸福，也就是所谓的惊喜满意度。让客户"感到有面子""舍不得业主"，才能够让客户自发地表扬，才会带来好口碑。只有持续超越客户预期，口碑才能够持之以恒。

因为公司有要求，不能收业主的红包，遇到让业主感到有面子的、舒心的、暖心的事情，业主们常常会选择锦旗、表扬信等传统方式给予我们工作以肯定，项目上的人都知道，这个时候最高兴。正如成先

生所说，这样的行动，不仅为业主"争了光"，更为万科物业的口碑"添了彩"。

最近，我让"有瓣儿"开通了"一封表扬信"栏目，每期收集来自各个项目的 5 个被表扬的小故事。"独乐乐不如众乐乐"，虽然每一件事都是"小事"，但公司想用这样的方式告诉大家：1. 客户口碑无小事；2. 好的做法应当被表扬和激赏，让每一个同事都看到；3. 好经验可以分享、复制，只要用心，每一个人都可以做到。

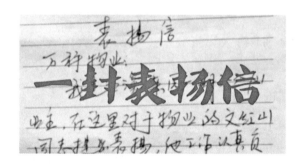

（来源：大宝专栏《从"让客户感到有面子"想到的》，2017 年 11 月）

故宫管理启示录：单霁翔管理故宫的客户视角

去年 12 月，故宫博物院院长单霁翔先生获得了"影响中国"2018 年度文化人物。在此之后，单院长对故宫进行改革的事迹被广泛报道。我看后，深有感触，在这里跟大家做些分享。

早些年去过故宫的人，大概都会有着这样的切身体会：在午门广场，要想通过正规渠道买一张故宫的门票，可能要排几百米的队，等上一两个钟头，等排到时，已汗流浃背，好心情被破坏殆尽。早些年，每到"五一"和"十一"假期，网上总会爆出各大景点人山人海的图片，故宫常常首当其冲。有人夸张地说，去了趟故宫，连地面都没看到，只看到人头。

对于这些长期困扰观众、严重影响观赏体验的问题，单院长在上任伊始，就花大力气去解决。

为帮观众节省买票时间，故宫很有诚意地开设了 32 个窗口，加大网络购票的力度，增加快速售票的设备。

如今，3 分钟内买票"进宫"已成为常态。

为了让观众更有尊严地参观，单院长下决心对故宫采取限流。他认为："如果一场文化之旅，最终变成人挤人，后面人看前面人的后脑勺，这是对观众权益的损害。"

如今，故宫每天接待观众不超过 8 万，人们的参观变得从容不迫、更有深度和尊严。

6 年前，故宫的休息专座很少，人们走累了，只好找个石头、台阶或栏杆将就着坐下。单院长看不下去了，当即决定增设结实、舒服，与周围的环境协调且方便打扫的座椅、树凳。

如今，观众在故宫各处都可以有尊严地休息了。

早前，故宫还有一大"奇景"——女士洗手间总是排着长队，这一问题也曾让故宫饱受诟病。为了彻底解决这一痛点，单院长带领团队进行大数据分析，得出"女士的洗手间应是男士洗手间数量的 2.6 倍"的结论，进而立马优化卫生间配比，系统地提升洗手间环境。

如今，单院长风趣地说："欢迎大家来故宫参观洗手间。"

买票排队、游览人多、体验糟糕，这些常年困扰观众，甚至逐步将故宫推向观众对立面的难题，终于在单院长上任后，一一得到了有效的解决，为故宫赢回公众的认可与赞誉。

单院长是大家，我们看到单院长治理故宫的手法，恰恰不是"硬碰硬"。即便像故宫这样古老神秘、深邃高冷的地方，一旦开始站在观众的视角思考问题，一旦想着为观众服务时，便立马体贴亲切、高而不冷起来，许多棘手、令人头疼的问题，也迎刃而解。

单院长一语道破："我们要重新审视一切工作，究竟以自己管理方便为中心，还是以服务对象观众方便为中心？以自己管理方便为中心，就会设置很多人们不舒服、不方便的措施；而以观众方便为中心，过去几十年的一些措施可能要重新审视。"

单院长的话启示我们，有时我们要以"外行"的视角来审视"内行"，用客户视角纠偏管理视角。

上周，公司 CS 事业部在规划数字物业工作时，列了许多美好的、要做的事情。其中有一条说，给"三保"员工及其工具设备做定位系统，我一看就着急了。我说，这么多年，4 万保洁员都没定位系统，不是照样在开展工作吗？我们与其付出高昂的成本达到方便管理的目的，为什么不优先去做成本更低，更能赢得客户认可并且有利于业务改善的事情呢？比如先把保洁的评价系统做好。所谓的业务闭环，不就是我们给客户提供一样产品或服务，然后听客户给我们的反馈，再去不断迭代优化的吗？我们能否在楼道里放个二维码，鼓励客户对保洁服务做出评价，让这些评价和物业费的减免挂钩，和保洁员的薪酬绩效挂钩，从而提高保洁质量，提升客户满意度呢？

当年乔布斯重回苹果时的任务是卖好电脑，为了卖电脑，尝试卖电影，但带宽不够，又迭代到了卖音乐，但电脑不能让音乐随身，于是有了 iPod。这些都是围绕客户需求而做的。

总之，当我们选择对行业做出改变时，等待我们去做的事情很多。但如果当在先做什么、后做什么的问题上存在困惑时，请大家务必记得从客户视角出发，来发觉工作中的"第一性"。解决客户的痛点，应当是我们工作中第一之所在。

不论是变革还是创新，都如同故宫一样深邃，但从客户视角思考并行动，一定会是这片迷雾中的灯塔，不但给我们方向，更给我们勇气与信心。

（来源：大宝专栏《故宫管理启示录：单霁翔管理故宫的客户视角》，2019年3月）

蹲下来，才能看到孩子的世界

准备六月文章，主题定在"儿童"，而5月31日就看到一则内部投诉：小孩在大堂玩耍时受伤，要求物业赔偿，现场同事认为自己无责，投诉升级，分管老总参与处理……

在物业服务中，视角也很重要。随着城市化的进程加快，社区环境已经是城市中与儿童关系最为密切的户外环境了，但是我们很多时候都还在以成人的视角来营造着安全环境。

游戏是儿童的天性，"熊孩子"又很多，虽然良好的户外活动能够促进儿童的健康成长，但是他们攀爬、跳跃、触摸，带着好奇，往往会触到社区安全的盲点，发生一些意外。目前，儿童在小区内玩耍坠落的伤亡事件屡见不鲜，还有触电、滑倒、刮伤、咬伤等等意外事故。

曾经有一则故事，印象深刻。

有一对父母牵着小孩子逛街，小孩子老哭，父母不明所以。等到自己蹲下来安抚时，才发现摩肩接踵的人流中，映入小孩子眼中的都是挤得满满的大腿。

挂在婴儿车上的一圈玩偶，大人们看起来都很可爱，但是在小孩子的视角，却只能看到玩偶的屁股。

全球知名调研公司尼尔森开展儿童安全调研项目，并据此形成的

《中国儿童安全成长报告》显示，超过六成的孩子认为自身"非常安全"，但家长认为孩子非常安全的比例仅为 17%。其中，三线城市家长对孩子安全状况评价最低。由此可见，儿童安全意识是多么匮乏。

实际上，我国的《住宅建筑规范》是规定了建筑物的质量标准的，且物业公司接管的房屋都是经层层审批合格的房屋。然而，达标并不意味着就没有潜在的风险。

特别是，当这些小区内的公共设施及房屋是以普通成人的使用标准和审美要求进行设计和规划的时候，对儿童的使用安全及防护往往会被忽视。

而对儿童的监管又可能是以分钟计算的，儿童特别是 2～6 岁的幼童，对于危险的认知及辨别能力十分有限，一旦脱离家长的视线就容易发生事故。一些儿童伤害事故的发生，监护人往往都未尽到高度注意的监护义务。从泳池儿童溺水案例看，绝大多数源于监护人分心。

小区的物业企业，如何从儿童友好方面，做好预防措施，亦非常重要。比如，飘窗或者阳台没有安装防护网（栏），有出于美观方面的考虑，或者本身符合验收标准，但是在日常安全巡查过程中，是否可以给予更多关注以及给予家长更多提醒，降低事故发生的概率。一些在公共区域内的设施，边角比较尖锐，是否可以做到更好的处理。至于插座设置过低，无保护套等等细节，都是可以在运维中给予更多的关注和改善的。

有一次在香港，看到一个停用的喷泉水管全部被用橡胶包裹起来，这份细节令人感动，魔鬼也在于细节，对于物业服务来说，更是如此。转换一下视角，蹲下身来，才能注意到各种儿童安全隐患并采取措施，真正让孩子们感觉到社区的友好。

国家统计局发布的《2017 年〈中国儿童发展纲要（2011—2020 年）〉统计监测报告》显示，2017 年，18 岁以下儿童伤害死亡率为 13.18/10 万。

虽然与 2010 年相比，已经降低了 9.23 个十万分点，但是安全无止境。

为孩子们提供良好的成长环境，是全社会的责任，社区安全则是其中重要的一环。一个孩子背后就是一个家庭。在对社区安全环境的营造上，物业管理关系着万千家庭的幸福，可谓责任重大，这也意味着对不动产的打理要始终保持着敬畏之心，不能忽视细节。

物业还要敢于挑战一些矛盾。对于点餐美团外卖的业主来说，快递小哥骑车越快越好，但进入小区后，为了孩子的安全，慢一点、慢一点。

愿上周受伤的小朋友早日康复，家长情绪尽快平复。而万科物业的同事们，应该学会蹲下来，从孩子的视角想想服务和安全。

（来源：大宝专栏《蹲下来，才能看到孩子的世界》，2019 年 6 月）

今天，垃圾分类

今天是大日子，中国共产党建党 98 周年。今天也是小日子，《上海市生活垃圾管理条例》正式生效。生活垃圾之于每个人，的确小而日常，如果不是凌晨四点起床看到物业收集垃圾，如果不去参观大型垃圾填埋场，很少有人见过垃圾堆积起来的"大场面"。

早在 2000 年，北京、上海、南京、杭州、桂林、广州、深圳、厦门等 8 个城市一起被确定为全国首批垃圾分类收集试点城市，到目前为止已经走过了近 20 年，从试点城市垃圾分类现状来看，垃圾分类的确是一件复杂的系统性工程，它不仅是简单依托于民众分类的认识与意识，知道并愿意在垃圾产生源头完成分类，它还需要在存储、运输环节，各类处理后端有着独立的闭环，垃圾分类更像是一个新的生态系统。

在过去 20 年，在王石的推动下，万科物业一直是垃圾分类的积极推动者。我们在社区曾经也是做四分类，但后来考虑到居民理解以及垃圾桶使用效率，就改为了干垃圾和湿垃圾的二分类，有毒垃圾则专项收集。为推动此事，我们还把楼道的垃圾桶撤掉，这曾经引发了不少的客户投诉，但后来客户也逐渐习惯。其中，与城市的衔接部分最难，需要小区和政府相关机构共同做出改变，这方面广州越秀区做得很坚决。有过去十余年的努力，我相信万科业主在政府强推垃圾分类后，应该是在垃圾分类考试中得分最高的一个社区群体。而在我的印象中，上海推广最早、投入最大的是万科朗润园。

说回来，垃圾分类的目的是减排，减排是一种生活方式的改变。在国人中，1965 年前生的人，他们经历了战乱、自然灾害、文革，是节约的群体，"65 后"到"90 后"，他们经历了经济高速增长与资产泡沫，是消费的群体。改变前者不易，而后者则需要从奢侈消费到绿色生活的态度转变，更何况他们（我们）正影响"00 后"的孩子们。

因为下水管径的建筑标准原因，中国的住房公寓改装厨余粉碎机很难，而厨余垃圾占到生活垃圾的 60% ~ 70%。如何让湿垃圾（厨余）不出小区，是非常重要的减排。这方面，北京万科西山庭院一直在实践。

西山庭院项目在全万科物业体系中是垃圾分类推动的标杆，也是北京市重点的垃圾分类示范小区。在过去的 15 年里，从最早的普及宣传，到与再生资源回收体系的衔接，再到引入厨余垃圾处理设备，成功实现了社区居民、地方政府、万科物业、专业机构的多方共赢。

2018 年，由万科公益基金会牵头，北京西山庭院项目开始做第三次蝶变。通过设置黑水虻厨余处理装置、落叶堆肥装置和罗非鱼养殖装置，在新的处理模式下，西山庭院可将厨余用于黑水虻和罗非鱼饲养、虫粪和绿化垃圾可以做成小区绿化有机肥，形成了完整的资源闭环。

这个项目的资源闭环跑通，其示范意义很大。能将厨余垃圾就地无害化、资源化处理切实改善了我们所处的生态环境，且经济上有很大可行性，如果能按条件推而广之，扩大到多个社区，垃圾分类的落地将更容易实现。

国人从过往的乱扔垃圾，到基本上垃圾都能入垃圾桶，再到如今的垃圾分类，正在一步步地文明进化。相较于日本的街道上几乎不设垃圾桶，中国才经过了街道上垃圾桶数量不够的阶段没多久。从环保意识的宣贯，到制度保障和法律层面的规制，还有很长的路要走。

直击物业行业，传统政策与垃圾分类还有很多矛盾的地方，比如在楼道设置垃圾桶是物业星级评比的要求；比如分类垃圾桶的增设由谁出资（政府要求物业，物业需要征求业主）；比如在社区配置厨余垃圾处理设备需要与业主大会决议，等等。

建筑强制安装厨余垃圾粉碎机的升级，国人消费观念到绿色消费的升级，垃圾分类只是人们对美好生活追求的一次意识与行动的开始，这条路很长，不仅仅是区分一杯奶茶哪些是可回收垃圾，哪些是干垃圾，哪些是湿垃圾。

但我相信，"有腔调的上海宁"一定能把垃圾分类做成！

（来源：大宝专栏《今天，垃圾分类》，2019 年 7 月）

谈谈专业和品牌

日前，深圳新的物业管理条例审议通过，条例明确业主共同决定可以委托物业服务企业管理，也可以自行管理，实行的是"业主自治、专业服务与政府监督管理和指导相结合的原则"，业主的自治权有了更强的身份基础、经济基础。

这里容易引发争议的是权利，但物业公司真正要追求的应该是专业。

8月我签发了一则通报批评，免职、降薪涉及一批人。起因是某项目在园区内进行树木截冠作业时，违规对73棵高大乔木实施重短截修剪，严重影响了园区环境的美观，也引发了客户的投诉，对公司的专业形象带来极大的负面影响。

乔木修剪作业应该根据植物习性预留冠幅，重短截修剪除非是由于病害等特殊原因以外，都应该在冬季进行，多雨季节实施相应修剪极不利于树木伤口恢复。

这本身是一件专业的活儿，但最后却变成了不专业的样子，让我感到很痛心，甚至是愤怒。

物业服务在国内以前是个新物事，最早不知道怎么干，也不知道怎么才算干得好的时候，老姚说了一个标准，我们就有了"地上无烟头，草绿如地毯，不丢自行车"三大法宝，后来又发展总结为经典的每日自省我们服务品质的"五好"：设施设备运行好，秩序井然环境好，有事帮忙管家好，邻里和谐关系好，财务透明权益好。

做住宅物业服务是我们的长项，这些年来我们的规范化体系文件越来越丰富，对住宅物业管理和服务的方方面面都做了细致的规定。安全、清洁、消杀、绿化、垃圾处理、园林机械养护等等，物业作业的每一个流程和环节都有非常明确的作业指导。

这里边，有些是有行业标准可参照的，大部分标准则是我们自己从更好地对客服务的角度摸索出来并不断完善的，很多还为同行所效仿和学习。

大到公司理念，小到"三米微笑"这样的对客细节，几百项管控制度，千多条业务流程，都是希望能将最不易标准化的服务标准化，能把服务当作产品，不断打磨出高品质的服务。只有这样，才会最终让用户有口皆碑，才能把万科物业的服务品牌立起来。

2014 年四季度，万科物业进行一轮组织变革时，推出了专家合伙人的岗位，可以说是我们服务产品的"产品经理"。经过几轮的梳理，让专家合伙人脱离具体的项目，对专业负责，"五好"的前"两好"，都是专家合伙人的重要职责。

在 2015 年的全国沟通会上，我们愿意为专家合伙人付出属地最有竞争力的薪酬，而不是找一些不合适的人应付上岗，并且给予这个岗位足够的地位，以至于我到一线，合伙人做自我介绍时都说自己是"非专家合伙人"。因为专家合伙人要有解决疑难问题的意愿和能力，去推动服务产品的优化和做到服务品质的管控。

可如今看来，部分人对不起专家合伙人的头衔。岗位多了，滥竽充数的人也变多了。

所谓专业，是一种精细化的能力，也是一种追求卓越的态度。乔木实施短截修剪，如果没有标准和流程是不专业的表现，有了标准和流程还随意修剪，也是不专业的表现。这用东北话来说，就是二半吊子。

在不动产、园林、设备设施等各方面，大部分业主是"小白"，需要物业服务企业的专业服务，而我们代表的正是专业。但要想赢得尊重，就要亮出我们的专业来，也才能对得起"让更多用户体验物业服务之美好"的使命。这就是专业与业余的不同。

专业委员会对于通报他们表示冤，但专家建设就是你们的责任。

城市公司对于通报他们表示冤，但从客户视角向专业部门提出意见是你们的责任。

凡有一颗做品牌的心的企业，无不是像呵护眼睛一样在呵护自己的品牌。

品牌，英文 Brand，原意是"打上烙印"。如果把品牌的层层外衣和添附剥去，我希望为业主提供不动产全生命周期服务的万科物业在客户心智中最内核的烙印是专业。

会上，我说了句气话：你可以没有能力挣钱，但你绝对没有权利去践踏专业和万科物业的品牌。

（来源：大宝专栏《谈谈专业和品牌》，2019 年 9 月）

期待摘下口罩的春天

记忆中的庚子是鸦片战争，而眼前的庚子是抗疫战争。春节期间，仍收到很多拜年信息，我给的回复是：期待摘下口罩的春天。

1 月 22 日，距离春节放假还有两天，跟武汉万科物业总经理魏旭通电话。他说，他住到唐樾项目上了，而那个项目与华南海鲜市场一墙之隔。员工怕不怕？不怕是假，他说只有住到最危险的地方，跟大家一起，同事才会降低恐慌。毕竟，这时候，物业之于业主，不能停摆。加强消杀，加强员工保护，这张现场的照片让我几重喜几重忧，喜在专业防护，忧在疫情何时消除。

春节期间，所有武汉万科物业的管理人员取消假期。我不是医护者，更不是钟南山，我没有能力去武汉。

年味没有变浓，朋友圈的恐慌越来越浓。年三十，我去了深圳鼎太风华项目，看到员工都戴上口罩、外来人员测体温等等，也算安心，但此时已经有485位同事从全国各地回到了湖北家乡又令人焦心，亲情有时胜过理性，只能心中默默为他们祝福，同时跟HR确定了返岗14天隔离的政策。

年初一，我临时为大家录制拜年视频：

各位同事，请允许我首先给武汉公司1719位春节在岗同事以及1450位合作方同事拜年，你们在疫情中心，公司已经准备了一大批保护物资会陆续送抵武汉，请牢记，服务别人需首先做一名合格的保护者。

…………

请允许我给另外51155名在各项目坚守岗位的同事拜年，物业是24小时不能停的行业，在项目上过年早已是家常便饭。

今年又更不一样，要对外来人员测体温，要对分布在全国的湖北来的客户监测每日动态，但也有不理解，有客户投诉鄂牌车为何允许进小区，有客户投诉为何把他个人情况通报疾控中心，有人不配合测体温，有人不愿意把口罩单独垃圾分类。请记住，做一名合格的保护者，一次性口罩要及时换，勤用酒精洗手，垃圾桶消杀时佩戴护目镜。

或许这次疫情还要持续一段时间，感谢每个人在这期间的付出，期待摘下口罩的那一天，员工没出事、项目没停摆，而这期间，虽然我们不是什么英雄，但你做了一名合格的保护者。

"员工不出事、项目不停摆"，需要物资跟得上。但物资的确紧张，口罩、测温仪、消毒液作为必须保障的物资，从集中采购到分布采购，再到全员寻源。每日消耗口罩178584个，消毒液（不含消毒片）5232

升，武汉物资按月保障，其他城市按周保障。万科物业在武汉有 61 个住宅项目 134070 位客户，26 个商写项目，当大家向武汉物业协会提供援助的时候，我只能给张毅会长发信息：万科公益基金会向武汉捐赠一个亿，万科物业努力做好防护不添麻烦，奔赴武汉"小汤山"的志愿者征集完毕。

这次志愿者征集，武汉同事再次让人泪目。

两天一个会的节奏，春节假期结束了，接下来大家进入国家假期——没有计划的隔离日。小区里从没有这么多业主，接下来的七天里，公司同事设计了"住这儿"陪您一起宅的活动，包括，第一天：测评防疫知识；第二天：互动宅家健康养生；第三天：抗击疫情书画征集；第四天：公约签署（战疫情、我承诺、我行动）；第五天：我要为身边

的人点赞；第六天：书画作品评选；第七天：所有参与者有奖大转盘。

截至昨天，共有三位同事确诊，三位同事疑似，数信中心做的员工自我申报系统，牵系着分布在全国的 10 万名万科物业人。三位确诊同事目前状态很好，公司每天有专人用视频对话聊天，期待他们早日恢复。而截至 1 月 31 日，业主的疑似数量首次小于确诊数量，但愿这是一个好的信号。

鉴于疫情仍在继续，复工在即，1月31日起，假期的应急小组升级为"长江行动"小组。

84消毒液不好买，而且价格走高，环境专委会给出了替代建议；保洁员年事高，消杀工作就让安防的小伙子们上；电梯按钮成为传染源，怎么办？管家们就把纸巾盒粘在电梯上。数信部门发来信息：开发的基于NLP算法模型，自动提取并汇总报事、工单、投诉、帖子、突发事件中关于疫情的信息，已经交付使用，可以节省大量人工排查的工作量。

一切在变得更有序的同时，春节期间也产生客户投诉488单，这其中包括，外卖是否可以进小区，是否允许湖北籍客户进小区等等。投诉意味着改进的机会，我们给自己定的目标是：做一名合格的保护者，让我们为客户做得更好，这是万科物业人回报客户的关键时刻。

刚刚的电话会上，我听说一位同事步行20个小时，从黄冈经鄂州回到武汉，申请结束假期加入保护者队伍。

预防的一线是社区，有这么努力的物业人，我愿意期待摘下口罩的春天。

（来源：大宝专栏《期待摘下口罩的春天》，2020 年 2 月）

抗疫37天

在群里看到韩乐乐和他的团队又被火神山驻军挽留。这已经是第二次，上一次是被武汉房管局留下的。按规定，进入火神山的物业公司每一段时间轮换一次，但韩乐乐们却一直被要求留下来。

下面三张照片或许可以回答：1. 能吃苦，有时连吃饭的地方都没有，每日超负荷工作；2. 状态佳，始终保持高昂的精神面貌；3. 士气足，所谓生死兄弟团结一心。

公司为了帮助武汉同事梳理心理情绪，召集外地干部与武汉同事

结对子，一共建了 79 个群，而我有幸负责与进驻到火神山的万科物业志愿者结对子，也就有机会"看到"他们每日的疲惫、秩序以及令人泪目的誓言。

今年是闰年，距离上一期大宝专栏《期待摘下口罩的春天》已经足足 29 天，过去 10 年第一次连续两个月写相同的主题，尽管 24 省连续新增为 0，但疫情确实还没有解除。

这期间，每天早上一睁开眼睛就是《公司疫情日报》，作为战时的幕后英雄，他们常常要凌晨 2 点才能完成。从走势看 1 月 30 日和 2 月 9 日是两个关键节点，一个是确诊数大于疑似数，一个是治愈数明显增加。我不是专家，但猜测前者与检测手段有关，后者与病毒代际有关。

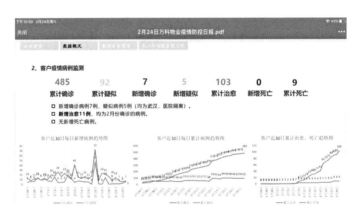

公司数据部门利用多元线性回归验证发现：公司确诊病例数和湖北籍客户占比有极强相关（R=0.76），和社会确诊数有较强正相关，和城市本身的人口数没有必然相关性。基于 SIR Model（预测未来疾病走势的一种模型），测算出公司接管范围内的 R0 基本传播系数为 2.18，小于全国数据的 3.22（或者更高）。

深圳麓城一位业主驾驶粤 B 车带自家湖北亲属进入小区，随后亲属确诊。此"瞒天过海"直接导致该栋 145 户集体隔离 14 天，业主后来给所有邻居写了致歉信。

以上数据以及这个案例或许能让大家理解门岗通行证强管控的意义。

疫情让万科物业同一天登上了新华社的新华网、《人民日报》和《新闻联播》，这是一家企业新闻在国内的顶级荣誉，但我还是希望向大家公布，这期间，万科物业全国共接到客户投诉 3089 条，其中以政府要求保密确诊者门牌号，但业主要求公开最多。我个人处理了近 18 年的客户投诉，深知对待客户问题"冷漠比拒绝更可怕"。这期间，我们也形成了如下原则：物业通报湖北返回客户是义务，湖北返回客户自我申报与自我隔离是义务，照顾湖北自我隔离客户是我们的服务，社区业主接纳湖北人是人情与文化。

2 月 3、10、17、24 日，是 2 月的四个星期一，每一次 Johnson Yip 都很紧张。他是万科物业与戴德梁行合资公司 CEO，他紧张复工测温排队，他紧张写字楼封闭，他紧张客户信息登记系统稳定，但防疫是调控复工的无形的手，他的紧张被"陆续复工"化解了。而这期间，他们制定了《商写物业防疫手册》（日后开放），在客户的细节服务上也日臻完善。

万科物业的业务是多元的，除了物业，二手房经纪业务、智能化施工业务等均受到不同程度的影响。因为业务多元，几年前，万科物业的岗位分为九宫格，其中 O 序列（操作序列）：OA 为计收，OB 为计件，OC 为计时；P 序列（创造序列）：PA 为创收，PB 为创效，PC 为创研。疫情期间反映为，OA、OB、PA 序列的人没有生计，只能拿基本工资，而 OC 序列的人超负荷工作，加班费剧增。这期间，我们做了一次尝试，给 OA、OB、PA 序列的人发补贴，让他们临时转岗到 OC 和 PB 的岗位上，既能够帮助替班休息，也不至于因为这段时间没有提成而生活拮据，更能实现团队融合。

设想与实践效果都很好，但也暴露了系统弹性不足，疫情催生了公司人力资源精益管理项目的立项。

一场伴随春运快速爆发的疫情，几乎打乱了所有人的节奏。一批批挺身而出、逆流而上、冲锋陷阵的平凡身影，托举着春天的希望。在紧张、痛惜、感动与振奋不断交织的心路中，管理团队心中勾画管理与服务的迭代创新。

公司紧急工作组（后升级为长江行动工作组）成立 37 天，我们已经习惯于每天填写健康日报，我们已经习惯于远程办公，我们已经牢牢记住"勤洗手、戴口罩、不用手揉眼""用公筷、带纸巾、冲马桶盖盖"。

9位确诊员工中7位已经出院，另2位状态良好，未发生岗位传染，无项目停摆瘫痪。

（来源：大宝专栏《抗疫37天》，2020年3月）

十年遵道，情牵万科

十年前的5月17日，万科集团与遵道因"5.12"汶川地震救灾援建而结缘，在郁总带领下，万科以及万科员工的志愿者们与灾区遵道以及那里的老百姓结下一份终身难忘的友谊。那段往事，一定会成为中国CSR的典型案例，而本文是非官方文章，纯属个人碎片记忆，是一段与公司荣辱与共的人生经历。

——大宝

在中国20000多个镇中，能遇到遵道镇绝属偶然，而这份偶然源于十年前的"5.12"汶川地震。那些救灾援建的日子里，要感谢家人的理解，"我回遵道了"是那年习惯性的离家告别，一个"回"字，足见与遵道的感情。

1．为何是遵道？

这个问题，我回答过很多次。

汶川地震发生后，一篇博客帖子把万科推进舆论的旋涡。国难面前，万科成为无数网民口诛笔伐的焦点。在舆论背后，任何解释都变得苍白，而任何付出也都无法挽回伤害。

郁总说："我们为心而做，行胜于言。"

5 月 16 日，我陪同王总赶到成都，直接奔往都江堰。郁总到成都后马上召开全国电视会议，告知旋涡中的万科同仁要小心做事、低调做人。

第一次见到林建华，是在遵道镇一片废墟旁，这位黝黑消瘦的中年男子手持电话大吼着。

据高竞回忆，5 月 15 日成都万科组织到员工家乡所在地，一边探望受灾家属，一边给灾区送药。途经遵道镇，时任代镇长林建华令人印象深刻。林在接受药品捐赠时，仅选了一部分，并说，其余的留给其他受灾的镇。

5 月 17 日当天，王总赶赴北川，我则陪同郁总在成都公司同事指引下，沿着他们 5 月 15 日路线深入灾区。我们途经多镇，见了多位镇长，了解灾情，捐赠物资。遵道镇的林建华的确是最特别的一位镇长，他的特别超出了我的想象。

等他挂了电话，我上前自我介绍，询问遵道灾区此刻最需要什么。之前，途经的几个镇，有说需要帐篷，有说粮食，九龙镇镇长说需要锅。林建华则说，"需要帐篷、收割机"，说这句话时，他已几夜未合眼了。

提到收割机，我感到非常意外。他解释到，中国农民自救能力很强，其他物资可以没有，但绝不能没有粮食。马上到收割季节了。

一瞬间，这位震中幸存的代理镇长让我刮目相看。正因这位不一样的镇长，加之时间紧急，经与郁总商议，万科决定援建遵道镇。

成都到遵道的路途相对通畅，属于一家企业的补给能力范围之内；而遵道的名气不如汶川、北川、青川和都江堰，救援的解放军相对少一些，这些因素也促进了万科和遵道结缘。

第一次见到林建华

2．灾区志愿者服务样本

我们连夜赶回成都备战，留守遵道的蔡立彬来电话，说镇上参与救灾的不止万科，已来了大批志愿者。我让老蔡安排人统计数量，据说，当时已有超过十家以上公益组织在遵道"安营扎寨，设置了帐篷"。

留守遵道的还有杨凯，作为成都公司设计总监，他当晚在遵道灾区规划了四个帐篷集中安置点。

万科供应商们纷纷表示愿意携手公司，援建遵道。5月18日一大早，万科及供应商的援建队伍——30余辆工程车开赴遵道镇，达到后，按着杨凯规划的地址，开始平整场地。除了准备搭帐篷，最重要的是挖了几个厕所，这后来被志愿者们戏称为"香格里拉"。夕阳西下，大家从冲动的救灾情绪以及劳动中缓了过来，这不是一天两天的事呀。

我跟郁总说：我留下来吧。随后，张大带着万科建筑研究中心团队以及成都公司工程团队成立援建工作组，人力资源部开始组织招募员工志愿者。

这是我第一次经历这么大的灾难。数不清的矿泉水和方便面，时而出现的明星捐赠车队，突然紧张起来的领导视察，来自世界各地的公益组织……刚地震的时候，镇干部都是懵懵的，然后突然来这么多公益组织，更是懵了。

在老蔡的统计基础上，我建议林镇长在遵道灾区建立一个志愿者管理机构，形成服务所有志愿者的统一组织，于是有了后来的"遵道志愿者协调办公室"。事后证明这种模式得到各界认同，《新京报》曾以遵道志愿者协调办公室为样本，写了一篇关于中国 NGO 组织纳入救灾体系的文章，并认为是中国 NGO 组织发展的拐点。

在遵道参与援助的上规模组织有友成基金会、深圳登山协会等，相比这些组织，更多的是志愿者个体。

"孙伯、张姨"两口子，最被遵道的志愿者们喜欢。他们绝对属于个体志愿者参与援助的典型样本。他们俩并不一定认识我，估计也不知道是我给他们安排的"工作"。

一天，沈彬跟我讲，办公室来了一对天津夫妇，地震发生时，他们就从天津赶到四川，自费辗转多个灾区。当时，各地都在抢救废墟中的幸存者，他们根本插不上手，显得"无所事事"。直到来了遵道灾区，听说这里有"志愿者办公室"，就来打听能为灾区出什么力。

沈彬为他俩"创造"了一个岗位——为志愿者做饭。这个安排，可谓把两位的能力发挥到了极致，他俩是地道的天津人，自带相声天赋，每到饭点儿，志愿者从秦家坎儿等村里拖着疲惫的身子回到吃饭聚集地，听到"孙姨"两口子的对口相声，乏意全无。

孙伯、张姨与志愿者

3．帐篷与板房

当时，灾区最急缺的物资就是救灾帐篷。万科调动全国所有资源和力量找救灾帐篷，最远找到浙江地区，但都是旅行、越野帐篷。功夫不负有心人，最后居然在成都市附近找了一家生产救灾帐篷的工厂，易云轩和他的工程佬团队带着现金和白酒，把厂里的所有库存全部都买了下来。

遵道灾区，也是在非解放军救援的极重灾区里首批实现全救灾帐篷点搭建的。

5月21日，震后第九日，万科援建队在灾区搭建起了2200平米板房，遵道镇救灾指挥部正式挂牌成立，林建华任总指挥，我任副总指挥。"志愿者协调办公室"同时挂牌，搬进板房。

在重建的气氛中，团队想出来三个字——"站起来"，期待灾区民众站起来，也希望在旋涡中的万科早日站起来。书写"站起来"三个大字的旗帜悬挂在志愿者办公室，所有来遵道的志愿者，都在这面旗签过字，成为一种仪式。这面布满签名的大旗，带着每个人的希望。

国家救援组织此时首次分工，江苏省对口援建绵竹，但江苏的工程车要从江苏开过来，因此最初几天，我们借了一批工程车辆协同展

这面布满签名的大旗，带着每个人的希望

开灾后重建工作，平整板房安置场地。国家队建完的板房规模超大，解决了绝大多数灾民稳定居住问题，但最大的风险是，板房在火灾面前极其脆弱，一旦着火，后果不亚于地震造成的损失。为此，成都万科物业还为居住板房的居民做了一场消防培训。

5月24日，林建华被正式任命为遵道镇镇长，我们俩悄悄地喝了一瓶东方红。灾后重建仍在压抑的氛围中，当众喝酒不合时宜，我们俩就把倒酒的碗放在桌子底下，悄悄地喝，我才知道，他居然在地震后跑下二楼，又回去取了手机，然后……

没事！福大命大！

4．撤不撤退，拆与不拆，还与不还

遵道镇其实挺美，有山，有水，有梨花，还有年画。身处灾区，面对断壁残垣，我的眼中只剩下苦难的一面。地震发生后，山成了碰裂喷薄而出的山石，水则变成有次生灾害隐患的堰塞湖，梨花乡的广场则成为灾民临时安置点，堆满了水和方便面，年画破裂成一面面坍塌的断墙。

长期守着灾区，考验着每个人的精神与判断，因为当时各种渠道的消息满天飞。例如，17 日那天，灾区所有人都戴起了口罩，各个出入口开始设卡戒严，坊间开始传言，大灾之后必有大疫，灾区疫情已经爆发。后来才知道，是汉旺镇军工厂里的放射源下落不明。

扑面而来的各种小道消息，时常让人陷于两难的抉择。突然一天，蔡立彬信誓旦旦地跟我讲，上游的堰塞湖决堤了，那时我刚上车要离开遵道。走？那是逃跑。把消息告诉大家？那意味着制造恐慌。这时，我突然想起在深登协的曹峻，他毕业于北大地理系。我把他拉到一边，指着地图问，假如堰塞湖泄洪，遵道镇会怎样。曹峻同学专业而准确地告诉我，遵道镇地处高位，水沿着泄洪通路流下，基本淹不到遵道镇。

遵道镇政府办公楼在地震中部分倒塌，很多干部不幸遇难。而政府楼的残垣成为所有到遵道来的人第一拍摄点，也成为了遵道镇的一个标志。其他废墟都平整了，唯独这栋楼没人愿意拆平。或许有这栋楼在，意味着这才是灾区的样子吧。这栋楼旁是政府礼堂，震中完好，就作为救援物资存放仓库。王石第三次来到遵道时说，你们赶快把这栋废墟拆了，这样就能形成一个广场，可以让救灾物资车辆更好地进出，不要留着这个"伪纪念物"了。拆！

还有一日，郭军给我来电话说，有件棘手的事，一批灾民扛着半头猪来感谢万科，非要把猪留下。我们婉言拒绝，质朴的灾民就跪下了，郭军面对面跪下了，这一幕场景，我没亲眼见到。电话里，我交

合影之后就拆除了这栋楼

代郭军，可以收下生猪，晚上的时候，咱们还回煮熟的猪肉。

傍晚，厨师刚把猪肉做好，我们正准备送回去时，老乡们又发来邀请，要我们去参加节目。到了现场才发现，一位也叫大宝的遵道人，平时在外搞演出生意。家里出事后，他赶回来救灾，灾后不到一个月的时间里，组织了一场大型节目。大宝剧团包装了一个临时舞台，现场的观众是 200 余名灾民，200 余位解放军战士，还有不到 10 位万科的"还肉代表"。

在表演完自己安排的节目后，主持人调动现场的气氛，高呼："要不要解放军来个节目，要不要万科来个节目，要不要解放军，要不要

沈彬前段时间到绵竹时拍到的照片

万科！"

我心想，这样下去估计不行，我们一行才几个人，解放军有200人呀。我们只有"认怂"，趁着夜幕悄悄地"逃跑"了。

5. 一批批志愿者，一项项新技术

遵道的万科援建队伍前前后后迎来了近20批志愿者，在时间上最有纪念意义的是董昆队长那批。那是12月30日，震后第232日，万科援建的遵道小学正式交付，学生搬入新校舍。

令在场所有人感动的是，学生们离开板房简易校舍时，将旧的桌椅板凳擦拭得干干净净，排着整齐的队伍，陆续来到新校舍。

这栋崭新的教学楼，投入了很多人心血和努力。校舍建设中使用当时最先进的抗震技术和建筑材料——"隔震垫"作为校舍建设的基座，延性抗倾覆轻钢作为墙体主材，加宽的消防通道，与主体柔性连接的电梯等等。这背后是万科建筑研究中心在这几栋楼上花的极大心血。而薛峰在学生洗手间的巧妙处理，李标他们工程团队在工地的日日夜夜，这些可能不会像建筑一样容易留存。

为了能让孩子们实现最快的疏散，我发明了一种"小动物疏散法"，在疏散路线的墙上、地面，贴上了对应小动物标识，例如，一年级跟着豹子跑，二年级跟着老虎跑。现在，学校每个月还组织疏散演习，1200多人可以实现66秒撤离。

感谢思科公司。当时刘念宁女士在思科中国负责企业社会责任，我同她联系，请思科捐赠一批教学设备。今天看，不过是短焦、云盘、交互投影机而已，但十年前那可是相当先进。思科内部会议上，因为万科的负面新闻，大家争论很激烈。但最后，林正罡先生同意捐赠遵道学校。

我们给予的回报是，在遵道学校的捐赠墙上，思科公司字体位置与万科并列，字体大小与万科相同。愿意在你危机时帮助你的人，应

永远感激于心。

万科援建了遵道的学校、幼儿园、镇医院、镇政府办公楼，其中学校和医院都在 2008 年当年交付，而最后帮助遵道完成全面援建的是江苏省常州市政府援建指挥部。

郁总先后十余次亲赴遵道指挥工作。受郁总委托，解冻则在过去十年一直指导遵道学校的软件建设。如今，遵道学校已经成为绵竹数一数二的优等学校，师资力量得到极大的改善，当年的孩子们有的已经开始工作。

遵道学校已经成为绵竹数一数二的优等学校

林建华现任绵竹市的工商局长。万科志愿者郑海军还与遵道镇郑婷结成了美好姻缘。十年弹指间，志愿者们各奔东西。我自己没留下什么照片，但是这几日看微信群，那些熟悉的图片、名字，让我留在脑海里不灭的历史碎片又跳动起来。

感谢赵雄、余立言、沈彬在 2008 年援建期间的工作辅佐，感谢刘军、巩亮在我到成都时的照护；感谢所有在遵道相遇的人。

上个月林建华发微信：啥时候带家人来遵道看看吧。

（本文写于 2018 年 5 月）

● 番外

新年贺辞

（每到新年一篇贺辞，回顾过去一年，更展望新的一年。从中可以看到清晰的时代痕迹、企业发展印记。）

2012　老牛亦解韶光贵，不待扬鞭自奋蹄

海豚奖，是万科物业内部一个鼓励基层员工节能降耗、服务创新的奖项。我曾经读到这样一份报奖材料：使用业主家报废的室内对讲机作为显示器，电瓶来自电梯损坏的抱闸释放电源，BNC头每个2元，手捏开关2元。就这样，一个自制的室外摄像头监视器就"被发明"了。以往要调试一个室外摄像头，需要一人在监控中心、一人在室外，两人通过电话指挥来调试。通过这个改装的"新设备"，实现了单人快速作业，效率大大提高。

这就是万科物业的2011。这里没有2010年广州物业暴雨中抢救客户车辆的惊天动地，这里没有2009年南京物业安全员拾得客户105万现金的英雄荣誉。但这里仍有感动，它告诉我们在千亿光环照耀下的

万科，有那么一批人，在重复利用着已经报废的设备，在用着最低的成本，为了岗位效率的提高，在思考、在动手改变。

这就是万科物业人，拥有着不高的学历，提出了全年 4108 条小创意，1331 条白海豚，405 条蓝海豚。也正是海豚们，用自己的双手，抵御了通货膨胀、成本高企；也正是海豚们，用自己的双手，创造着那些看似微不足道的奇迹。

2011，我们顶住了成本 23% 上涨的压力；2011，我们实现了 90% 客户满意和近 96% 的累计管理费收缴率；2011，我们的质量事故率下降了 8%；2011，我们完成了 108 门课程的标准化；2011，我们有近 200 名基层员工被送进大学学堂；2011，我们储备了 369 位主管和经理。

然而，我们仍有 59% 的项目处于亏损，算回酬金也刚刚整体持平；随着地产城市发展纵深，在三四线城市超低管理费限价的情况下，如何做好万科物业品牌的延伸？

是的，为了迎接 2012，我们在一些城市做了尝试和创新：

武汉城市花园，开办了"邮包驿站"。谁想到，"电子商务的消费环境"使得那里每月接收 6500 件邮包，发出邮包近 300 件，那里每天有 200 人来访，人流已经超过全国最大的服务中心。除此之外，广州物业尝试了房屋的二次装修，杭州物业尝试了精装修房客户"拎包入住"计划。

节流为标，开源为本，标本同治，相得益彰。

2012，万科物业又将迎接近 10 万新业主的到来；2012，在京津沪沈广深等地也即将迎来近 8 万套房屋房龄超过 5 年，有近 5000 户二手房业主的乔迁。

数字的背后，或许就是机会。万科物业与华为的"智慧社区实验室"即将成立，物业服务除了体力也有智力。

我们深知，只有强身健体，在 2012 的大船上，才能有你。正所谓：

"块块荒田水和泥，深耕细作走东西；老牛亦解韶光贵，不待扬鞭自奋蹄。"

"向着阳光奔跑"，是集团 2012 年的主题词，作者是广州金色荔苑物业服务中心黄畅，这是继上海物业楚楠之后，物业系统连续第二年中第集团主题词。我知道，他们绝非才子，入选只是因为他们是一群深爱这家公司的物业达人。

感谢总部，感谢地产，感谢 2 万物业人。

2013　预言还是要相信自己

2012 年 12 月 12 日，郁亮总裁获得 CCTV 年度经济人物，其获奖词说："积极开发商业配套设施，如第五食堂、幸福驿站，这是万科最大的改变。"

在赞许与争议中，万科物业走过了 2012——有人说第五食堂是漂亮的一仗，有人说第五食堂高风险不赚钱，不管怎么说，客户在第五食堂排队吃饭是个持续的现象，不管它是否进米兰世博会，社区配套还是一个没有人给出解的命题；有人说幸福驿站概念很牛，有人说幸福驿站是给自己找麻烦，不管怎么说，每天近万邮包就在那里，不管它是否被认同，社区最后 100 米的线下仓储、物流与配送体系是未来物业必须建立的能力。

在赞许与争议中，万科物业一边行动一边思考——第五食堂不是饭馆而是社区配套，而社区配套还需要什么？幸福驿站不是小卖部而是社区线下平台，而整合业主服务的平台还需要什么？装修、中介不仅仅是门生意更是社区管家服务的延伸，而客户对服务的需求还有什么？在思考中，星级安全员、小夜班模式被发现；在思考中，保洁 SOP

出现端倪、设备管理EBA获得了国家专利；在思考中，打通门禁、车场、消费于一体的"社区一卡通"研发成功；在思考中，与华为合作的"智慧社区"项目研发出台，并与电信运营商达成了共识。

在赞誉与争议中，集团同意26个项目物业费提价，并将地产系统3.4亿的存量资产交由物业运营，这或许是集团对物业定位的一个标志性事件。

诚然，这一年，我们发现有24名员工在上下班路上伤亡，关爱员工，绝不仅仅是一句问候，一个微笑，而是沉甸甸的责任，惦记于心，付诸于行；这一年，有一个小朋友在项目泳池溺亡，风险防范，永远是第一道警戒线，恪尽职守，警钟长鸣；这一年，有15%的客户不满我们的服务，必须记住客户关系是支撑万科物业经营发展的底线；这一年，有很多非地产、物业行业的精英加盟，文化融合是摆在我们面前的巨大挑战。

2013年，将是万科物业深耕初收的一年，新战略步伐会越走越稳，越走越深：工作思考的原点将聚焦在客户与员工感知面的改善；"幸福社区计划"将进一步升级"公共服务"、深化"三大管家"、孵化"社区配套"、打造"社区平台"；在管理上，则会以"业务管理标准化、业态管理专业化、职能管理集约化、资源管理信息化"的"四化管理"作为未来几年指导万科物业的原则和方向。

2012年的12月22日，地球没有毁灭，太阳照常升起，万科物业人回顾着一年前的预言，回味着自己这一年的印迹。这一年，我们奔跑了568万公里，一起启动服务升级，尽管还不完美，但我们已经深深地知道：预言还是要相信自己！

2014 乱花渐欲迷人眼，浅草才能没马蹄

即将告别 2013，2014 正骑马而来。

转眼，"幸福社区计划"已经推进两年了。这两年我们有很多创新：幸福驿站、第五食堂、拎包入住；这两年我们还有很多打破传统的尝试：敢于提价、外包三合一、安全员转客服。

这两年，行业形势如乱花迷眼，公司变革似浅草没蹄。

两周前，我跟郁亮总裁汇报物业工作，我对 2014 的基本预测是：如果不变革，客户满意度会下降；如果不变革，万科物业行业第一的位置或被超越。

历史上，每每遇到客户满意度下滑时，万科物业总会选择放松经营。而今天，随着封园项目比例已经超过滚动开发项目，传统的管理方式已经到达瓶颈，唯有系统变革，才是解决之道。近年来，经营上的系统性改善已经让万科物业以业务部门的角色走上万科集团的历史舞台，时逢移动互联网技术应用的激荡，社区红利给予物业行业难逢的机遇。我们相信，当变革顺畅之时，也是客户满意与经营双赢之时。

在万科文化里，基于成本、技术、甚至能力导致的业务下降都是可以原谅的，但公司对诚信、客户意识、职业道德、红线的坚守，任何时候不允许动摇。在面对员工背景多元、业务多元，快速发展的情况下，文化与价值观是支撑企业持续成长的基石。

在错综复杂的行业变革中，万科物业必须坚守自我，并致力于成为物业管理标准的制定者、资产保值增值的捍卫者、社区和谐环境的营造者、信息技术应用的领先者。

2012—2013 年，万科物业完成了"幸福社区计划"的初步尝试，项目创造利润已经结构性超过了对地产服务的利润。2014 年，作为"135"战略落地的第三年，本部与各城市公司必须统一部署，形成规

模效应；完成标准与规则制订，搭建一个能够承载客户、供应商及员工创业的服务平台。同时，作为战略落地最重要的一年，我们也将坚决排除任何影响变革的阻力。

2014 是万科集团的三十周年，有人说期待集团未来十年，其实未来由我们自己创造。让我们以一份责任初心，在变革中建立一份自信，并期待成就那一份属于我们共同的事业。

感谢你的参与，感谢你的付出，请在这岁末，向你的家人送去一份健康的祝福。

2015 物业你好

在刚刚结束的万科集团年会上，我向全集团汇报了万科物业的昨天、今天和明天。在过去的三年里，我们搭建了一个基于移动互联的信息化平台，启动了内部组织架构的变革——万科物业作为一个传统科层制组织，已经、正在并将继续，被一个基于合伙人制度的新组织形态所取代。我们还以美国最大的物业公司 FirstService 为标杆，重新审视了物业公司的自身定位，尝试着与供应商共同构建全新的合作伙伴关系，并在新的领域，积极拓展我们的能力。

开放与兼容，始终是我们三年来不变的主题。因为我们知道，技术和金钱——这两个人类历史上最强大的工具，已经进入物业这一传统服务行业。颠覆，是无法避免的结局。如果我们不主动应对，就只能成为被颠覆的对象。

今天，万科集团在新的十年规划中，正式明确了万科物业成为集团内的"大树"级业务，我们将独立面对市场。

1991 年，随着第一个小区的交付，万科开始涉足物业管理领域。

中国的第一个业委会，就是在万科的深圳天景花园成立的。24 年来，万科业主教会了我们很多。我们"全心全意全为您"的服务宗旨，得到了业主们丰厚的回报，他们喜爱我们、体谅我们，并激励我们，口碑一直是我们最宝贵的财富。

最近这三年，我们在变革过程中显得青涩和莽撞。2015 年，万科物业的主题为：用户体验年。我们从没有像今天这样，面临充满不确定性的未来，但我们有信心的是：只要始终把用户放在心上，把与用户的交易变得更加透明，未来就在那里。这是万科物业的基因，这胜过任何一种自负的狂语。

翻过日历，面对 2015，万科物业向行业问好。

2016　已挽雕弓如满月

2015 年，万科物业以"睿服务"进入市场，岁末我们以年度合同面积翻番举杯庆祝。而当 2016 年第一抹朝阳跳出云端，知更鸟们自信地欢呼"万物新生、物阜年丰"。

这份自信里，有万科物业人组织变革的胆量，管理模式升级，我们用众智营造幸福。

这份自信里，有万科物业人最美逆行的坚定，天津滨海爆炸，我们用责任守护初心。

这份自信里，有万科物业人拥抱互联网的睿智，科技浪潮袭来，我们用技术创造卓越。

这份自信里，有万科物业人创造市场的情怀，面对物业同行，我们用合作取代竞争。

在这声声欢呼中，我们还冷静地听到，业主们的声声期待，睿联盟伙伴们的声声信任，新的一年已开启，新的目标已明晰。

新的征程中，万科物业人始终谨记——守土有责。

我们始终相信自己不是那只需要站在风口才能飞的猪，万科物业愿做"行中少林"，我们守土有责。

我们始终将客户放在心上，让老业主继续被"宠"，让新业主感知物业服务之美好，虽然周而复始，却历久弥新。万科物业愿用自己一份努力去捍卫业主房产价值，我们守土有责。

我们始终坚持"人才是万科的资本"。几万员工有缘一起，英雄莫论出处，平台创造价值。万科物业愿做"行中黄埔"，我们守土有责。

我们始终坚持应用 IT 技术创新。借助"升维"的策略，用合作取代竞争，将资源最优配置，规模越大，管理运营越精细。万科物业面对将再度翻番的市场化，我们守土有责。

在年度工作计划的最后一句我写到"时代给我们机会，我们要去创造历史，切忌随波逐流！"

已挽雕弓如满月，念初心，守四方。

2017 新年寄语：50亿，新视野

2016 年，万科物业营业收入首次超过 50 亿元。2018 年，是中国商品房改革 20 周年。2017 年，注定是万科物业在 50 亿视野下深化布局的一年。

1. 从生态说起，寻找自己的太阳

2016 年生态圈的概念与现实都留给了乐视和贾跃亭，当然，物业行业也在谈生态。这几年，社区 O2O 风起云涌；这几年，物业及相关行业公司报出跑马圈地的数字也越来越大，除了还在使用平方米这个单位。虽然已经没有物业公司好意思说自己亏损了，但包括上市公司在内，似乎没有几家物业公司真正融到资，相反各种APP却花了不少钱，"社区生态圈"还处在概念阶段。

当太阳以其源源不断的能量哺育着太阳系生态系统，我们这些试图做生态的企业要思考，自己的"太阳"在哪里？规模背后，物业行业是不是缺少自己的"太阳"？微软做互联网和硬件普遍不被看好，但office如同微软的太阳一样源源不断地贡献着利润，使得微软在新业态布局的牌桌上坚持下去，直至surface pro 4的成功。

同样地，万科物业信息化变革尚在投入阶段，要说是否成功为时尚早。但是，信息化变革的方向是好的基础服务，而好的基础服务可以帮助公司获得持续的合同增长以及酬金增长，业主对万科物业服务的认同以及支付意愿就是支撑万科物业不下牌桌的太阳。

2. 有线是无限的，无线是有限的

这是中国三大运营商的一句经典名言，不知道出自于谁人之口，姑且借用一下。大致的意思是无线网络的发展空间有限，有线网络发展空间无限。这些年思考互联网＋物业，总觉得有矛盾之处，因为互联网无边界，而物业有边界。后来与运营商这句名言结合起来，才豁然开朗，物业行业正是在有"线"的边界下有做出无限的可能。

互联网是把有限变无限的一种技术应用，互联网行业的一种无限性表现叫几何级增长，有一个拐点叫引爆点。物业行业在有限的边界内能做到吗？从2016年的市场趋势看，业主委员会主动找到万科物业的越来越多，从承接的项目看，平均价格增长50%。这意味着，随着时间的推移，好物业的价值在快速得到彰显，业主方的集体消费行为

从权利缺位到上位，业主的消费意识以及不动产价值维护意识在增强，在这种大势之下，只要每个万科物业项目周边增加一个项目，就是几何级增长，当然这是理想状态。但这个模型告诉我们，企业价值观才真正决定未来。

3. 莫把业主当矿采，守得云开见月明

万科物业把自己的使命定为：让更多用户体验物业服务之美好。当然这里的物业如果解释为不动产更为恰当。不论是国际上通行的德国"物之编成主义"，还是中国宋朝就有的"鱼鳞图册"，都在阐述"以田为母，以户为子"的不动产轴心理念。作为物业企业的首要责任就应该把自己聚焦在"业主所拥有的不动产"之服务领域，而非其他。电梯要更换了，埋在地下的水管渗漏了，停车位越来越少，外墙该粉刷了。物业行业如何帮助不动产保值增值，而不是变为城市的建筑垃圾？

4. 50亿不是成绩，是解决问题的机遇

必须要向2016年发生的质量事故道歉：佛山一项目，因消防通道被业主车辆占道且疏于管理，导致业主家发生火灾时救助不及时；河北一项目，因消防演习后点火桶未及时清理，员工晚上自行点燃导致一氧化碳窒息。老项目越来越多，问题也越来越多。承接新项目是过去的路径依赖，摆在万科物业面前的不是承接和并购多少项目，而是解决老项目问题的能力。

50亿不是一个高度，而是历史带给我们的解决问题的机遇。2017年，万科物业将在品质管理上投入更多，并持续通过信息化手段提高质量管理标准。

50亿平台下的新视野，或许就是一种匠人般的坚持。你好，2017！

2018 因为一份执念，我们义无反顾

当时光更迭的钟声再次响起，2017 年正步履匆匆地与我们挥手道别。公司的微信群里，最后一份市场合同的签订、最后一笔收款的确认，各类战报此起彼伏，明天的战斗还会继续，而此刻大家总盼望做个胜利的小结。2017 年，万科物业已成功跨过独角兽企业的门槛，登上 80 亿的舞台。

好比一枚硬币两面一样，市场无时无刻不展现出残酷的一面。外接的旧项目，往往客户基础非常薄弱，业主对物业的认知缺乏，认可度低，设施设备失修，甚至瘫痪；睿服务合作公司也有个别不理解、不信任的。我们仍在持续投入，期待业主认知的改变，尽管客户满意度和物业费收缴率都有较大幅度上升，但这些投入，使得公司的基础物业服务利润率出现下滑。因为一份相信的执念，我们义无反顾。

想在物业领域走出一条别人从未走过的路，途中荆棘坎坷，不难想象，对每一个万科物业员工这无疑是一种挑战，有些人期待回到自己熟悉的"舒适区"，安享那些只做地产下属物业部门的日子。但更多万科物业人选择了相信，并携手开创未来，因为一份对市场的执念，我们义无反顾。

时代车轮，滚滚向前。我们所服务的客户，比以往任何一个时期，更渴望精神上的满足与情感的交流，"人民日益增长的美好生活需要和不平衡不充分的发展之间的矛盾，是现阶段的主要矛盾"。主动回应时代的感召，我们坚持为业主提供高品质的社区居住体验，为社区资产保值增值，与业主们携手重塑社区生活方式，因为一份对服务的执念，我们义无反顾。

万科物业已壮大成了七万多人的组织，每一个改变，都将影响几万名基层员工以及背后的家庭。我们始终关注人、尊重人，从而激发

人，我们相信，劳动并非流水线式地简单重复，而是富有活力地价值创造。我们坚信，只有组织洋溢着奋斗文化，以事业合伙为纽带，才能发挥个体的潜能，才能有机融合组织内每个个体，最终形成海纳百川、有容乃大的组织感召力。因为一份对事业合伙人的执念，我们义无反顾。

2018 年是中国住房制度改革二十周年的历史性年份。高速飞驰的房地产快车，留给社会近 200 亿平米的存量不动产。在这巨大数字背后，更期待着整个社会对物业管理（Property Management）的正确打开方式。近些年，物业行业政策争论的焦点无非是业主拥有更多权利和物业公司承担更多责任，但争论中往往被忽视的恰恰是"物业"两个字本身。万科物业一直在呼吁对设备设施进行分级管理，以"物业"本身为中心，来规范业主方、物业方的权利与义务。因为一份对真理的执念，我们义无反顾。

行路难！行路难！多歧路，今安在，长风破浪会有时，直挂云帆济沧海！

你好，2018！

2019　在没有英雄的时代，努力激发每个奋斗的人

朋友圈说，2018 是大师落幕、英雄远去的一年。

霍金先生带着无尽的思索，飞向群星，去追寻还未抵达的未知；金庸先生驾鹤西行，逐梦江湖，华山论剑终成绝响；书中的英雄们还在"拯救"地球，撒手人寰的斯坦·李独自回到自己的平行宇宙……

回首不免让人感伤，未来又总是充满期待，一切都是没有结局的开始。同样在 2018 年，万科物业在职员工总人数超过八万人，万科集

团物业部第一任总经理向云女士退休，当然还有 993 名"00后"员工带着对未来的憧憬步入职场。

时代或许离不开英雄的感召，但更需要每一位奋斗者的脚踏实地，亦如北岛所言，"在没有英雄的年代里，我只想做一个人"。

朋友圈说，2018是黑天鹅与灰犀牛结伴的一年。

中美贸易摩擦，争端此起彼伏；A 股市场"跌跌不休"，不断击穿投资者的心理防线；企业的债务危机，犹如定时炸弹；曾经明星独角兽企业轰然倒塌，成为资本市场的弃儿。在我看来，眼前还蹲着一头尚未被多言的巨型"灰犀牛"——适龄劳动力短缺。第六次全国人口普查结果显示，"00后"人数为 1 亿 4600 万，较"90后"又少了 2800万，仅为"80后"人数的 6 成左右，低生育率或是一种常态，但低于2.1 的确是一个危险的数字。2018 年，首批"00后"年满 18 岁，合法进入劳动力市场，并将在十年后成为主力。

物业行业作为典型的劳动密集型行业，势必最先感受到"劳动力短缺"的寒流。万科物业在庆祝自己领跑行业成为首家百亿营收平台时，我们深知，背后是数量庞大的劳动者用勤劳的双手所支撑。这无疑是一笔巨大的财富，但更是沉甸甸的责任，因为，任何劳动力供给的变化、劳动政策的波动，都可能给这个薄利行业所有人带来重大影响。如同，社保征收转税务的政策刚有风吹草动，物业上市企业的股价即刻应声而跌。

朋友圈说，2018是 AI（人工智能）技术发展有分水岭意义的一年。

AI 在现实场景的运用越来越丰富，机器在自然语言处理领域的突破接连不断。Google 在 2018 年 I/O 开发者大会上展示的"打电话 AI"能打电话给美发店、餐馆预约服务，完全以假乱真；计算机视觉领域同样精彩纷呈，技术已经可以实现，只要一幅动态的语义地图，就可获得和真实世界几乎一模一样的视频；尽管 AI 被滥用的道德事故也频频爆出，我仍认为人工智能领域的技术飞跃就是 2018 年诸多"阴霾"中的那股清流。

似乎劳动力短缺问题与 AI 广泛应用是一种对冲的关系。我们相信，AI、IoT（物联网）必定会逐步取代的是重复、简单且没有温度的工作。就像工业革命的年代，机器的广泛运用使一批个体手工者失业，但通过技能培训，一些手工者实现了能力的迁移，成为那个时代的产业工人或者真正的匠人，但低技能的手工者实实在在被时代淘汰。2017 年一张新闻图片引人深思，河北某高速公路收费员因无人值守技术应用而下岗，她面对镜头说："我在收费站工作二十多年，其他什么都不会……"

如何将员工培养成适合 AI 时代的新型服务者，是企业在新时代下的责任。我们相信，通过科技赋能，将劳动力从简单、重复的流水线中解放出来，回归劳动创造价值的本身，让每个员工能够更好地服务于更多客户。在这个时代的背景下，关注人、尊重人、激发人，释放每个劳动者的价值，在当下看来，尤为深刻而充满现实意义。

我们相信，未来机器比人更加高效，AI 比人更加聪明，但不会比人更善良，更温暖。如同 2018 年 6 月份发生在深圳万科紫悦山的一幕，浑身湿透的管家助理杨海龙，为快递小哥撑起了一把伞，遮住了小哥和业主的快递，两位平凡的劳动者并肩而行，在雨中留下令人动容的背影，让我们看到人性平凡的美。

没有英雄的时代，努力去做一个奋斗的人，持续激发每个奋斗的人。我们期待着，有一批有训练的基层服务者、有 IT 装备的基层服务者、有幸福感的基层服务者、有文化的基层服务者，为万科物业广大客户服务。

在即将开启的 2019 年里，拥抱时代，持续奋斗，让更多用户体验物业服务之美好。

2020　新年贺辞：万物和合

推特上的特总统和油管里的李子柒，少子化的热搜和"996"的讨论，遇冷的经济和热闹的新闻，各种焦虑在被贩卖，2019没有"容易"二字。

爱因斯坦的广义相对论再次因引力波而被关注，中国女排第十次夺冠让铁榔头傲蔑足坛，改革开放40年的深圳因先行示范区成为焦点，突破常识、坚韧不拔，这些精神之光依旧引领我们。

2015—2019，万科物业市场化走过了完整的5年。这期间，有的同行因为面积规模成为热点，有的同行因为市值成为明星。有人在批评我们，有人在建议我们，有人选择离开，有人选择加入，有人说各种"NO"的时候，我们选择：守住客户口碑、勇敢闯入市场、坚定不移变革。当新年的阳光照耀你我时，我们已十连冠领跑行业，实现了住宅物业和商写物业两翼齐飞，进入了以平方公里为计量单位的物业城市新领域。

站在新十年的始点，思考物业服务的延展蜕变，思考行业升维到万物和合。

就在2019年的最后一个月，万科物业与戴德梁行合资组建商业物业公司，中航善达更名为招商积余，龙湖集团收购绿城服务10%股份，行业在整合。作为第一家上市的彩生活调整了CEO，作为最新上市的保利物业吸引来了GIC，资本新宠令机构和投资人接踵而至，同时也感受到市值的残酷高压之势。而这个行业的本源莫过于有机会近距离服务客户，有机会获得好的现金流，有机会赢得信任，有机会品牌扩张，有机会复制提效，有机会连接更多的服务。看看股市一路高涨的市值，想想消协高居不下的投诉，行业的不忘初心就是股东、团队、服务者、被服务者间的万物和合。

2019 年，不论在物业市场还是在资本市场，第三方物业公司都遭遇有"地产爸爸"的大物业公司的碾压。彩生活、中奥到家这两家最早 IPO 的公司估值倍数远不及雅生活和碧桂园服务，在业委会以及并购市场上，也是后者更受青睐。万科物业、龙湖物业这些公司本来只想做好自己开发的客户，如今积攒了几十年的口碑释放到市场更如同猛虎下山，行业高呼"狼来了"。然而，大公司是否会垄断天下？这如同餐饮业有百年传承的寿司单店，也有全球连锁的星巴克咖啡，这个市场只要认真服务客户，大企业与精品店定当万物和合。

刚刚召开的十九届四中全会，社区治理被提到史无前例的高度。一方面，万亿老旧社区改造资金预算已启动；另一方面，杭州、青岛、烟台等城市陆续出台物业费限价政策。一方面，北京市将"六权"下放街道；另一方面，深圳鼎太风华业委会与业主就续聘万科物业意见不同而争议。若物业费再被限价，老旧小区就会不断出现，若业委会机制再不改革，行业寻租问题就会变本加厉。区块链、数字货币是否会被在行业应用？传感器与 5G 是否会被在行业推广？前者可以助力解决业主大会与物业公司的信任机制，后者帮助监督物业公司对设施设备的养护修缮。物权不只是权利，更是义务，民生不只是工程，更是制度，这需要明事者建言立法。物业行业本需要市场机制与社会治理间的万物和合。

"和"是相应，"合"是结果，"和合"是仁心，是强调差异下的共生、共存。

万科物业与戴德梁行是和合，高知海归与基层员工是和合，市场拓展与专属万科是和合，技术应用与人本文化是和合，市场竞争与建言议政是和合，商业增长与社会企业是和合，合众、合势、合道，让更多用户体验物业服务之美好。

展望 2020，追梦万物和合。

2021　万物云起，无远弗届

庚子年的疫情，已经改变了我们的习惯，正在改变我们的商业，还将改变我们的哲学。疫苗尚未常态，变异病毒卷土重来，一直期待摘下口罩的春天，由夏转冬却又是一年。

尤记得大年三十下午，佛山的梁梓钧独自驱车一百多公里，运回急缺的口罩、消毒水等防疫物资，回到家时，年夜饭已经凉透。数信中心的赵嘉是在春节联欢晚会开始前几分钟，从家人齐坐的电视前被召唤回工作岗位的。他的职责是数据分析，其中一项是运用 SIR 模型（传染病传播模型）对公司服务范围内的疫情传播情况进行预测，为物资统筹调集提供决策依据。

这些物资和信息是广义的"口罩"，在保护我们的员工，成为"合格的保护者"。

杭州的计良庆平生第一次穿上防护服，又闷又热。相熟的业主劝他"没必要拿命来拼"，但他说："如果我当了逃兵，业主们怎么办呢？尤其是被隔离的业主，他们怎么办呢？"从大年初一的成都曾莉到初六的武汉杨亮，几乎每天都有员工或徒步、或自驾，从家乡赶回工作岗位。

周杰和团队用 5 天的极限速度，让第五空间从无到有推出业主"电子通行证"，"无接触"服务成为疫情期间的主要特征，这反而让我们和用户之间"信任"距离变得更近——人们看到了冬夜里整夜值守隔离家庭楼下的冯永康（成都）、看到了背着几十斤消毒水淡定消杀的柔弱姑娘黄贤纯（佛山）。

中文里有个词"无远弗届"：不管多远之处，没有不到的。因为连接一旦形成，距离便不再遥不可及。连接不止发生在线上，还发生在人们心里。

袁征因为 ZOOM 成为硅谷焦点，远程（remote）已成为趋势甚或成为常态。人们在空间的分布和流动规律正在发生变化，城市变"小"了，市场变大了，一些需求湮灭，一些需求创生。组织形态受到巨大挑战，黑灯工厂的投资红利在释放，让每一个最小单元敏捷组网是让战斗力满血的最佳方式。但这些对中后台都提出了严苛的要求，广州幸福誉万科物业员工的不当言行让我们反躬自省：在一家以服务品质为生命线的公司，哪些价值最值得珍视？两国交锋、芯片大战，比特币再创新高，算力持续增强，"黑客帝国"的数字世界已不远，空间数字孪生是必然。历史的意外为物业行业赋予了超越发展阶段的使命，也让行业背负着超越能力的责任，需要一次混合（hybrid）式的基因突变。

30 岁的万科物业更名万物云。没有一个物种在身体上进化出"轮子"，但或可以进化出发明轮子的大脑。在很多人看来，物业行业的"线下"，是家长里短和人情冷暖，是千千万万个服务触点和品质感受，是复杂的作业场景和流程——总之，是一片混沌。追问本质，从混沌到秩序，做物业行业 BPaaS（流程即服务）。技术是工具，本质还是服务——让我们服务服务者。

2021 年的春天又快到了。作为驻场经理，黄贤纯每天在项目上巡场、派单；周杰埋头研发新的智能通行设备；赵嘉在为 SpaceTECH 的数字孪生梦想努力。即将解除隔离之前，计良庆的女儿曾送给爸爸一颗种子，这颗种子，是不是已经发芽了呢？

曾经在武汉火神山奋斗的 13 兄弟都还好，未居功而平常，队长韩乐乐已经外派到郑州工作。翻了翻我跟他们的微信群，耳边想起那一段《出征》的旋律：潇潇雨歇出征夜，抬望眼仰天长啸。

你好，新十年。